海外小説 永遠の本棚

# 劇場

ミハイル・ブルガーコフ

水野忠夫＝訳

白水uブックス

ТЕАТРАЛЬНЫЙ РОМАН

Михаил Булгаков

1966

劇場＊目次

# 劇場

# 序

あらかじめ読者にお断わりしておかなければならないが、ここに発表する手記のかたちをとった作品とわたしはなんの関係もなく、この手記がわたしの手にはいったのは、きわめて奇妙な、そして悲しむべき事情によるものである。

昨年の春、セルゲイ・レオンチエヴィチ・マクスードフがキエフで自殺を企てたちょうどその日に、彼が前もって投函していた小包と手紙をわたしは受けとった。

小包を開くと、この手記が出てきたが、手紙の内容は驚くべきものであった。この世を去るにあたって、セルゲイ・レオンチエヴィチは、この手記を唯一の友であるわたしに贈る、これに手を加えて、わたしの名前で出版してほしい、と希望を表明していた。

奇妙なものとはいえ、故人の遺志にはちがいない。

一年のあいだ、わたしは八方手をつくして、セルゲイ・レオンチエヴィチの親戚や近しい人々のことを問い合わせた。しかし徒労に終わった。彼の最後の手紙に嘘はなく、たしかに、彼を知る者はこの世にだれひとりとして残っていなかったのである。

そこで、わたしはこの贈物を受けとることにした。

それからもう一つ、読者にお断わりしておくが、自殺者は演劇や劇場と関係をもったことは一度もなく、『船舶通信』という新聞のしがない記者として生計を立て、たった一度だけ、作家として世に出ようと試みたこともあったが、それもうまくゆかず、セルゲイ・レオンチエヴィチの長編小説は活字にならなかった。

このようなわけで、セルゲイ・レオンチエヴィチの手記は空想の産物にほかならないが、それにしても、ああ、なんと病的な空想の産物であることか。セルゲイ・レオンチエヴィチは憂鬱症（ゆううつ）というきわめていまわしい名称をもつ病気に悩まされていた。

わたしはモスクワの演劇界をよく知っているので、誓って言うけれど、故人の作品に出てくるような劇場や人間はどこにも存在していないし、またこれまでに存在したためしもなかった。

それからまた、これが最後のお断わりだが、この手記にたいしてわたしの行なったことはといえば、章に分けて題名をつけ、それから、もったいぶって、不必要で不愉快なものとわたしには思えたエピグラフを削除したことである。

そのエピグラフは、つぎのようなものであった。

つまり、《知る人ぞ知る……》

そのほか、わたしは必要な個所に句読点を打った。

セルゲイ・レオンチエヴィチの文章は明らかにしまりのないものではあるが、わたしはそれには手を入れなかった。もっとも、この手記の最後に終止符を打った二日後にツェプヌイ橋から身を投げた男に、いったいなにを要求することができよう。

そういうわけで……

# 第一部

# 1　事件の発端

　四月二十九日、雷雨がモスクワを洗い去ると、空気も爽(さわ)やかになり、わたしの心までがなぜかやわらぎ、生きていようと思った。

　わたしは新しいグレーの背広を着、かなり見ばえのする外套をはおって、首都の目抜き通りの一つを、これまで一度も行ったことのなかった場所を目指して歩いていた。わたしが歩いていたのは、突然、一通の手紙を受けとったためだったが、それはいま、ポケットのなかにある。その手紙はこのようなものである。


《深く尊敬するセルゲイ・レオンチエヴィチ様！

ごく内密の用件のためあなたにお目にかかって、ぜひともお話ししたいことがあります。

もしご都合がよろしかったら、水曜日、午後四時に独立劇場付属演劇学校でお会いできれば幸いに思います。

敬具

K・イリチン》

手紙は鉛筆で書かれていたが、便箋（びんせん）の左すみには、こう印刷されていた。

《クサヴェリイ・ボリーソヴィチ・イリチン

独立劇場

演劇学校舞台監督》

イリチンの名前を見たのはこれがはじめてで、演劇学校があるなどということもわたしは知らなかった。独立劇場のことは聞いたことがあり、それがすぐれた劇場の一つであることも知っていたが、まだ一度も行ったことはなかった。

その手紙にわたしはなみなみならぬ興味をそそられたが、それでなくとも、そのころのわたしは、人から手紙をもらうことなどついぞなかったのである。ここで言っておかなければならないが、わたしは『船舶通信』という新聞のしがない記者だった。そのころ、わたしはクラスヌイ・ヴォロト地区のホムトフスキイ小路にある建物の七階にある、ひどい部屋だったとはいえ独立した部屋に住んでいた。

こういうわけで、新鮮な空気を吸いこみながら歩き、また雷が落ちるのではないかと心配したり、どうしてクサヴェリイ・イリチンがわたしのことを知ったのだろうか、どうやってわたしを捜しだしたのだろうか、わたしにどんな用があるのだろうかなどと思いめぐらしていた。しかし、いくら考えても、最後のことだけはどうしても理解できず、しまいには、イリチンがわたしと部屋を交換したがっているのではないかと考えたほどだった。

もちろん、もしもわたしに用があるのなら、自分のほうからわたしのところに来てくれたらよいとイリチンに手紙を書くべきだったのだが、じつを言うと、わたしは自分の部屋や家具、それに同じ建物に住んでいる人々のことが恥ずかしかったのだ。わたしはだいたい変わり者で、人々をいくぶん恐れている。想像してもみていただきたい、イリチンが部屋にはいって、ソファを見ると、カバーはすり切れ、スプリングが突き出、テーブルの電気スタンドの笠は新聞紙でできていて、猫が歩きまわり、台所からはアンヌーシカの罵(ののし)る声が聞こえてくるのだから。

彫刻のほどこされた鉄の門をくぐると、白髪の老人がバッジや眼鏡の縁などを売っている小さな売店が目にはいった。

わたしが雨水の濁った流れを跳び越えると、黄色い建物の前に出たが、この建物が建てられたのはずっと以前、わたしもイリチンもまだこの世にいなかったころのことではないかと思った。

金文字のはいった黒い板が掛かっていて、ここが演劇学校だとわかった。

建物のなかにはいると、緑色の縁取りのついた上着を着た小柄で顎ひげを生やした男がゆっくりと道をふさいだ。

「もしもし、どなたにご用です?」疑い深そうに彼は問いかけ、まるで鶏をつかまえようとでもするみたいに両手を広げた。

「舞台監督のイリチンに会わなければならないのだが」わたしは声に横柄（おうへい）な調子が出るようにと努力しながら答えた。

男の態度ががらりと変わったことはわたしの目にもわかった。彼はズボンの縫い目に沿って両手をまっすぐに伸ばし、作り笑いを浮かべた。

「クサヴェリイ・ボリーソヴィチですか? ただいますぐに。外套をお預りしましょう。オーバーシューズはお履きじゃないのですか?」

男はわたしの外套を、それこそ僧侶の貴重な法衣でも扱うみたいにていねいに受けとった。

わたしは鉄製の階段を昇りながら、兜（かぶと）をかぶった武人が剣を振っている浮彫（レリーフ）と、黄金のようにぴかぴかに磨きあげた換気孔のついた旧式のオランダ風暖炉とを眺めた。

建物はひっそりと静まり返り、どこにもだれの姿も見えず、ただ緑の縁取りをつけた制服の男がうしろからゆっくりとついてきているだけだったが、ちょっとふり返ると、無言のまま注意と信頼と尊敬と愛情のこもった表情を浮かべた男の顔は、わたしがここにやってきたこと、そして、たとえあとからついてきているとはいえ、自分が案内してこのわたしを、孤独で謎めいた男クサヴェリイ・ボリーソヴィチ・イリチンのもとへ連れて行けるのだという喜びでいっぱいだった。すると突然、あたりが暗くなり、オランダ風暖炉は油で磨きあげた白っぽい輝きを失い、一瞬のうちに闇が襲ってきて、窓の外で雷鳴がふたたび轟（とどろ）きはじめた。

　わたしはドアをノックして部屋にはいり、薄暗がりのなかに、ついにクサヴェリイ・ボリーソヴィチの姿を見いだした。

「マクスードフです」わたしは威厳をもって言った。

　そのとき、どこか遠くはなれたモスクワの上空を稲妻が切り裂き、一瞬、燐光がイリチンの顔を照らしだした。

「これはこれは、セルゲイ・レオンチエヴィチ！」イリチンがとってつけたような笑いを浮かべて言った。

　それからすぐに、イリチンはわたしの腰に手をまわし、抱きかかえるようにして、わたしの部屋にあるのとちょうど同じようなソファ、しかも、わたしのと同じように中央のところからスプリングが突き出ているソファのところへ連れて行った。

　この日まで、わたしはこの宿命的な出会いの場所となったこの部屋がどういうものなのかまったく知らなかった。なぜソファがあるのか。部屋のすみの床に散らばっている引き裂かれた楽譜はなんなのか。窓辺に茶碗をのせた秤（はかり）があったのはなぜなのか。イリチンがわたしを待っていたのがどうしてこの部屋なのか、そう、たとえば、雷雨のために薄暗く、少し離れたところにぼんやりとピアノが浮き出ている隣の部屋ではなかったのだろうか。

雷鳴の轟くなかで、クサヴェリイ・ボリーソヴィチが不吉な口調で言った。

「あなたの小説を読ませていただきましたよ」

わたしはぎくりと身震いした。それというのは……

## 2　神経衰弱の発作

それというのは、『船舶通信』で校正係を兼ねる記者というしがない職についていたわたしは、この仕事がいやでたまらなかったので、毎晩、時には明け方まで自分の屋根裏部屋で小説を書いていたのである。

小説を書こうと思い立ったのは、ある夜、わたしが物悲しい夢からさめたときのことであった。わたしが夢に見たのは、故郷の町、雪、冬、市民戦争……夢のなかで吹雪が音もなくわたしの前を通り過ぎ、そのあとで旧式のピアノが現われ、ピアノのそばに、いまはもうこの世にいない人々が立っていたのだ。夢のなかで、わたしはひとりぼっちなのだという孤独感に襲われ、自分が哀れに思えてならなかった。そして目をさましたとき、わたしの目には涙があふれていた。テーブルの上に吊るした埃(ほこり)だらけの電燈のスイッチをひねった。電燈の光は、安物のインク壺、何冊かの本、古新聞の束といったわたしの貧しい生活を照らしだした。左の脇腹が突き出たスプリングのために痛み、心臓は恐怖に締めつけられた。わたしには、いまにも自分がこうしてテーブルに向かったまま死んでしまうのではないかという予感がし、哀れっぽい死の恐怖があまりにもみじめたらしかったので、わたしはうめき声を発し、不安にかられて周囲を見まわし、死から守ってくれるもの、救い出してくれるものを捜した。そして、死から救出してくれるものを見つけだした。わたしがいつだったか門のところで拾ってきた猫が低い声でにゃおとないたのである。この動物も心配そうだった。一秒後には、この動物はもう新聞の上にすわりこみ、目を丸くしてわたしをみつめ、どうしたのですかとたずねていた。

灰色のやせた猫は、なにも起こらなかったことに興味をそそられたようだった。実際、この老いぼれ猫を、このさきいったいだれが面倒みてくれるのだろうか。

「神経衰弱の発作さ」わたしは猫に説明した。「こいつはもうだいぶ前からおれの内部にすみついているのだ、そのうちもっとひどくなって、おれを滅ぼしてしまうことだろう。だが、まだしばらくは生きていける」

建物全体が深い眠りに沈んでいた。わたしは窓の外を眺めた。五階までの窓で明かりのともっているのは一つもなかったので、これが建物ではなくて、微動だにせぬ黒い空の下を飛んでいる何階建てかの汽船のように思えた。自分が汽船に乗って航海しているのだと思うと、いくぶん心も晴れてきた。わたしは平静をとり戻し、猫も落ちついたものらしく、目を閉じた。

こんなふうにして、わたしは小説を書きはじめた。わたしは夢のなかの吹雪を書いた。笠のついた電燈の下でピアノの側面が光っているようすを描写しようとした。それはなかなかうまくゆかなかった。それでも、わたしはあきらめず、執拗（しつよう）に書きつづけた。

　昼間は、わたしは好きでもない仕事のためにできるだけ精力を費やさないようにしようとばかり努力していた。頭を使わないようにと、機械的に仕事をつづけていた。適当な時機を見はからって、わたしはしじゅう病気を口実にしては仕事をさぼろうとしていた。もちろん、わたしはみんなから信用されなくなり、生活は不愉快なものになっていった。それでもわたしは辛抱し、そのうち、しだいに慣れていった。さながら若い人が逢びきの時間をいらいらしながら待っているみたいに、わたしは夜の時間を待っていた。呪わしい住居も、夜には静かになっていた。わたしはテーブルに向かう……猫も気になるのか、新聞の上にすわりこむが、しかし小説のほうにもっと興味をそそられたものらしく、新聞紙の上から文字を書いた原稿用紙のほうに移ろうと機会をうかがっていた。そこでわたしは、猫の頸筋（くびすじ）をつかまえると、いつもの場所に連れて行った。

　ある夜、わたしはふと顔をあげて、驚いた。わたしの汽船はどこへも飛ばず、建物は同じところにじっとしていて、すっかり明るくなっていた。電燈はなにも照らさず、むしろ不快で、わずらわしくさえあった。電燈を消すと、憎むべき部屋が夜明けの光とともにわたしの前に出現した。アスファルトの中庭を、泥棒みたいに足音を忍ばせるような歩きかたで、さまざまな色をした猫が何匹も歩きまわっていた。原稿用紙の文字の一つ一つが、電燈をつけなくともはっきりと読みとることができた。

「ああ！　四月だ！」わたしは叫び声をあげ、なぜかびっくりして、ふとい文字で《終わり》と書いた。

冬の終わり、吹雪の終わり、寒さの終わり。この冬のあいだに、わたしは数少ない知人を失い、身につけているものはぼろぼろにすり切れ、リューマチにかかり、いくぶん人間嫌いになった。しかし、ひげだけは毎日剃っていた。

こんなことをあれこれと思い返しながら、わたしは猫を中庭に出してやり、それから部屋に戻って、床についたが、夢を見ないで眠ったのは、この冬以来これがはじめてだったような気がする。

この小説は長いことかかって手を入れなければならなかった。たくさんの個所を抹殺し、何百という言葉をほかの言葉で置き換える必要があった。たいへんではあるが、しなければならぬ仕事だった。

しかし、わたしは誘惑に打ちかつことができず、最初の六ページを訂正しただけで、人々の世界へと帰って行った。わたしは何人かの客を招待した。そのなかには、わたしと同じように『船舶通信』で働いているふたりのジャーナリスト、彼らの妻、それからふたりの作家が含まれていた。ひとりはまだ若かったが、真似のできぬほど器用に短編を書くのにわたしが舌を巻いている作家で、もうひとりの作家はかなりの年配で、世故にたけた人で、親しく交際しているうちに、恐ろしい悪党みたいに思える人だった。

ある晩、わたしはためしに自分の小説の四分の一ほどを朗読した。婦人たちは朗読にうんざりしているようすだったので、わたしは良心の苛責（かしゃく）を感じはじめたほどだった。それでもジャーナリストと作家たちは辛抱づよい人たちのようだった。彼らの意見は親切で、心のこもったもので、いまでも覚えているが、かなり辛辣（しんらつ）ではあったけれど、正しいものであった。

「言葉だな！」ひとりの作家（悪党のように見えるほう）が叫んだ。「肝心なことは言葉だ！　言葉がどうもうまくない」

彼は大きなグラスにはいったウォトカを飲みほすと、鰯（いわし）を口に入れた。わたしはもう一杯、彼のグラスにウォトカを注いだ。彼はぐいとそれを飲みほし、ソーセージの一切れをつまんだ。

「比喩！」彼はソーセージを食べながら叫んだ。

「そうですね」若い作家がていねいな口調で同意した。「言葉が少し貧しいようですね」

ふたりのジャーナリストのほうはなにも口に出しては言わなかったが、相槌（あいづち）を打って、ウォトカを飲んだ。婦人たちは相槌も打たず、意見も述べず、彼女たちのために特別に買ったポートワインをきっぱりと断わって、ウォトカを飲んでいた。

「ところで、どうしたらその欠点をなくすことができるか」年配の作家がどなった。「よい文章というのは、口笛を吹けば近寄ってくる犬ではないのだ、このことをよく覚えておいてほしい！　文章がよくならなければ、希望はない！　絶望だ！　絶望だ！　このことを忘れるんじゃないよ、ご老人！」

この《ご老人》という言葉は明らかにわたしに向けられたものであった。わたしはぞっとした。別れぎわに、客たちはまたわたしのところにやってくると約束した。そして一週間後、ふたたびやってきた。わたしは二回目の分を朗読した。その晩、特筆すべきことは、年配の作家がまったく思いがけないほどくつろいだ態度でわたしと酒を酌みかわし、わたしの意志に反して、すっかり意気投合して、わたしのことを《レオンチイチ》と親しげに呼びはじめたことであった。

「言葉はだめだ……しかしおもしろい。まったくおもしろい、畜生！」年配の作家はドゥーシャの作った魚の煮こごりを食べながら叫んだ。

三度目の晩には新顔が現われた。やはり作家で、メフィストフェレスのように人相が悪く、左目でちらりと眺める癖があり、ひげは剃っていなかった。彼はこの長編はよいできではないと語ったが、それでも、四回目、五回目の朗読を聞きたいと言った。そのほか、つい最近離婚したばかりの婦人や、ギターをケースに入れて持った男も来ていた。この晩、わたしは自分にとって有益な意見をたくさん聞くことができた。『船舶通信』から来ていたおとなしいわたしの同僚たちもこの集まりに慣れて、それぞれ自分の意見を述べてくれた。

ひとりは十七章が冗長であると言い、もうひとりは、クーセンカの性格描写があまり鮮明でないと語った。いずれも正当な批評だった。

第四回目と、そして最後の朗読は、わたしの部屋ではなくて、巧みに短編を書く若い作家のところで行なわれた。そこには、二十人ほどもの人が集まり、わたしは作家の祖母にも紹介されたが、どうして一晩じゅう自分をそっとしておいてくれないのかといわんばかりの驚いた表情を浮かべていたことだけを除くと、まことに感じのよい老婆だった。そのほか、大きな木箱の上で寝ていた保母もいた。

小説を全部朗読し終わった。するとそこに、思わぬ破局が訪れた。小説を聞いてくれた人はみな、異口同音に、この小説は検閲を通過しそうもないから、出版することはできないにちがいないと言うのである。

わたしはこの言葉をはじめて耳にするや、自分がこの小説を書きながら、これが検閲を通過できるかできないかということなど一度として考えたこともなかったのを思い出した。

ひとりの婦人（あとから知ったことだが、彼女もやはり離婚していた）が口火を切った。彼女はこんなふうに言った。

「ねえ、マクスードフ、あなたはこの小説が検閲を通過すると思っているのですか？」

「いや、絶対にだめだ！」年配の作家がわめいた。「どんなことがあってもだめだ！《通過する》

かどうかなんて、話にもならん！　まったく絶望的だ。気をもむことはないさ、ご老人、けっして通過しないのだから」

「通過しない！」テーブルの端にかたまっていた人々がいっせいにくり返した。

「言葉が……」ギターを持っていた男の兄が言いかけたが、年配の作家がそれをさえぎった。

「言葉なんかどうでもいい！」彼はサラダを皿に盛りながら叫んだ。「言葉が問題じゃないのだ。ご老人の書いたものはよくない、だけどおもしろい小説だ。なあ、大将、きみには観察力がある。どうやってそいつを手に入れたのか！　まったく思ってもみなかったことだ、しかし……内容だ！」

「そう、内容が……」

「まさしく内容が問題だ」年配の作家は眠っている保母のことを気にしながら叫んだ。「なにが要求されているのかをきみは知っているのかね？　知らない？　ああ！　それが問題なのだ！」

彼は目をつぶって見せて、ウォトカを飲みほした。それからわたしを抱き寄せ、叫びながら何度も接吻した。

「きみはどことなく人を不愉快にさせるものをもっているが、おれを信用してくれ！　おれを信用するのだ。しかし、おれはきみが好きだ。いまこの場でおれをぶっ殺しても、おれはきみを愛している。こいつはなんとずるい男だ、悪党だ！　なんという皮肉屋だ！……あ？　そうだろう？

みんなは第四章を聞いていて気づいただろう？　女主人公になんと言ってた？　それが問題だ！」

「そのことについて言うなら、まず第一に」わたしは、相手のなれなれしい態度に辟易（へきえき）しながら言いかけた。

「まず第一に、きみはおれに接吻したまえ」年配の作家が叫んだ。「いやなのか？　これでわかった、きみがどんな友だちかということが！　いや、兄弟、きみは単純な男ではない！」

「もちろん、単純な男ではありませんわ」もうひとりの離婚した女が支持した。

「まず第一に……」わたしは腹立たしげにふたたび言いかけたが、このときもやはり、なにもつづけることはできなかった。

「まず第一にもへったくれもあるものか！」年配の作家が叫んだ。「きみのなかには、ドストエフスキイ的なものが棲（す）みついているのだ！　そうだとも！　まあ、いいだろう、きみはおれのことを好きじゃない、そのことは神様が許してくださるだろう、おれはきみに腹を立ててはいない。しかし、おれたちはみんな、きみのことを腹の底から好いていて、きみによいことがあるようにと望んでいるのだ！」そこで彼は、ギター弾きの兄や、顔をまっかにし、公衆浴場に行ってきたので遅刻して申し訳ないと謝まっているわたしの知らない男を指さした。「それだから、おれは率直にきみに話しているのだ」年配の作家はつづけた。「なぜなら、おれはだれにたいしても、相手の目を見ながら真実を語る習慣になっているからだが、いいかね、レオンチエヴィチ、その小説をどこにも持ちこむんじゃないぞ。どうせ面倒なことが起こるばかりだし、そうなれば、きみの友人であるおれたちだって、きみがつらい目に合っていることを思って苦しまなければならないのだから。おれのことを信じてくれ！　おれはこれまでさんざんつらい目に合ってきた人間だ。人生というやつを知っているのだ！　なあ、そうだろう」彼は腹立たしげに叫び、みんなに証人になってもらいたいという身振りをした。「見てくれ、こいつは狼のような目をしておれの顔を見ている。これはこちらの親切にたいする感謝の表現だ！　レオンチイチ！」彼があまりにかん高い声でどなったので、カーテンの向こうの大きな木箱に寝ていた保母が起きだしたほどだった。「わかってくれ！　わかってくれよ、きみの小説の芸術的価値はそれほど高いものではないのに、（そのとき、ソファの上から軽やかなギターの音が聞こえた）そんな小説のためにゴルゴタへの道を歩むなんて。わかってくれ！」

「きみよ、わかっておくれ、わかっておくれ、わかっておくれ！」ギター弾きが気持のよいテノールで歌いはじめた。

「おれの言いたいことはこういうことだ」年配の作家は叫んだ。「もしもきみが、いますぐおれに接吻してくれないのなら、おれは立ちあがってここから出て行く、この楽しい集まりを見捨てて、出て行く、なぜって、きみがおれを侮辱したからだ！」

わたしは言いしれぬ苦しみを覚えながら彼に接吻した。このとき、きれいな合唱が聞こえだし、合唱している声を圧倒するように、艶のあるやさしいテノールの声がひときわ高く聞こえてきた。

「きみよ、わかっておくれ、わかっておくれ……」

わたしは重い原稿を脇に抱えて、猫のようにこっそりと部屋から抜け出した。

台所には、まっかに目を泣きはらした保母が身を屈めて、水道の蛇口から水を飲んでいた。

なぜか、わたしは保母に一ルーブルを差し出した。

「なにをなさるの」保母が一ルーブルを払いのけながら憎々しげに言った。「夜中の三時過ぎだというのに！　まったく、地獄の苦しみですわ」

そのとき、合唱している歌声のなかから、聞き覚えのある例の声が聞こえてきた。

「彼はどこに行ったんだ？　逃げ出したのか？　あいつを引きとめろ！　そうだろう、諸君……」

しかし、油紙を張ったドアがすでにわたしを外に押し出していたので、わたしは周囲を見まわしもせずに駆けだした。

## 3　わたしの自殺の試み

「まったく、これは恐ろしいことだ」わたしは自分の部屋のなかでひとりごとを言った。「なにもかもが恐ろしい。あのサラダも、保母も、年配の作家も、《わかってくれ》という忘れられない言葉も、だいたいわたしの生活のすべても」

窓の外では秋の風がうめき、もぎ取れたブリキのかけらが音を立て、窓ガラスに雨が縞模様を作って流れている。保母がいてギターのあったあの晩から、たくさんの事件が起きたが、それらはあまりに不愉快なものばかりだったので、それについて書く気にもなれない。なによりもまず、わたしはあの小説を、検閲を通過するか通過しないかといったような観点から検討することを放棄した。どう考えても、検閲を通過するようなものではないことがはっきりしたからだ。年配の作家の言ったことは完全に正しかった。あの小説の一行一行がそのことを叫び立てているように思えた。

わたしは小説に手を入れ、有金をはたいて、二つの断章をタイプで打たせ、ある文芸雑誌の編集部に投稿した。二週間後に、その断章が送り返されてきた。原稿の片すみに、《不採用》と書かれてあった。爪切鋏（つめきりばさみ）でその部分を切り取ると、わたしはタイプ原稿をべつの文芸雑誌に送り、二週間後に、やはり同じように《不採用》と書かれて送り返されてきた。

そのことがあったあと、猫が死んだ。猫はなにも食べなくなり、部屋のすみにもぐりこんで、わたしに癇癪（かんしゃく）を起こさせるほどなきつづけていた。これが三日間つづいた。そして四日目に、部屋のすみに身動きもせずにぐったりと横たわっている猫をわたしは見いだした。

わたしは門番からシャベルを借り、建物の裏の空地に猫を埋めた。わたしはこの世でまったくのひとりぼっちになってしまったが、しかし白状すると、心の底では喜んでいた。不幸な動物がわたしにはひどく重荷になっていたのである。

それから秋の雨が降りつづき、わたしの肩や左脚の膝のあたりが痛みはじめた。

しかし、なによりもよくないことはこんなことではなくて、小説が悪かったということである。もしも小説が悪かったとなると、それはわたしの人生に終わりが到来したということを意味したのである。

一生、『船舶通信』に勤務しつづけなければならないのか。冗談じゃない。

毎晩、わたしは横になり、地獄のような闇に目を凝らして、「これは恐ろしい」とくり返していた。『船舶通信』で働いていたときのことでなにを覚えているかとたずねられたら、良心に誓って言うけれど、わたしはなにも覚えていないと答えるだろう。

帽子掛けのあたりの汚れたオーバーシューズ、それに帽子掛けに掛かっただれかの長い耳当てのついた濡れた帽子、それですべてである。

「これは恐ろしい!」わたしは夜の沈黙が耳のあたりでうなっているのを聞きながらくり返した。二週間もすると、不眠の効果はてきめんに現われてきた。

わたしは電車でサモテチナヤ・サドーワヤ通りに行ったが、そこのある建物の、もちろん厳重に秘密を守らねばならぬ部屋に、職業上、武器の携行を認められている友人が住んでいた。どうしてわたしが彼と知り合ったかは、重要なことではない。

わたしが部屋にはいったとき、わたしの友人はソファに横になっていた。彼が台所の石油ストーブで茶を沸かしているあいだに、わたしは彼の机の左側の抽斗(ひきだし)を開け、そこからブローニングを盗み、それから茶を飲んで、その家を出た。

晩の九時ごろだった。わたしは電車で帰宅した。すべてはいつもと同じようだった。台所からは羊肉を焼く匂いがし、廊下にはけっしてなくなることのない埃(ほこり)がいつものように立ちこめ、天井から吊るした電燈が鈍くともっていた。わたしは自分の部屋にはいった。上のほうで光がぱっと輝き、それからすぐに部屋は闇に沈んだ。電燈が焼け切れたのだ。

「なにもかもこれだ、これもまったく仕方のないことだ」わたしは断言した。

わたしは部屋のすみの床に置いてあった石油ストーブに火をつけた。一枚の紙に、こう書いた、

《わたしがパルフォン・イワノヴィチ（姓と住所も書いた）からブローニング（番号は忘れた）を盗んだことを、ここに報告いたします。》わたしは署名して、石油ストーブのそばの床の上に横になった。死の恐怖にとらえられた。死ぬことは恐ろしかった。そのときわたしは、廊下、羊肉、ペラゲーヤ婆さん、年配の作家、『船舶通信』のことを思い浮かべ、やがてわたしの部屋のドアが大きな音を立てて打ちこわされるだろうと思うと、いくぶん楽しくなってきた。

わたしは銃口をこめかみに押し当て、頼りない指で引き金に触れた。ちょうどこのとき、階下からよく知っている音楽が聞こえてき、オーケストラがしわがれた音を演奏し、蓄音器のテノールが歌いだした。

しかし、神はわたしにすべてを返してはくれないだろう。

《なんだ！『ファウスト』じゃないか！》わたしは思った。《うん、これはまったくお誂(あつら)え向きだ。しかし、メフィストフェレスが出てくるまで待っていよう。これを聞くのも最後だ。もう二度と聞くこともないだろうから》

オーケストラのほうは床の下に沈んだり、また現われたりしていたが、テノールはますます声高く叫んでいた。

わたしは憎む、人生を、信念を、あらゆる学問を！

《いまだ、いまだ》とわたしは考えていた。《それにしても、なんと早く歌っているのだろう……》

テノールが絶望の叫びをあげ、それからオーケストラが轟音を立てた。

震える指を引き金に当てたその瞬間、すさまじい音響がわたしの耳をつんざき、心臓がどこかに消えてしまい、炎が石油ストーブから天井に舞いあがったような気がして、わたしはピストルを取り落とした。

そのとき、ふたたび轟音が聞こえた。下のほうから重々しい低音（バス）の声がした。

「ごめんください！」

わたしはドアのほうをふり返った。

# 4　マントと剣

だれかがドアをノックしていた。重々しく、何度もノックしつづけている。わたしはピストルをズボンのポケットに突っこみ、力なく声をかけた。

「どうぞ！」

ドアが開き、わたしは恐怖のあまり床の上で動けなくなってしまった。はいってきたのは彼だ、それは疑いの余地がない。薄暗がりのなかに、威圧的な鼻とぼさぼさの眉をした顔がわたしにのしかかるようにして現われた。影がゆらめいていたので、角ばった顎の下に、とがった黒い顎ひげが突き出ているように見えた。片方の耳を隠すようにして、あみだにベレー帽をかぶっていた。羽根は確かになかったはずだ。

要するに、わたしの前に立っていたのはメフィストフェレスだったのだ。そのとき、わたしは、この男が外套を着、ぴかぴか光る深いオーバーシューズをはき、鞄を小脇に抱えているのを見分けた。《これも自然のことだ》とわたしは考えた。《二十世紀のモスクワは、このような姿でしか歩き

まわることはできないのだから》

「ルドルフィです」悪魔は低音(バス)ではなくてテノールで言った。

もっとも、彼は自己紹介する必要などはなかった。わたしは彼を知っていた。わたしの部屋に立っているのは、当代の文学界でもっとも有名な人物のひとり、わが国で唯一の個人雑誌『祖国』の編集人イリヤ・イワノヴィチ・ルドルフィだった。

わたしは床から起きあがった。

「どうして電気をつけないのです?」ルドルフィがたずねた。

「残念ながら、それができないのですよ」わたしは答えた。「電球が切れてしまったので、それに、かわりの電球を持ち合わせていませんので」

編集人の姿をしたこの悪魔は、きわめて単純な手品の一つを試み、鞄のなかから電球を取り出した。

「あなたはいつでも電球を持ち歩いているのですか?」わたしは驚いてたずねた。

「いや」悪魔はそっけなく説明した。「まったくの偶然です、たったいま、店に立ち寄ったのですから」

部屋が明るくなり、ルドルフィが外套を脱いだとき、わたしはピストルを盗んだことを認めた手紙をすばやく手に取ったが、悪魔はそれに気づかなかったふりをしていた。

わたしたちは腰をおろした。しばらく沈黙があった。

「長編小説をお書きになったそうですね?」ついに、ルドルフィがきびしい口調でたずねた。

「どうしてそんなことを?」

「リコスパストフが言ってました」

「いや、あれはですね」わたしは話しだした。(リコスパストフというのは例の年配の作家のことである。)「じつは、わたしは……その……要するに、あれはよくない小説です」

「なるほど」悪魔は言い、まじまじとわたしの顔をみつめた。

そのときになってわかったことだが、彼は顎ひげなんか生やしていなかった。影のいたずらだったのか。

「見せてください」威圧的にルドルフィは言った。

「だめです」わたしは答えた。

「見・せ・て・く・だ・さ・い」言葉を区切ってルドルフィが言った。

「検閲にひっかかりますよ」

「見せてください」

「それに、あれは手書きなのです、わたしの字ときたらひどいもので、《O》という文字なんかもまったく棒と同じようになってしまうのですし、それに……」

そう言いながら、わたしは自分でも意識しないうちに、不運な小説をしまっていた抽斗(ひきだし)を開けていた。

「わたしはどんな筆蹟でも活字と同じように読めるのです」ルドルフィが説明した。「それが商売ですから……」そのときすでに、彼の手には原稿が開かれていた。

一時間が過ぎた。わたしは石油ストーブの横にすわって湯をわかし、ルドルフィは小説を読んでいた。さまざまな想念がわたしの頭のなかで渦を巻いていた。まず第一に、わたしはルドルフィのことを考えていた。ここで言っておかなければならないが、ルドルフィは名編集者で、彼の雑誌に作品が掲載されることは、ひじょうによいことで、名誉なこととみなされていた。その編集者が、たとえメフィストフェレスの姿をしてであってもわたしのところを訪ねてきたというのは、喜ばねばならぬことであった。しかし一方、この小説が彼の気に入らなかったとしたら、それは不快なことになろう……それればかりではない、自殺はもっともよい場所で中断させられ、もう二度と企てられないだろう、その結果、明日からはまたしても貧困の深淵のなかにいなければならないのだと意識してもいた。そのほかにも、お茶を出さなければならなかったのに、わたしのところにはバターもなかった。だいたい、わたしの頭はごった煮のようになっていて、おまけに、盗んだピストルはなんの役にも立たなかったということまで考えだしていた。

そのあいだにも、ルドルフィはページをめくりながら一心に読みつづけ、この小説にどのような印象を彼がもったかを読みとろうとしてみたが、それもむだだった。ルドルフィの顔はまったくの無表情だったからである。

彼がひと息入れ、眼鏡を拭きはじめたとき、これまでにもさんざんばかげたことを言ってきたわたしなのに、さらにもう一つ、ばかげたことをつけ加えてしまった。

「リコスパストフはわたしの小説のことをなんと言ってました？」

「あなたの小説はまったく見込みがないと言ってましたがね」ルドルフィは冷やかに答えると、ページをめくった。《リコスパストフのやつ、なんて付き合いにくいやつなんだろう！　そんなことを言わずに、友だちの肩をもってくれてもよさそうなものなのに》

夜中の一時に、わたしたちはお茶を飲み、二時に、ルドルフィは最後のページを読み終わった。

「なるほど」ルドルフィは言った。

しばらく沈黙がつづいた。

「トルストイを模倣しようとしたのでしょう」ルドルフィは言った。

わたしはかっとなった。

「どのトルストイですか？」わたしはたずねた。「トルストイといってもたくさんいます……有名な作家のアレクセイ・コンスタンチノヴィチですか、外国でアレクセイ皇太子をつかまえたピョートル・アンドレーヴィチですか、古銭収集家のイワン・イワノヴィチですか、それともあのレフ・

ニコラエヴィチですか？」

「あなたはどこで勉強なさったのですか？」

ここで、とるに足らぬ秘密を明かしておかねばならない。それというのは、わたしは大学の二つの学部を卒業していたが、ここではそれを隠していたのである。

「教会付属小学校を出ただけですよ」

「そうでしたか！」ルドルフィは言って、微笑を浮かべ、かすかに唇を動かした。

それから、彼はたずねた。

「一週間に何回ひげを剃りますか？」

「七回です」

「不躾（ぶしつけ）なことをうかがうようですが」ルドルフィはつづけた。「そのように髪を分けるのに、あなたはどうなさっているのですか？」

「頭に水油を塗っていますが。ところで、どうしてそんなことをおききになるのです……」

「いや、べつに」ルドルフィは答えた。「深い意味はありません」それからつけ加えた。「ちょっと興味があったもので。この人は教会付属小学校を卒業した、毎日ひげを剃る、石油ストーブのそばの床に横になっている。あなたはまったく変わった人ですね！」それから、彼は声の調子をがらりと変え、きびしい口調で話しだした。「グラブリト（文学出版管理局）はあなたの小説の出版を許可しないでしょうし、だれもそれを出版しないでしょう。『暁』誌も『夜明け』誌も掲載しないでしょう」

「わたしも知っています」わたしはきっぱりと言った。

「それにもかかわらず、わたしはこの小説をあなたからいただきたいのです」ルドルフィが有無を言わせぬ口調で言った。わたしの心臓の鼓動はとまりそうになった。「原稿料は枚数に応じてお支払いしましょう。（このとき彼は驚くほど少額の稿料を言ったが、いくらだったかは忘れてしまった。）明日にもタイプを打たせましょう」

「四百ページもありますよ」わたしは声をかすれさせて叫んだ。

「わたしはそれをいくつかに分けて打たせます」ルドルフィが鉄の声で言った。「事務所にいる十二人のタイピストが明日の夕方までにすっかりそれを打ち終えることでしょう」

そこでわたしは、反抗することをやめ、ルドルフィの言うとおりにしようと心に決めた。

「タイプ代はあなたが払ってください」ルドルフィはつづけ、わたしはただ、操り人形のように首を振るだけだった。「それから、一ページ、七十一ページ、三百二ページにある言葉を三つ、削除しなければなりません」

原稿を見ると、最初の言葉は《アポカリプス》、二番目が《アルハンゲラ》、そして三番目が《悪魔》とあった。わたしはその三つの言葉を素直に削除したが、ほんとうは、こんな言葉を削除するのは子供じみたことではないかと言いたかったのだけれど、ルドルフィの顔を見るなり、なにも言えなくなり、黙りこんでしまった。

「それから」ルドルフィはつづけた。「あなたもいっしょにグラブリトに来てください。それでも、お願いですけど、そこでは一言も話さないでいてください」

これには、わたしも腹を立てずにはいられなかった。

「もしも、わたしがなにかばかげたことを言いだすのではないかと心配でしたら」わたしは威厳をもって言った。「わたしは家にいてもかまわないのですが……」

ルドルフィはこちらの憤慨にはいささかも注意をはらわず、つづけた。

「いや、あなたが家にいてはいけません、わたしといっしょに行かなければなりません」

「あそこに行って、いったいわたしは何をするのです？」

「いすにすわっていればいいのです」ルドルフィは命令した。「そして、なにを話しかけられても、ただていねいに笑顔を返せばいいのです……」

「しかし……」

「話すのはわたしがします！」ルドルフィは話を打ち切った。

それから、彼はなにも書いていない紙をほしいと言い、それになにかを、わたしの記憶によると、何項目かに分けていたようだったが、なにかを鉛筆で書きこむと、自分も署名し、わたしにも署名させ、そのあとで、真新しい二枚の紙幣をポケットから取り出し、わたしの原稿を鞄に入れると、部屋から姿を消した。

　わたしは一晩じゅう眠られず、部屋のなかを歩きまわり、電燈の下で紙幣を眺め、冷えた茶を飲み、本屋の売場を想像したりした。大勢の人々が本屋にはいり、雑誌のことを問い合わせている。人々は家に帰ると、電燈の下で雑誌を読み、なかには声に出して読んでいる人もいる。ああ！　なんとばかげたこと、なんとばかげたことであろう。しかしそのころ、わたしはどちらかといえばまだ若かったのだ、どうかわたしのことを笑わないでいただきたい。

## 5　異常な出来事

ものを盗むというのはむつかしいことではない。盗んだものをもとに戻すということこそ問題である。ケースに入れたブローニングをポケットに忍ばせて、わたしは友人の家にやってきた。

ドアの前に立ち、ドア越しに友人の叫び声を聞いただけで、わたしの心臓はどきどきしはじめた。

「母さん！　ほかにだれが来た？」

彼の年とった母親の声が低く聞こえた。

「水道屋さん……」

「どうしたのです？」わたしは外套を脱ぎながらたずねた。

友人はふり返って、つぶやいた。

「今日、ピストルが盗まれた……いまいましい……」

「おや、おや」わたしは言った。

年とった母親は狭い部屋のなかをせかせかと歩きまわり、廊下の床を這(は)って、なにかの籠(かご)をのぞきこんだ。

「母さん！　そんなことしたってむだだよ！　床の上を這いまわるのはやめな！」

「今日？」わたしは嬉しくなってたずねた。（彼は思いちがいをしていた、ピストルがなくなったのは昨日のことなのに、彼はどういうわけか、昨晩までは机のなかにあったと思いこんでいるのである。）

「きみのところにはだれが来たのだ？」

「水道屋さ！」わたしの友人は叫んだ。

「おかしいわね！　水道屋さんは書斎にははいらなかったのだがね」母親がおずおずと口をはさんだ。「まっすぐ水道栓のほうに行ったし……」

「ああ、母さん！　母さんったら！」

「ほかにはだれも来なかったのかい？　それで、昨日は？」

「昨日もだれも来なかった！　きみが来ただけで、ほかにはだれひとり来なかった」

そう言うと、友人はわたしの目をまじまじとみつめた。

「まさか、きみは」わたしは威厳をこめて言った。

「ああ！　なんだってそう怒りっぽいんだろう、これだからインテリというのは！」友人は叫んだ。「なにも、きみが盗んだなんて思ってはいないさ」

それからすぐに、水道工夫がどの水道栓のところへ行ったかを見に行った。そのとき、母親は水道工夫のしたとおりのことをして見せて、話し方までも真似をした。

「こうやってはいってきて」老婆は言った。「『今日は』と言って……帽子を掛け、それから行ったのよ」

「どこへ行ったのだ？」

老婆は水道工夫の真似をしながら台所に行き、わたしの友人もそのあとからついて行ったので、わたしもやはりふたりのあとをついて行くようなふりをして、すぐに書斎にはいり、ブローニングを机の左の抽斗（ひきだし）ではなくて右の抽斗のなかに入れ、それから台所に向かった。

「どこにしまっていたのだ？」わたしは書斎のなかで興味深げにたずねた。

友人は左の抽斗を開け、ピストルのはいっていないのを示した。

「わからんな」わたしは肩をすくめて言った。「まったく、不思議な話だ、たしかに盗まれたのだな」

わたしの友人はすっかり不機嫌になった。

「それでも、ピストルが盗まれたとは思えないな」わたしはしばらくして言った。「だって、だれも来なかったのなら、だれが盗めるというのだね？」

友人はなにか思いついたようにその場を離れると、玄関にあった古い外套のポケットを探ってみた。なにも見つからなかった。

「盗まれたのかもしれないな」わたしは考えこむようにして言った。「警察に届け出なければ」

友人はうめき声をもらした。

「どこかほかの場所にしまうということはないだろうね?」

「ぼくはいつでも同じところに入れている!」わたしの友人はいらいらしながら叫ぶと、それを証明するために机のまんなかの抽斗を開けた。それから唇を動かせてなにかつぶやくと、左の抽斗を開け、手まで突っこんでから、その下の抽斗を開け、そして、いまや呪いの言葉まで投げつけながら右の抽斗を開けた。

「あった!」彼はわたしのほうを見ながらかすれた声をはりあげた。「ほら、こんなところに……母さん! 見つかったよ!」この日、彼はこのうえなくしあわせそうで、わたしを食事に引きとめたほどだった。

良心にのしかかっていたピストルの一件が片づくと、わたしはいわば危険な一歩を踏みだし、『船舶通信』をやめた。

わたしはこれまでとは異なった世界に足を踏み入れ、ルドルフィのところに出入りし、たくさんの作家たちと会うようになったが、そのなかにはすでにかなり有名になっている作家もいた。しかし、いまになると、それはことごとく記憶から消え去り、退屈以外のなにものも残ってはいず、いっさいをわたしは忘れてしまった。それでも、ただ一つだけ忘れられないものがあったが、それはルドルフィ出版社の社主マカール・ルワツキイと知り合いになったことだった。

ルドルフィはすべてのもの、それこそ知能も、理解力も、学識すらも持ち合わせていたが、ただ一つ、金だけは持っていなかった。それにもかかわらず、ルドルフィは自分の仕事にたいする情熱的な愛のために、どんなことがあっても雑誌を発行しつづけているのだった。もしもそれがなかったら、彼は生きていられないにちがいないとわたしは信じている。

そのことが原因で、あるとき、わたしはモスクワのある並木路に建っている奇妙な建物を訪れた。そこには、ルドルフィがわたしに説明してくれたとおり、ルワツキイの事務所があった。わたしを驚かせたのは、その事務所の入口に掛かっていた看板だったが、ここは《写真用品店》であった。

それよりももっと奇妙だったのは、この事務所には、新聞紙にくるんだ更紗（サラサ）や羅紗（ラシャ）の生地があるばかりで、写真用品などはなにもなかったことである。

そこには大勢の人々がひしめき合っていた。だれもが外套を着、帽子をかぶって、おたがいに活発に話し合っていた。わたしは《針金》と《瓶》という二つの言葉をちらりと小耳にはさみ、ひどくびっくりしたが、そんなわたしを、人々はけげんそうな視線で迎えた。ルワツキイに用があって来たのだとわたしは言った。するとすぐに、きわめて丁重にわたしはベニヤ板の衝立（ついたて）の向こうに案内されたが、そこで、わたしの驚きは極限に達した。

ルワツキイの向かっていた事務机の上には、鯷（ひしこ）の罐詰が山のように積みあげられていたのだ。

ルワツキイその人のほうが、出版社に鯷の罐詰があったということよりももっと気に入らなかった。ルワツキイは瘦せて顔色も悪く、背の低い男だったが、彼の身につけているものは、『船舶通信』でジャンパーばかり見慣れていたわたしの目には、ひじょうに風変わりなものに見えた。彼はモーニングコートに縞のズボンといったいでたちで、糊（のり）のきいた汚れたカラーをつけ、緑色のネクタイを締め、ルビーのネクタイ・ピンで留めていた。

ルワツキイがわたしを驚かせたとすれば、わたしのほうはルワツキイを、わたしの小説を彼の発行している雑誌に掲載する件で契約書に署名しにきたと説明して嚇（おど）かした、というよりもっと正確にいえば当惑させたのだった。それでも彼はすぐに気をとり直し、わたしの持っていった二通の契約書を手にすると、万年筆を取り出し、内容にはほとんど目も通さずに署名し、それから二通の契約書を万年筆といっしょにわたしに差し出した。わたしがすでに万年筆を取りあげたとき、《アストラハン特産鯷》という文字と、網のそばにいるズボンをたくしあげた漁師の絵のはいった罐詰のレッテルが不意に目にとまり、一つの思いがわたしの胸を締めつけた。

「契約書にあるとおり、お金はいますぐ払っていただけるのでしょうね？」とわたしはたずねた。

ルワツキイは甘ったるく慇懃（いんぎん）な微笑を満面に浮かべた。

彼は咳払いをして言った。

「ちょうど二週間後にというのではどうです、いまちょっと差障り（さしさわ）がありまして……」

わたしは万年筆を置いた。

「それとも一週間後にでも」ルワッキイはあわてて言った。「どうしてあなたは署名なさらないのですか?」

「それでは、そちらのご都合のよくなったときに、契約書に署名することにいたしましょう」

ルワッキイは頭を振り、苦笑した。

「わたしを信頼していただけないのですか?」彼はたずねた。

「とんでもない!」

「よろしい、それでは水曜日にお支払いします!」ルワッキイは言った。「お困りのようですから」

「いや、申しわけありません、それまで待てないのです」

「肝心なことは契約書に署名することです」ルワッキイは分別くさそうに言った。「お金のほうなら、火曜日だっても結構ですけど」

「残念ながら、待てません」そう言うと、わたしは契約書を脇によけて、外套のボタンを掛けた。

「ちょっと待ってください、ああ、あなたという人は!」ルワッキイは叫んだ。「作家というのは世事にうといという話なんですがね」

そのとき突然、彼の蒼白い顔に憂鬱(ゆううつ)そうな表情が浮かび、彼は不安げにあたりを見まわしたが、ひとりの若い男が駆けこんできて、ルワツキイに白い紙に包んだ厚紙の切符を渡した。《座席指定券だな》とわたしは思った。《この男、どこかへ行くのだな……》

出版社主は頬を紅潮させて目を光らせたが、それがなにを意味するのかは、わたしにはどうしても理解できなかった。

手短に言うと、ルワツキイは契約書に明記されている金額をわたしに支払ってくれ、残りの分は手形を切ってくれたのである。自分宛てに振り出された手形を手にしたのは、これがわたしの人生において最初にして最後のことであった。（この手形のためにだれかが奔走しているあいだ、わたしは靴皮の強い匂いを放つ箱の上にでもすわって、待っていればよいのだ。）わたしは自分が手形を持っているということに有頂天(うちょうてん)になった。

そのさき二か月間のことは、ほとんど記憶に残っていない。記憶に残っていることといえば、ルドルフィにたいして、彼がわたしを出版社の社主らしからぬ濁った目をし、ルビーのネクタイ・ピンをしているルワツキイのような男のところに行かせたことで憤慨したことぐらいである。それからもう一つ、ルドルフィが「ちょっと手形を見せてくれ」と言ったとき、わたしの心臓がどきどきしはじめ、そして彼が、「これならだいじょうぶだ」と口のなかでつぶやいたとき、わたしの心臓が平静に戻ったことを記憶している。そのほか、手形の一回目の現金引換に行ったときのことはけっして忘れないだろう。まず、《写真用品店》という看板がなくなって、そのかわりに、《薬品容器店》という看板がかかっていた。

わたしはなかにはいって、言った。

「マカール・ボリーソヴィチ・ルワツキイにお目にかかりたいのですが」

ルワツキイは外国に行きましたという答えが返ってきたとき、わたしの足はがくがくと震えだした。

ああ、心臓が張り裂けんばかりであった。しかし、そうはいっても、いまはそれもたいした問題ではない。

やはり手短に言っておくならば、ベニヤ板の衝立の向こうにはルワツキイの弟がいた。（座席指定券のことを覚えておいでであろうが、ルワツキイはわたしとの契約書に署名して十分後に、外国に出発したのだった。）

見たところ、兄とはまったく対照的に、スポーツマンらしい体格をし、まじめそうな目をしたアロイジイ・ルワツキイは、手形に従って現金で払ってくれた。

それから一か月後、わたしが人生を呪いながら二回目の支払いを受けとったのは、手形の不払いに異議申立てのできるどこかの公的機関においてであった。（公証人役場だったか銀行だったかは覚えていないが、なんでも、金網の張った窓口がそこにはあった。）

手形の三回目の支払いに関しては、わたしは気をきかして、期限の二週間前にルワツキイをもう一度訪ね、もう疲れてしまったと言った。

ルワツキイの陰気そうな弟ははじめてわたしのほうに目を向けてつぶやいた。

「よくわかります。あなたはどうして期限まで待っていらっしゃるのです？　いますぐにだって受けとれるのですよ」

わたしは八百ルーブルのかわりに四百ルーブルを受けとり、肩の重荷をやっとおろせたという気分で二通の細長い契約書をルワツキイに渡した。

ああ、ルドルフィ、ルドルフィよ。マカールのことでも、アロイジイのことでも、きみに感謝する。もっとも、あまり先まわりすることはやめよう、それ以後、事態はもっと悪化するのだから。

そうは言っても、わたしは外套を買えたことは確かである。

そしてついに、厳寒の一日が訪れ、わたしはその事務所に行った。晩のことだった。百ワットの電球が耐えがたいまでに目を刺激していた。ベニヤ板の衝立の向こうの電燈の下には、ルワツキイはいなかった。（弟のほうも外国へ去ったことをここで述べておかねばなるまい。）その電燈の下にすわっていたのは外套を着こんだルドルフィで、彼の前の机の上や床の上、それに机の下にも刊行されたばかりの灰青色の雑誌が積みあげられていた。おお、この瞬間！　いまにして思えば滑稽なことだが、しかしその当時は、わたしももっと若かったのである。

ルドルフィの目は輝いていた。言っておかなければならないが、彼は自分の仕事を愛していたのだ。彼こそは真の編集者というものである。

おそらく、あなたがたもモスクワでお会いになったことがおありだと思うが、ある種の若い人々がいる。その若い人々というのは、作家でもないのに、雑誌が発行されるころになると、雑誌の編集部に顔を出すような人々である。自分では俳優でもないのに、舞台稽古があると欠かさず劇場にやってきたり、自分では絵を描かないのに、展覧会というと決まって姿を現わすといった種類の人々。彼らはオペラのプリマドンナを姓で呼ばずに名前と父称で親しげに呼び、責任ある地位についている人々にたいしても、個人的にはなんのつき合いもないのに、やはり名前と父称で呼んでいる。ボリショイ劇場の初演のときには、彼らは七列目と八列目のあいだに陣取り、特別席にいるだれかに向かって愛想よく手を振ったり、《メトロポール》では、噴水のそばの小さなテーブルに向かってすわり、さまざまな色をした照明が彼らのラッパズボンを照らしているのである。

そういった種類の若い人々のひとりがルドルフィの前にすわっていた。

「ところで、今度の雑誌はどうです、気に入りましたか?」ルドルフィがひとりの青年に質問した。

「イリヤ・イワヌイチ!」青年は雑誌を手で振りまわしながら、感激したように叫んだ。「じつに魅力的な雑誌です、ですけど、イリヤ・イワヌイチ、腹臓のないところを言わせていただくなら、われわれ、あなたの雑誌の読者には、あなたのような趣味をもっておられる人がマクスードフの作品のようなものをどうして掲載できたのか、納得がゆきません」

《ほら、はじまったぞ！》わたしはぞっとして思った。

しかしルドルフィは、わたしに陰謀を企むような目配せをして、たずねた。

「それはどういうことです？」

「そうじゃありませんか！」青年は叫んだ。「まず第一に……率直な意見を述べてもかまいませんか、イリヤ・イワノヴィチ？」

「どうぞ、どうぞ」ルドルフィは目を輝かせながら言った。

「まず第一に、基本的な文法上の誤りが多すぎます……まったくお話にならない、ひどい文法上の誤りを二十個所ぐらいはすぐに指摘できます」

《もう一度読み返さなければならないな》わたしは身じろぎもせずに考えた。

「それから文章！」青年は叫んだ。「ああ、あれはまったくひどい文章ですよ！　そのほか、なにもかも折衷的で、模倣だらけで、なんの歯ごたえもない。安っぽい哲学、上っ面を撫でるだけ……よくないですよ、陳腐で、イリヤ・イワノヴィチ！　そのほか、彼は真似しているし……」

「だれの？」ルドルフィがきいた。

「アヴェルチェンコ（一八八一―一九二五。ロシアの作家。ユーモア短編に奇才を発揮した）そっくりです！」青年は雑誌を振りまわし、ぺージをめくり、裁断されていないページを指で切りながら叫んだ。「もっとも月並なアヴェルチェンコの模倣ですよ！　教えてあげましょう」そこで青年は雑誌のページをめくりはじめ、わたしのほうは鵞鳥（がちょう）のように首を伸ばし、彼の手の動きを見守っていた。しかし残念ながら、彼は捜していた個所を発見できなかった。

《家に帰ってから見つけることにしよう》とわたしは思った。

「家に帰ってから見つけることにしましょう」青年は約束した。「この雑誌の名誉を傷つけるものです、ほんとうに、イリヤ・イワノヴィチ、この作者ときたら、ろくろく読み書きもできないのですからね！　いったいどういう人なのです？　どこで勉強したのですか？」

「教会付属の小学校を出ただけだとか言っていたが」目を輝かせながらルドルフィは答えた。「もっとも、自分で彼にきいてみるといいですが。ご紹介しましょう」

土色がかった緑色の黴（かび）のようなものが青年の両頰をおおい、目には表現しえぬ恐怖の色が浮かんだ。

わたしがその青年と挨拶をかわしたとたん、青年は歯を剝（む）き出し、感じのよい顔が苦痛に歪（ゆが）んだ。彼は「おお！」と声をあげ、ポケットからハンカチをつかみ出したが、そのときわたしは、彼の頰に血が流れているのを見た。わたしはあっけにとられて棒立ちになった。

「どうしたのです？」ルドルフィが声をあげた。

「釘にぶつかったのです」青年は答えた。

「それじゃ、わたしは失礼しましょう」わたしは青年の顔を見ないように努力しながら、ぶっきら棒に言った。

「雑誌の抜刷りをお持ちください」

わたしは著者用の雑誌の抜刷りの束を受け取り、ルドルフィと握手をかわし、床に雑誌とステッキを落としたまま、まだハンカチを頬に押し当てていた青年にお辞儀をすると、ドアのほうにあとずさりし、机に肘をぶつけながら外に出た。

クリスマスの綿雪が降っていた。

その夜、わたしが一晩じゅう雑誌の抜刷りに向かい、小説のさまざまな個所を読み返していたことを述べる必要はない。注意すべきことは、ときどきこの小説が気に入ることもあったが、やがて間もなく、嫌悪すべきものに思われるようになったことである。そのため、明けがたには、わたしは恐怖にとらわれてしまった。

そのつぎの日の事件は、わたしの記憶に残っている。午前中に、わたしがうまくピストルを盗み出した友人がやってきたので、彼に雑誌の抜刷りを一部贈呈したが、夕方、わたしは、有名な作家イズマイル・アレクサンドロヴィチ・ボンダレフスキイが外国から無事に帰還したという重大な事件を祝って作家グループの催したパーティに出席した。この祝賀会は、もうひとりの有名な作家エゴール・アガピョーノフが中国旅行から戻ってきたことにも同時に敬意を表することでいっそう盛大なものとなっていた。

わたしは正装し、ひじょうに興奮してパーティに出かけていった。なんといっても、これはわたしにとって、かねがね足を踏み入れたいと望んでいた新しい世界だった。この世界がわたしの前にもこれから開かれようとしていたばかりか、なによりもよいことに、パーティには文学界のそうそうたる代表者が、文学の花ともいうべき人々が出席するはずでもあった。たしかにそのとおりで、わたしは会場にはいるときに、喜びに心が高まるのを覚えた。

最初にわたしの目にはいったのは、釘で耳を怪我した昨日の例の青年だった。彼は真新しいガーゼの包帯を巻きつけていたが、それでもわたしはすぐに彼を見分けることができた。

わたしを見ると、彼は身内の者にでも出会ったみたいに喜び、長いこと手を握ったまま、昨夜一晩かかってわたしの小説を読み返したが、それにたいして好感をもちはじめるようになったとつけ加えた。

「わたしもそうです」わたしは彼に言った。「一晩かかって読み返しましたが、それがどうも気に入らなくなりましたよ」

わたしたちは打ちとけた態度で話し合い、話の合間に、青年はジェリーをかけた蝶鮫（ちょうざめ）の料理が出るはずだと教えてくれるなど、だいたいのところ、上機嫌で浮き浮きしていた。

わたしはあたりを見まわしたが、自分を仲間に入れてくれたこの新しい世間が、わたしにも気に入った。その部屋はひじょうに広く、テーブルにはおよそ二十五人分の食器が並べられ、クリスタル・ガラスの食器が明かりを受けて輝き、黒キャビアまでが光芒を放ち、きゅうりは新鮮な緑色をしていたが、それらを見ていると、なにかピクニックのことを思ったり、どういうわけか栄光に充ちたことがらについての愚かしくも愉快な考えが浮かんでくるのだった。そこで、わたしはかなり有名な作家レソセコフと短編作家のトゥンスキイに紹介された。婦人客は少なかったが、それでもまったく来ていないわけではなかった。

リコスパストフは水よりも静か、草よりも低くといった感じでおとなしく振舞っていたが、そこでは、なぜかわたしは彼がほかの人々よりも一段と低いレベルの作家で、アガピョーノフやイズマイル・アレクサンドロヴィチとはいうまでもなく、亜麻色の縮れ髪をした新進作家レソセコフとも比較にならない程度の存在であるような感じを受けた。

リコスパストフは人々のあいだを縫ってわたしのところにやってき、わたしたちは挨拶をかわした。

「まったくな」なぜかため息をついて、リコスパストフが話しだした。「おめでとう。心からお祝いの言葉を言わせてもらうよ。でも、正直いって、きみはなかなかのやり手だな。きみの小説はけっして活字にはならない、絶対に不可能だ、ぼくの右手を賭けてもいいいと思っていたほどなのだ。

どういうぐあいにしてルドルフィを口説き落としたのだ、まったく想像もつかない。しかし、予言してもいいけど、きみは大作家になれる！　でも、よく気をつけろよ、おとなしくしているんだ……それでも、いくらおとなしくしていても……」

ちょうどそのとき、玄関で大きな呼鈴の音がしてリコスパストフの祝詞が中断され、主人役を勤めていた批評家のコンキン（パーティは彼の住居で開かれていたのだ）が、「彼だ！」と叫んだ。

たしかに、イズマイル・アレクサンドロヴィチだった。玄関からよく響く声が聞こえ、それから接吻し合う音がし、セルロイドのカラーをつけ、ジャケットを着た小柄な男が食堂にはいってきた。この男はきまり悪そうで、おとなしく、礼儀正しくはいってきたが、どうして玄関に置いてこなかったのか、ビロードの縁と、市民戦争のときにつけていた徽章（きしょう）の跡に丸いかたちの埃（ほこり）のある帽子を手に持っていた。

《なにか間違いがあったんだな……》わたしはすぐに考えたが、それというのも、いまはいってきた男の態度と、玄関から聞こえてくる元気のよい笑い声と、「外套をどうぞ」というはずんだ言葉とがあまりにも対照的だったからである。

たしかに、間違いがあったようだった。いまはいってきた男のあとから、コンキンは、腰のあたりをそっと抱きかかえるようにして、明るい色をしたからみつくような顎ひげをよく手入れし、縮れ髪をきれいに撫（な）でつけた、長身でがっちりした体格の持主、整った顔立ちの紳士を食堂に案内してきた。

　そこに居合わせた客のなかに、最近、急に名前を売りだしてきた作家だとルドルフィがわたしにそっと耳打ちしたフィアルコフがいて、彼は立派な服装をしていたが（だいたい、その夜の客はみんなよい服を着ていた）、しかしフィアルコフの服といえども、イズマイル・アレクサンドロヴィチの服装とは比べものにならなかった。最高級の生地を用い、パリでも一流の仕立屋に縫わせた茶色のスーツは、スタイルのよい、とはいえいくぶん肥りぎみのイズマイル・アレクサンドロヴィチの身体の線を浮かびあがらせていた。糊の利いたシャツ、エナメルの靴、アメジストのカフス・ボタン。イズマイル・アレクサンドロヴィチは清潔そうで、汚れもなく、快活で明るく、上機嫌で、くったくがなかった。彼は歯を光らせ、豪華な饗宴の用意のできたテーブルをちらりと見て叫んだ。

「ああ、これはなんということを！」

　すると、どっと笑い声と拍手がわき起こり、接吻する音が聞こえた。イズマイル・アレクサンドロヴィチはだれかれとなく、握手をかわしたり、接吻し合ったり、まるで太陽がまぶしいときにするみたいに白い掌（たなごころ）で顔をおおいながら剽軽（ひょうきん）に話しかけ、ときには大声でどなったりしていた。

　おそらく、だれかほかの人と思い違いしたものらしく、わたしにも三度も接吻したが、そのとき、イズマイル・アレクサンドロヴィチからはコニャックとオーデコロンと葉巻の匂いがただよっているのをわたしは知った。

「バクラジャーノフ！」イズマイル・アレクサンドロヴィチはさきにはいってきた男を指しながら叫んだ。「ご紹介しましょう。バクラジャーノフ、わたしの親友です」

バクラジャーノフは苦しげな微笑を浮かべ、自分とは縁のない豪華なパーティに来てすっかり当惑して、電球を手に持ったチョコレート色の乙女の像の頭に自分の帽子をかぶらせた。

「ここに引っぱってきたのですよ」イズマイル・アレクサンドロヴィチはつづけた。「家でじっとさせておくこともないからな。ご紹介しておこう、すばらしい人物で、なかなかの物識りだ。それから、わたしの言ったことを覚えておいてもらいたい、あと一年もしないうちに、彼はわれわれみんなを追い越すにきまっている！　おい、きみ、なんだって帽子をそんなところにかぶせたのだ？バクラジャーノフ？」

バクラジャーノフは恥ずかしさに顔をまっかにし、ひとりひとりに挨拶をしてまわろうとしかけたが、しかし、テーブルのまわりにすわっている人々の渦巻がはげしくなり、ジェリーをかけたふっくらとしたピローグがすでに配られはじめたので、それもできなかった。

宴はたちまちなごやいだ楽しい雰囲気となり、活気づいた。

「みなさん、ボタンをはずして、楽にしてください！」わたしはイズマイル・アレクサンドロヴィチの声を聞いた。「なあ、バクラジャーノフ、わたしときみだけがボタンもかけずに食べているのだろう？」

クリスタルの食器のぶつかる快い音が耳にはいり、シャンデリヤもこれまでよりもっと明るくなったように思えた。三度目の乾杯のあと、すべての視線がイズマイル・アレクサンドロヴィチに向けられた。「パリのことを！　パリのことを話してください！」と頼む声が聞こえた。

「そう、たとえばオート・ショーに行きました」イズマイル・アレクサンドロヴィチが話しはじめた。「開会式、形通りに大臣が列席し、ジャーナリストが集まり、スピーチがありました……ジャーナリストたちのなかに、ろくでなしのサーシカ・コンデュコフがいました……ところで、フランス人はもちろん祝詞を述べています、即興のスピーチですけど。当然、シャンペンも出ます。ふと見ると、コンデュコフは頰をふくらませ、わたしたちが目配せするよりも早く、彼は吐いてしまいました！　そこにはご婦人がたもいれば、大臣もいるのですよ！　それなのに、あの男ときたら、畜生！……あの男が何を考えていたのか、いまもって理解できません！　たいへんなスキャンダルです。大臣はもちろんなにも気がつかないふりをしていますが、どうして気づかないはずがありましょう……フロック、オペラハット、千フランもするズボン。なにもかも台なしです……まあ、彼は連れ出され、水を飲まされて、会場から運び去られたのですが……」

「もっと！　もっと話してください！」テーブルのまわりから声がかかった。

そのときには、すでに白いエプロンを着けた女中が蝶鮫料理を配りはじめていた。食器のぶつかる音はますます強まり、話し声までも聞こえはじめていた。しかしわたしは、パリのことをとても知りたかったので、食器の立てる音、テーブルをたたく音、あるいは叫び声のなかで、耳を傾けて、イズマイル・アレクサンドロヴィチの話に聞きいっていた。

「バクラジャーノフ！　きみはどうして食べないのかね？」

「それから！　お願いします！」ひとりの若い男が拍手を送りながら叫んだ。

「それからどうしたのです？」

「そう、そのさき、こういったならず者がふたり、シャンゼリゼでばったり出会い、鼻と鼻をつき合わせ……なかなかの見ものでしたな！　あっという間に、カチキンという悪党が彼をとっつかまえて、顔に唾を吐きかけた！」

「おや、おや！」

「それで……バクラジャーノフ！　眠るんじゃない、しょうのないやつだ！　それで、彼はひどく神経が衰弱していたのだけど、かっと興奮して手を振りまわし、ひとりの婦人、それこそ見ず知らずの婦人の帽子を殴りつけてしまった……」

「シャンゼリゼで?!」

「思ってもみてください！　シャンゼリゼでは、そういうことは日常茶飯事なのですよ！　しかも、その婦人の帽子は、それだけで三千フランもするようなものです！　そこでもちろん、通りがかりの紳士が、彼の顔をステッキでぶん殴りました……たいへんなスキャンダルです！」

そのとき、部屋の片すみで栓を抜く音がし、間もなく、わたしの前では、黄色いあんず酒を注いだ細長いグラスが光っていた。一同がイズマイル・アレクサンドロヴィチの健康を祝して乾杯したことを記憶している。

それからふたたび、わたしはパリの話を聞いた。

「彼はいっこうにひるんだ色も見せずに、『いくらした?』と言うのです。すると、相手の男は……これまたペテン師だ！（イズマイル・アレクサンドロヴィチまでも目をつぶって見せた。）『八千フラン！』と言うのだ。すると彼は、『ほら、くれてやる』と答えるが早いか、さっと手をあげて、その場でぴしゃりと平手打を喰らわせた！」

「オペラ座では?!」

「まあ、考えてもみてください！　あの男ときたら、オペラ座だろうと、なんとも思っちゃいないのですよ！　劇場の二列目に大臣がふたりすわっていましたがね」

「それで、その男は?　どうなったのです?」だれかがかん高い声で笑いながらたずねた。

「もちろん、人でなしさ！」

「ああ、神さま！」

「もちろん、ふたりとも退去を命じられましたが、それからは問題も起こらなくなりました」

パーティはいちだんと活況を呈しはじめた。テーブルの上方には、すでに煙草の煙が層をなしてただよっていた。自分の足もとになにか軟かくてつるつるするものを感じたわたしは、身を屈めて見ると、それが鮭の切身であることがわかったが、どうしてそれが足もとに落ちたのかはわからなかった。爆笑がイズマイル・アレクサンドロヴィチの言葉をかき消してしまい、そのため、驚くべきパリの話のつづきは、わたしにはわからずじまいだった。

外国での不思議な生活のことをわたしが考えはじめようとしたとき、呼鈴が鳴り、エゴール・アガピョーノフが来たことを知らされた。パーティはすでにばか騒ぎに変わっていた。隣の部屋からはピアノが聞こえ、だれかが低くフォックス・トロットを弾いていたが、例の青年が婦人を抱き寄せてステップを踏んでいるのがわたしの目にはいった。

エゴール・アガピョーノフが元気よく、手を大きく振りながらはいってき、彼のあとから、小柄で痩せていて、顔色が黄色く、黒縁の眼鏡を掛けた中国人がはいってきた。中国人のあとからは、黄色いドレスを着た婦人と、ワシーリイ・ペトローヴィチという名の顎ひげを伸ばしたがっちりした体格の男がはいってきた。

「イズマイルはどこだ?」エゴールは叫び、イズマイル・アレクサンドロヴィチに向かって突進した。

イズマイル・アレクサンドロヴィチは身をよじり、嬉しそうに笑いながらどなった。

「やあ!　エゴール!」そして自分の顎ひげをアガピョーノフの肩に埋めた。中国人は愛想よくみんなに笑いかけていたが、そのときも、その後も、一言も話さなかった。

「わたしの中国の友人をご紹介します」イズマイル・アレクサンドロヴィチと接吻し終わったエゴールは叫んだ。

しかしパーティは、その後ますます騒々しくなり、わけがわからなくなった。部屋の絨毯の上で、踊りにくそうにして踊っていたのが思い出される。事務机の上にはコーヒーを入れた茶碗が置かれていた。ワシーリイ・ペトローヴィチはコニャックを飲んでいた。バクラジャーノフが肘掛いすで眠っているのをわたしは見た。煙草の煙がもうもうと立ちこめていた。じつを言うと、そろそろ家に帰らなければならぬ時間だと気にしはじめていたところだった。

それがまったく思いがけぬことに、アガピョーノフと話をする破目になったのである。夜中の三時近くになるや、彼がなんとなく落ちつかないようすをしはじめているのにわたしは気づいた。彼はだれかれとなくつかまえては、なにごとか話しはじめるのだが、わたしの記憶しているかぎりでは、薄暗がりと煙のなかで、いつもきっぱりと拒否されていたようだった。わたしは事務机のそばの肘掛いすに腰をおろし、なぜ胸が締めつけられるようになるのか、なぜパリが突如として興味なく思われるようになったのか、そして、ここにいるのがなぜ急につまらなくなったのか理解できぬまま、コーヒーを飲んでいた。

するとそこへ、わたしの身体にのしかかるようにして、丸い眼鏡をかけた大きな顔が近づいてきた。アガピョーノフだった。

「マクスードフですね?」彼はたずねた。

「ええ」

「お名前はうかがっております」アガピョーノフは言った。「ルドルフィから聞いたのですが。あなたは小説を発表されたそうですね?」

「ええ」

「なかなかの傑作だという評判ですな。そうそう、マクスードフ!」アガピョーノフが不意に声を落としてささやき、目配せした。「あの男を見てください……わかりますか?」

「あの顎ひげを生やした人でしょう?」

「そう、彼だ、義理の弟なんだが」

「作家ですか?」落ちつきなく愛想笑いを浮かべつつコニャックを飲んでいるワシーリイ・ペトローヴィチをまじまじと見ながらわたしはたずねた。

「いや! チェチューシの協同組合で働いているんだが……マクスードフ、時間をむだに使わないことにしよう」アガピョーノフがささやいた。「残念がると思うな。まったく驚くべき種類の人物なんだ! 彼はきみの仕事にも、きっと役に立つよ。一晩で、彼の話から短編を十ぐらい作れる、それを高く売ればいいんだ。彼は魚龍なんだ、青銅時代なんだ! まったく興味津津たる話をする！　チェチューシで彼がなにを見たか、想像もできないでしょう。彼を連れて行ってくれよ、それでないと、ほかの連中が彼をつかまえて、だめにしてしまう」

ワシーリイ・ペトローヴィチは自分のことが話題になっていると感じたのか、いっそう不安げな微笑を浮かべて、コニャックを飲みほした。

「そうだ、いちばんいいことは……名案がある！」アガピョーノフがしゃがれ声で言った。「いま紹介しよう……きみは独身かね？」心配そうにアガピョーノフがたずねた。

「独身ですが……」わたしは目を丸くしてアガピョーノフをみつめて答えた。

アガピョーノフの顔に喜びの色が浮かんだ。

「これはすばらしい！　友だちになってください、彼を家に連れて行って、泊めてください！　これは名案だ！　きみのところにはソファかなにかあるだろう？　彼はソファに寝る、なにも迷惑はかけない！　二日後には彼は出て行く」

あっけにとられたわたしは、「わたしのところにはソファだけしかないのです」としか答えようがなかった。

「広いソファですか？」アガピョーノフは落ちつきなくたずねた。

しかし、そのときはもう、わたしもいくぶん気をとり直していた。それは、ワシーリイ・ペトローヴィチがすでに明らかに紹介されるものと思ってもじもじしはじめ、アガピョーノフがわたしの手を引っぱりはじめていたときだっただけに、きわめて時機に適(かな)っていた。

「申しわけありません」わたしは言った。「残念ですけど、どうしても彼をお泊めすることができないのです。わたしはほかの人の家に間借りしていて、衝立(ついたて)をへだてて家主の子供たちが寝ているのです。（わたしはさらに、子供たちが猩紅熱(しょうこうねつ)にかかっているのだとつけ加えたいと思い、それからこれは余計な嘘の積み重ねだと考えたが、それでもやはり、つけ加えずにはいられなかった。）……それに、子供たちが猩紅熱なもので」

「ワシーリイ！」アガピョーノフが叫んだ。「きみは猩紅熱にかかったことがあるかい？」

わたしはこれまで、わたしに向かって用いられる《インテリ》という言葉を何度となく聞かねばならなかったものである。この悲しい名称で呼ばれても仕方のないことかもしれないと思って、わたしはあえて異議を唱えるつもりはない。しかしそのときは、さすがのわたしも全力をふりしぼり、ワシーリイ・ペトローヴィチが懇願するような微笑を浮かべて、「あなた……」と答えるよりも早く、わたしはアガピョーノフにきっぱりと言った。

「お泊めすることは、はっきりとお断わりいたします。できません」

「なんとかお願いできませんかね」アガピョーノフは低い声でつぶやいた。「どうです？」

「できません」

アガピョーノフはうなだれて唇を噛んだ。

「しかし、彼はあなたのところに来たのでしょう？　いったいどこに泊まっているのです？」

「そう、わたしのところに泊まっているのだけど、それが困ったことになってね」アガピョーノフが憂鬱そうに言った。

「というのは……」

「姑が妹といっしょに今日、来たものでね、わかるだろう、きみ、それにまた中国人がいて……畜生」突然、アガピョーノフがつけ加えた。「それにあの義弟だ。チェチューシでじっとしていればよいものを……」

そう言ってアガピョーノフはわたしのそばを離れた。なぜか漠然とした不安にかられて、わたしはコンチンを除くだれとも挨拶をかわさずに、その家を出た。

## 6 破局

そう、この章はおそらくもっとも短い章になることであろう。明け方近く、わたしは背中に悪寒が走るのを意識した。それから、ふたたび悪寒に見舞われた。身体を縮め、頭からすっぽりと毛布にくるまると楽になったが、それはほんの一瞬のことだった。今度は急に熱くなった。それからふたたび歯ががくがくするほど寒気がした。わたしは体温計を持っていた。体温を測ってみると、三十八度八分だった。病気になったというわけである。

すっかり朝になったとき、わたしは寝入ろうと試みたが、その朝のことは、いまだにはっきりと記憶している。目を閉じると、眼鏡を掛けた顔がわたしに近づいてきて、「連れて行ってくれ」と同じことをつぶやくのだが、わたしのほうは、「いや、だめです」とくり返すばかりである。ワシーリイ・ペトローヴィチは夢うつつのなかでわたしの部屋に現われたが、そのときの恐怖は、彼が自分のグラスにコニャックを注ぎ、それをわたしが飲んでいたことにあった。パリはまったく耐えがたいものとなった。オペラ座のなかでだれかが手の指で卑猥な形を作って人を愚弄している。指を組合わせ、人を愚弄し、ふたたび手を隠す。そしてまた指を組合わせ、人を愚弄する。

「おれはほんとうのことを言いたい」引き裂けて洗っていない窓掛けの向こうに昼の光がすでに降り注ぎはじめたとき、わたしはつぶやいた。「完全な真実を語りたい。昨日おれは新しい世界を見たが、その世界はおれには厭わしいものだった。おれはあんな世界にははいるまい。あれは、おれとは関係のない世界だ。憎むべき世界だ！　ただし、このことは絶対に秘密にしておかなければならないのだ」

　わたしの唇はなぜか異常な速度でからからに乾燥していった。理由もわからぬまま、わたしは自分の手もとに雑誌を置いたが、読んで、考えなければならないと思ったのかもしれない。しかし少しも読めなかった。もう一度体温を測ってみようと思ったが、それもできなかった。体温計はすぐそばの机の上に置いてあったのに、それを取るためには、なぜか、どこかへ歩いて行かねばならないような気がした。それから、わたしは昏睡状態に陥った。『船舶通信』の同僚の顔を思い出したが、医者の顔は、現われたかと思うと、すぐに消えた。要するに、インフルエンザにかかったのである。何日か、わたしは熱に浮かされて過ごしたが、それから熱が下がった。わたしはシャンゼリゼを見ることもなくなり、帽子に唾をかける者もいなくなり、パリも百キロ離れた場所にじっととどまっているようになった。

　わたしはなにか食べたいと思ったが、隣に住む親切な職人の妻がわたしにスープを作ってくれた。

わたしは手のこわれた茶碗でスープを飲むと、自分の小説を読もうとしたが、しかし十行も読むと、投げ出してしまった。

十二日目ぐらいにわたしは元気になった。わたしがルドルフィに自宅に来てくれるようにと手紙を書いたにもかかわらず、彼がやってこなかったことが不思議でならなかった。

十二日目にわたしは家を出て、《薬品容器店》に行ったが、そこには大きな錠がかかっていた。そこで、わたしは電車に乗り、まだ身体がふらふらするので、窓枠につかまり、凍(い)てついたガラスに息を吐きかけながら、長いこと揺られて行った。ルドルフィの住んでいたところに着いた。呼鈴を押した。ドアは開かない。もう一度、呼鈴を押した。老人がドアを開け、いまいましそうにわたしをみつめた。

「ルドルフィは在宅ですか?」

老人は自分のスリッパのさきを見やって答えた。

「いませんよ」

彼がどこへ行ったのか、いつ帰ってくるか、そして《事務所》に錠が掛かっていたのはなぜかといったような愚問までつけ加えたわたしの質問にたいして、老人は一瞬ためらいの色を見せたが、わたしがどういう者かとたずねた。わたしはいっさいを説明し、小説のことまでも話した。すると、老人は言った。

「彼は一週間前にアメリカに行きました」

ルドルフィがどこに行き、なぜ行ったのかというほんとうの理由を知ったら、わたしは死んでしまったかもしれない。

雑誌はどこへ行ったのか、《事務所》になにが起こったのか、アメリカとはどのようなものであり、彼がどのようにして出発したのかは、いまだにわからないし、今後もけっしてわからないことであろう。老人が何者であるかも、神のみぞ知るところである。

インフルエンザの病みあがりのために身体が弱っていたせいか、衰弱したわたしの脳裏には、いっさいのことが、つまりルドルフィ自身も、活字になった小説も、シャンゼリゼも、ワシーリイ・ペトローヴィチも、釘で負傷した耳も、なにもかもが夢のなかの出来事だったのではないかという思いすら閃(ひらめ)いたほどだった。しかし、家に帰ったとき、わたしは自分の部屋に九部の青い抜刷りがあるのを見た。小説は活字になっていた。そのとおりだ。それがここにある。

残念ながら、その雑誌の号の執筆者をわたしはだれひとり知らなかった。それだから、ルドルフィのことをだれにも問い合わせることはできなかった。

もう一度、《事務所》に行ってみたが、そのときはすでに、事務所などはなにもなく、テーブル・クロスのかかった小さなテーブルが並べられたカフェがあった。

いや、それよりもわたしに説明していただきたい、何百冊かの雑誌がどこに行ってしまったのかを。それらはどこにあるのか。

あの小説とルドルフィの身に起こったような謎めいた出来事は、わたしの生涯において二度と起こらなかった。

# 7

このような不可解な事情にあってなによりも賢明なことは、いっさいのことを忘れ、ルドルフィのことも、彼と共に消え去った雑誌のことも考えないようにすることと思われた。わたしはそうしようと努力した。

しかし、そうしたところで、その後も生活してゆくうえでの苛酷な条件から、わたしは救い出されはしなかった。わたしは自分の過去を検討することにした。

「つまり」三月の吹雪が吹き荒れていたとき、石油ストーブのそばにすわって、わたしは自分に向かって語りかけた。「おれが住んでいた世界とはこんなものだった」

第一の世界は大学の実験室で、わたしは実験室のなかの長く伸びた戸棚と台の上に載せられたフラスコを記憶している。市民戦争のさなかに、わたしはこの世界を捨てた。わたしの行動が軽薄であったかそうでなかったかを議論するのはやめておこう。信じがたい出来事のあと（もっとも、なぜ信じがたいものであったのか、市民戦争のときに信じがたい出来事を体験しなかった者などいったいどこにいようか）、要するに、そのあとわたしは『船舶通信』で働くようになったのだ。どのような理由のためか。それを隠そうとは思わない。わたしは作家になりたいという夢を抱いていたのだ。それでどうしたか。わたしは『船舶通信』の世界を捨てた。そして、じつを言うと、わたしの前には、わたしがかねがね足を踏み入れたいと希望していた世界が開けたのだが、それがあのような事件があったために、その世界がすぐに耐えられないものに思われるようになった。パリのことを思い浮かべるたびに、わたしは痙攣を起こし、その世界のドアの前で立ちどまってしまうのだ。それからあの不気味なワシーリイ・ペトローヴィチ。チェチューシでじっとしていればよさそうなものを。それに、イズマイル・アレクサンドロヴィチがいくら才能があるとはいえ、パリでの彼の行状はまったく不愉快きわまる。それで結局、わたしは一種の真空状態に陥ってしまったというわけか。まさにそのとおりである。

そう、それもいいではないか、机に向かって、つぎの小説を書くこと、小説にとりかかっているあいだは、パーティにも行かないですむのだ。だが、パーティが問題なのではなくて、肝心なことは、二作目の小説になんのことを書いたらよいのかをまったく知らなかったという事実である。人類になにを告げたらよいのか。すべての禍はそこにあった。

ところで、わたしの小説はどうなったか。真実から目をそむけないようにしよう。あの小説はだれにも読まれなかった。ルドルフィが姿を消し、明らかに雑誌を売る暇もなかったために、だれもそれを読めなかったのである。わたしが一部贈呈した友人も読んではいなかった。そのことは火を見るよりも明らかである。

それから、ついでに言っておくならば、あの文章を読んだら、多くの人々にわたしのことをインテリで神経衰弱にかかっていると言うのを確信している。インテリと言われることは我慢するが、神経衰弱ということに関しては、それは誤解以外のなにものでもないと真剣に警告しておく。わたしには神経衰弱の影すらないのである。それにだいたい、その言葉を投げかける前に、神経衰弱とは何かということをもっと正確に知るべきであるし、またイズマイル・アレクサンドロヴィチの話を聞いておいたほうがよさそうである。しかしこれはあまり重要なことではない。なによりも重要なことは生活してゆかなければならないということであって、そのためには金を稼がねばならなかった。

そういうわけで、三月の白昼夢を見るのをやめて、わたしは職捜しに出かけた。そこで、生活はわたしの首根っこをつかまえて、まるで放蕩息子を連れ戻すみたいに、わたしをふたたび『船舶通信』に連れ戻した。わたしは小説を書いていたのだと書記に言った。だがそのことは、彼の心を少しも動かしはしなかった。一言にして言えば、わたしが一か月に四編のルポルタージュを書き、それにたいして、しかるべき報酬を受けるという条件で契約したのである。こうして、生活してゆくうえに必要な物質的な基礎は保証された。そこで、できるだけ早くこのルポルタージュの重荷を肩からおろして、夜はまた小説を書くようにしようというのがわたしの計画だった。

第一の計画は完遂されたが、第二の計画はまったく見通しが立たなかった。まず最初、わたしは本屋に行き、現代作家の本を買い求めた。彼らがなんのことを書き、どのように書き、その技術の魔法のような秘密がどこにあるかを知りたいと思ったからである。

本を買うのには、わたしは金を惜しまず、本屋に並んであったよいものはなんでも買いまくった。イズマイル・アレクサンドロヴィチの作品、アガピョーノフの本、レソセコフの二つの長編、フレヴィアン・フィアルコフの二冊の短編集などをまっさきに買った。もちろん、最初の義務として、わたしはイズマイル・アレクサンドロヴィチの本にとびついた。表紙を見ただけで、不快な予感に襲われた。その本は『パリの断章』と題されていた。わたしには、最初の断章から最後の断章にいたるまで、残らず知っているこのように思われた。オート・ショーで反吐(へど)を吐いた呪わしいコンデュコフを知っていたし、シャンゼリゼで喧嘩(けんか)したふたり(ひとりはポマードキンで、もうひとりはシェルスチャニコフだったが)のことも知っていたし、オペラ座で人々を愚弄したスキャンダリストも知っていた。それでも、イズマイル・アレクサンドロヴィチの価値を認めなければならないが、彼の文章は異常なまでに光彩を放っていて、そのため、パリにたいする一種の恐怖感をわたしに植えつけたほどである。

アガピョーノフは、どうやらあのパーティのあとに短編集を出版したものらしく、『チェチューシのゴモザ』という作品もはいっていた。あの晩、ワシーリイ・ペトローヴィチがどこにも泊まることができずに、結局、アガピョーノフの家に泊まり、アガピョーノフ自身が泊まる家のない義弟の話を短編に利用する破目になったことが容易に推察された。《ゴモザ》というまったく理解できない言葉を除くと、すべてわかりやすかった。

レソセコフの長編『白鳥』をわたしは二度も読みかけたが、二度とも四十五頁まで読み進むと、最初に何があったかを忘れてしまったので、最初から読み返さねばならなかった。これには心底から驚かされた。読むのをやめようか、それとも自分にはまだ真面目な作品を理解する力がなかったのかというような、なにか奇妙な考えが頭に浮かんだ。そこでわたしは、レソセコフは脇に置いておいて、フレヴィアンにとりかかり、リコスパストフのものまで読んだが、リコスパストフにはまったく驚かされてしまった。それというのは、あるジャーナリストが描かれている短編（それは『模範的な下宿人』という題の短編だった）を読んでゆくと、スプリングが表面に突き出ている引き裂かれたソファ、机の上の吸取紙などが出てきたのである……言いかえれば、物語で描かれていたのは……わたしだったのだ。

まったく同じようなズボン、肩のところから突き出た首、狼のような目……そう、要するにわたしなのだ。しかし、わたしの生活のなかで大切にしているすべてのものを賭けて誓うけれど、あの描写はまったく正しくないのである。わたしは少しもずるくはないし、欲ばりでもないし、陰険でもないし、嘘つきでもないし、出世主義者でもないし、あの短編に出てくるようなばかげたことを一度だってしでかしたことはない。リコスパストフの短編を読んだあとのわたしの悲しみは言い表わせないが、それでもわたしは、自分をいろいろな側面からもっときびしくみつめなければならぬと強く自覚したので、そのことに関しては、リコスパストフに深く感謝しなければなるまい。

　しかしながら、そのような悲しみも、自分が未完成であるということを思いわずらうことも、じつを言うと、わたしがもっともすぐれた作家たちの本に少しも惹かれず、いわば道は開かれず、前途に光も見いだせず、なにもかもが厭わしくなるという恐ろしい意識と比較すると、とるに足りないものである。そして、実際、わたしはどんな作家にもなれないだろうときわめていまわしい思いが、懊悩となってわたしの胸をかきむしりはじめた。するとすぐさま、もっと恐ろしい思い……そう、リコスパストフのようになるのではないかという思いとぶつかる。もっと恐ろしいことをあえて言うなら、突如としてアガピョーノフのようになったらどうすればよいのか。ゴモザになったらどうだろうか。ゴモザとはなにか。なぜカフル人なのか。これらはみなばかばかしいことだ、それはわたしが保証できる。

　ルポルタージュを書かないとき、わたしはソファにすわって多くの時間を過ごし、買えるだけ買って、傾きかけた本棚や机やあるいは部屋の片すみにじかに積みあげていた本を読んでいた。自分自身の作品にたいしてはどうしていたかといえば、わたしは手元に残った九部の抜刷りと、原稿を机の抽斗に入れ、抽斗に鍵を掛け、今後二度とそれを取り出すまいと決心したのである。

ある朝、吹雪がわたしの目を覚ました。三月もすでに終わりに近づいていたとはいえ、吹雪が荒れ狂っていた。そしてふたたび、あのときのように、目を覚ましたとき、わたしの目には涙があふれていた。なんという弱さ、ああ、なんという弱い人間なのか。それからふたたび、あの人たちが現われ、ふたたび遠い都会が現われ、ピアノの側面が、銃声が、さらに雪の上に倒れた男が現われた。

それらの人々は夢のなかで生まれ、夢のなかから出てきて、きわめて堅固なイメージとなってわたしのひとり暮らしの狭い部屋に住みつくようになった。彼らとけっして別れられないことははっきりしていた。しかし、いったい、彼らとなにをすることができただろうか。

最初のうち、わたしは彼らと話しをかわしていただけだったが、そのうちに、やはり、小説を抽斗から取り出さなければならなくなった。夜になると、白いページのなかから、なにか色彩のついたものが出現するように思われはじめた。目を細くして、じっとみつめているうちに、これが一場の光景になっていると確信するにいたった。しかもこれは、平面ではなくて、立体の光景だったのである。それは小さな箱のようなものであって、文章を通して、その箱のなかに明かりがつき、小説に描かれたのと同じ人物たちが箱のなかを動きまわっているのが見えた。ああ、これはなんと魅力的なゲームであることか、そしてわたしは、猫がもはやこの世にいなく、ページの上でと同じように小さな部屋のなかを人々が動いているのを見せる者がだれもいないことを一度ならず残念に思ったものである。あの猫がいたら、きっと足を伸ばして、ページを爪で引っかいたにちがいない。猫の目が好奇心に燃え、足で文字をひっかきまわすのが目に浮かぶようである。

　時が経つにつれて、本のなかの部屋から音が響きはじめた。わたしはピアノの音をはっきりと耳にした。たしかに、もしもだれかにこのことを話したら、医者に診てもらったほうがいいと忠告されると思わなければならないだろう。あるいは、だれかが階下でピアノを弾いているのだろうと言ったり、もしかしたら、たしかにピアノを弾いているのだと言う者もいるかもしれない。しかし、わたしはこんな言葉には注意を払わないだろう。ちがう、そうじゃないのだ。わたしの机の上でだれかがピアノを弾いているのであって、ここで、静かな鍵盤の音がしたのである。しかし、そればかりではない。建物全体がひっそりと静まり返り、階下でたしかになにも弾いていないときに、憂鬱げで呪わしいアコーデオンの調べが吹雪のなかから聞こえ、そのアコーデオンの調べといっしょに、腹立たしげな声、悲しげな声、うめき声が耳にはいってくることもある。おお、これは階下から聞こえてくるのではない。この小さな部屋の明かりが消えるのはなぜか、ページのドニエプル川の上に冬の夜が訪れるのはなぜか、馬の面が現われ、その上に毛皮帽をかぶった人々の顔が見えてくるのはなぜか。わたしは鋭い銃剣も見た、魂を悩ます口笛の音も聞いたのである。

　ほら、いまひとりの男が息を切らして駆けている。煙草の煙を通してわたしは彼のあとを追い、じっと目を凝らすと、彼の背後できらりと光るものが見え、銃声が聞こえ、まるで鋭利なナイフで正面からぐさりと心臓を突き刺されたみたいに、彼は叫び声をあげて仰向けに倒れる。彼はじっと身動きもせずに横たわり、頭部からどす黒い多量の血が流れている。上空には月がかかり、遠くには、物悲しく、赤みをおびた部落の燈火が鎖のようにつらなって見える。

もしかしたら、一生、こうやってゲームを楽しみ、ページを見つづけていられるのかもしれない……だが、これらの人々をどのように固定することができるのか。彼らがもはやどこへも立ち去らないようにするにはどうすればよいのか。

そしてある夜、わたしはこの魔法の部屋を記述しようと心に決めた。それをどのように書けばよいのか。

それはしごく簡単なことだった。目に見えるものを書き、見えないものは書かなければよいのである。たとえば、一場の光景が明るく輝き、さまざまな色彩におおわれる。その光景はわたしの気に入ったものだろうか。とても気に入ったものである。そこでつまり、わたしはペンを取りあげて、第一景と書くわけである。わたしが見ている世界は夜、電燈がともっている。電燈の笠についた房。ピアノには楽譜が開かれている。だれかが『ファウスト』を演奏している。突然『ファウスト』が鳴りやみ、ギターの音が聞こえはじめる。だれがギターを弾いているのか。そこへひとりの男が、ギターを手にしてドアのなかから出てくる。歌が聞こえる。わたしは書く、歌いはじめる、と。

たしかに、これはすばらしいゲームのようだった。パーティに行かなくてもすむし、劇場に行く必要もない。

第一景からこのゲームを楽しみながらわたしは三晩を過ごし、そして三日目の夜の終わりに、自分が戯曲を書いていることを理解した。

四月にはいって、中庭の雪が消えたころ、第一景が完成した。わたしの主人公たちは仕事をし、歩きまわり、口をきいていた。

四月の末にイリチンの手紙が届いた。

こうして、小説の一件が読者に明らかとなったいま、わたしがイリチンと出会ったところから物語をつづけられるのである。

# 8　黄金の馬

「ええ」狡猾そうに、また謎をかけるみたいに目を細くして、イリチンがくり返した。「あなたの小説を読ませていただきましたよ」

わたしは目を大きく見開いて、一瞬、光に照らしだされるかと思うと、つぎの瞬間には暗い影におおわれる相手の顔をみつめた。窓の外の雨はどしゃ降りに変わっていた。わたしは生まれてはじめて、自分の目の前に読者を見たのだった。

「でも、あの小説をどうやって手に入れられたのです？　だって……あの雑誌は……」わたしは自分の小説の運命をほのめかした。

「グリーシャ・アイワゾフスキイをご存知ですか？」

「いいえ」

イリチンは不思議そうに眉を吊りあげた。

「グリーシャは仲間の文芸部長です」

「その、仲間というのはどういうことです？」

イリチンはひどく驚き、わたしの顔をよく眺めようと、つぎの稲妻が光るのを待っていた。

ぱっと稲妻が光り、そして消えたとき、イリチンはつづけた。

「仲間というのは劇場の名前です。あそこにはまだ行ったことはないのですか？」

「わたしはどの劇場にも行ったことはありません。なにしろ、モスクワに来てまだ日も浅いもので」

雷鳴はしだいに弱まり、昼の光がふたたび射しはじめた。わたしは自分がイリチンに愉快な驚きを与えているのを見てとった。

「グリーシャは感激していましたよ」なぜかいっそう謎めかした言い方でイリチンは語っていた。「それでわたしに雑誌を貸してくれたのです。すばらしい長編です」

このような場合、どんなふうに振舞ったらよいのかわからぬまま、わたしはイリチンに頭をさげた。

「じつは、一つ思いついたことがあるのですよ」イリチンは謎めかして左目を細めながらささやいた。「あの小説を戯曲にすることです！」

《運命の指だ！》とわたしは考えて言った。

「じつを言いますと、わたしはもう戯曲を書きはじめているのです」

イリチンは呆気にとられ、右手で左耳を掻き、ますます目を細くしたほどである。最初は、このような偶然の一致を信じられないといわんばかりのようすであったが、すぐに気をとり直した。

「それはいい、じつにすばらしい！　一刻も中断せずに、必ず書きつづけてください。ミーシャ・パーニンをご存知ですか？」

「いいえ」

「われわれの劇団の文芸部長です」

「はあ」

それからイリチンは、雑誌に発表されたのは長編の三分の一だけだったので、つづきをぜひとも知りたい、そのつづきを、彼自身とミーシャとエヴラムピヤ・ペトローヴナに原稿で朗読してもらいたいとわたしに言い、そしてすでに経験から知っていた彼は、エヴラムピヤ・ペトローヴナをわたしが知っているかとはたずねずに、彼女が舞台監督であると自分から説明した。

イリチンの計画のすべてが、わたしに最大の興奮を惹き起こした。

イリチンは声を落として言った。

「あなたは戯曲を書く、わたしたちがそれを上演する。すばらしいことじゃありませんか！　どうです？」

胸が高鳴り、わたしは真昼の雷雨と予感のようなものにすっかり酔ってしまった。イリチンはさらにつづけた。

「それに、なにが起こるかわかりませんよ、うまく説得すると、ご老人が自分で演出すると言いだすかもしれませんし……どうです？」

わたしがご老人も知らないということを見てとると、彼は頭を振りさえしたが、彼の目には、《なんという自然児だろう》という言葉がはっきりと読みとれた。

「イワン・ワシーリエヴィチですよ！」彼はささやいた。「イワン・ワシーリエヴィチ！　ご存知でしょう？　彼も知らないのですか？　独立劇場の指導者ですが、聞いたことありませんか？」そしてつけ加えた。「これはこれは！」

わたしは目まいがするほど頭がくらくらしはじめたが、それは主として、自分をとり巻いている世界に興奮させられたためである。あたかも、すでにずっと以前からわたしが夢に見つづけてきた世界に、いまわたしがはいりこんでいるかのようであった。

わたしとイリチンは部屋を出て、壁暖炉のあるホールに行ったが、そのホールは喜びに酔いしれるほどわたしの気に入った。空はすっかり晴れわたり、突然、日の光が寄木（よせき）細工の床に射しこんできた。それから、わたしたちは奇妙な格好をしたたくさんのドアのそばを通り過ぎたが、それにわたしが興味をそそられたのを見ると、イリチンは誘惑するようにわたしを内側に呼び招いた。足音が消え、物音も聞こえなくなり、地下室のような完全な闇のなかにはいった。案内者の救いの手がわたしを引っぱってゆき、人工的な明かりのともっている細長い部屋までくると、わたしの案内人は、もう一つの厚いカーテンを押し開いたが、すると、わたしたちは座席数三百の小さな観客席に出た。天井からぶらさがった二つのシャンデリヤがかすかに光を放ち、幕が開いているので、舞台がまる見えだった。舞台は荘厳で、謎めいて、そして空虚であった。舞台のすみのほうは暗かったが、中央にはいくぶん明かりが当たり、黄金の馬が後脚で立ちあがっていた。

「今日は休みでしてね」イリチンは教会のなかにでもいるときのように厳粛にささやき、それから、わたしの別の耳にささやくようにしてつづけた。「ここの若い俳優たちがあなたの戯曲を上演する、これ以上にいいことは望めない。ここは小さいように思っていられるかもしれませんが、実際は、かなり大きいし、それに、ここはお客さんたちで満員になります。しかも、ご老人をうまくその気にさせたら、あなたの戯曲を大きな舞台で上演することだってありえないわけじゃないのですよ！　どうです？」

《彼はおれをそそのかしているのだ》とわたしは考え、予感のために心臓がとまりそうになり、身震いした。《それにしても、彼はどうしてばかばかしいことを言っているのだろう？　たしかに、お客さんがたくさん集まることなんかたいしたことではない、あの黄金の馬だけが肝心なことだ、それに、戯曲を上演するために、説得したり、その気にさせたりしなければならないというきわめて謎めいた「ご老人」には、このうえなく興味をそそられる……》

「これがわたしの世界だ……」わたしは声に出して言いはじめたことも意識せずにつぶやいた。

「え？」

「いえ、なんでもありません」

イリチンと別れるときに、わたしは彼からつぎのような書きつけをもらった。


《尊敬するピョートル・ペトローヴィチ！

『黒い雪』の作者のために『人気者』の座席を確保してくださいますようお願いいたします。

あなたのイリチン》

「これは無料入場券ですよ」イリチンはわたしに説明してくれたが、生まれてはじめて無料入場券を手にして、心の高ぶりを覚えながら建物をあとにした。

この日からわたしの生活は一変した。昼間は熱に浮かされたみたいに戯曲と取り組んだが、昼間の光のなかでは、もはやページのなかから光景は現われず、箱は演劇学校の舞台の大きさに拡大された。

夜になると、わたしは黄金の馬と会うのをいらいらしながら待った。

『人気者』という戯曲がよいものか悪いものかはわたしには言えない。それに、そんなことはわたしには興味がなかった。それでも、この芝居にはなにかしら説明しがたい魅力があった。ひじょうに小さな客席の明かりが消えるやいなや、舞台裏で音楽がはじまり、箱のなかに、十八世紀の服装をした人々が出てくる。黄金の馬が舞台の脇に置かれ、登場人物がときどき現われては、馬の蹄(ひづめ)のところに腰をおろしたり、その面の横で情熱的な会話がかわされたりするのだが、それにわたしは満足を覚えたのだ。

芝居が終わり、劇場を去らねばならなくなったとき、わたしは悲しい感情にとらえられた。わたしは俳優たちの着ているのと同じようなカフタンを着て、芝居に参加したいという思いに強くかられた。たとえば、酔っぱらいの大きな団子鼻をつけ、茶色のカフタンを羽織り、手にステッキと煙草入れを持って舞台に登場し、なにか滑稽(こっけい)なことを話せたらどんなにすばらしいことかと思ったりしたのだが、こんな滑稽なことを、わたしは狭い客席にすわって考えていたのだった。しかし滑稽な言葉はほかの人によって作られ、ほかの人によって語られたのであって、客席にはときどき笑いが爆発していた。このときまで、そしてそれ以後も、これ以上に楽しい気分になったことは一度としてわたしにはなかった。

わたしは『人気者』を見るために三度も劇場に足を運び、《演劇学校舞台支配人》という札のかかった小窓のなかにすわっていた、憂鬱そうでむっつりとしたピョートル・ペトローヴィチを驚かせたが、最初のときは二列目、二回目は六列目、三回目は十一列目にある座席を世話してもらった。

イリチンはつぎからつぎとわたしのために書きつけを書いてくれ、わたしはスペインの服を着た人々の登場する芝居をもう一つ見たが、それには、ひとりの俳優が下男の役をひじょうに滑稽に、そしてすばらしい演技で演じたので、おもしろさのあまりわたしの額には汗がにじみ出たほどだった。

それから五月が訪れ、ある晩、ついにエヴラムピヤ・ペトローヴナとミーシャとイリチンとわたしの四人が顔を合わせることになった。わたしたちは演劇学校の舞台のある建物のなかの狭い一室に集まった。窓はすでに開け放たれ、ときどき聞こえてくる自動車のクラクションが、都会のなかにいることをわたしたちに思い出させた。

エヴラムピヤ・ペトローヴナは堂々とした感じの婦人で、顔にも威厳があり、ダイヤのイヤリングをつけていたが、ミーシャはその笑い声でわたしを驚かした。彼は突然「あっはっはっ」と笑いだしたが、するとみんなは、話をやめ、彼が笑い終わるのを待っていた。そして笑い終わると、彼は急に老けこんだように見え、あまり口もきかなくなった。

《なんと悲しそうな目をしているのだろう》わたしは自分の病的な癖で空想をたくましくした。《この男は、かつて、ペャチゴルスクで親友を決闘で殺したのだ》とわたしは考えた。《いまでも、その親友が夜ごと彼のもとを訪れ、月明かりの窓辺で、頭を振っているのだ》わたしにはミーシャがとても気に入った。

ミーシャもイリチンもエヴラムピヤ・ペトローヴナも、なみなみならぬ忍耐力を発揮したが、わたしは活字にならなかった小説の三分の一ほどを一気に朗読した。突然、わたしは良心の苛責を覚えて読むのをやめ、このさきはどうせおわかりでしょうからと言った。だが、時すでにおそかった。聞き手たちのあいだで話がはじまっていて、彼らがロシア語で話し合っていたのに、わたしにはなにも理解できなかったほど、話は謎めいていた。

ミーシャはなにかを議論するときに、部屋のなかを歩きまわり、ときどき不意に立ちどまるという癖をもっていた。

「オシップ・イワヌイチは?」イリチンが目を細くして低い声でたずねた。

「だめだ、だめだ」ミーシャは答えて、突然、身体を揺すって笑いだした。笑い終えると、殺した親友のことをまた思い出しているのか、年寄りじみたようすになった。

「だいたい、ご老人たちは……」イリチンが言いはじめた。

「ぼくはそうは思わないね」ミーシャがつぶやいた。

話はさらにつづき、こんな言葉が耳にはいった。「だけど、ガーリン家の人々だけをとりあげたって、それに反革命の協力者のことなんかがあると、あまり……」(こう言ったのは、エヴラムピヤ・ペトローヴナである。)

「失礼」ミーシャが決然たる口調で、手を振りまわしながら言いだした。「ぼくは以前から主張しているのだが、この問題を舞台にかける時期にきているのだ！」

「だけど、シヴツェフ・ヴラジェクが何と言うかしら？」（これはエヴラムピヤ・ペトローヴナの言葉である。）

「それにインドもこの問題に関してどう出るかはわからないし」イリチンがつけ加えた。

「さっそく、これらの問題を総会にかけるべきだ」イリチンが声を落としてささやいた。「鳴り物入りでやろうということになるかもしれない」

「シヴツェフが！」エヴラムピヤ・ペトローヴナが意味ありげに言った。

そのとき、わたしの顔には、完全な絶望の表情が浮かんでいたものらしく、そのため、聞き手たちはわけのわからぬ会話をやめて、わたしのほうを振り向いた。

「ぼくらはみんな、ぜひともお願いしなければならないのですが、セルゲイ・レオンチエヴィチ」ミーシャが言った。「遅くとも八月までには、なんとか戯曲を完成してほしいのです……つぎのシーズンのはじまる前に、どうしてもそれを読んでおかなければならないのです」

五月がどのようにして終わったかをわたしは覚えていない。六月も記憶に残っていないが、七月は記憶している。異常な酷暑だった。わたしは裸になり、タオルを身体に巻きつけて机に向かい、戯曲を書きつづけた。書き進めてゆくうちに、ますます困難になっていった。わたしの小箱はもうだいぶ以前からなんの音も立てなくなり、小説は消え、死人のように、さながら厭（いと）わしいもののように横たわっていた。色彩をもった人物は机の上で動きもせず、だれも助けに来てはくれなかった。いま目の前にあるのは演劇学校の舞台の箱である。主人公たちは大きくなり、なんのためらいもなく、大胆に舞台の箱のなかにはいって行ったが、黄金の馬のいるその場所がひどく気に入ったものらしく、彼らはどこにも去ろうとはせず、事件は進展し、結末も見えなくなったようだった。それから酷暑が去り、わたしが飲むためにお湯を入れておいたガラスの水差しは空っぽになり、底のほうに一匹の蠅が浮かんでいた。雨が降り、八月になった。わたしはミーシャ・パーニンから手紙をもらった。彼は戯曲のことを問い合わせていた。わたしは勇気を振りしぼり、深夜、事件の筋を短くした。戯曲は全部で十三景で終わった。

# 9 発端

　ふと見あげると、わたしの頭の上のほうに、明かりのともった大きな艶消し電燈が見え、その横には、ガラス・ケースにはいり、リボンと、《愛する独立劇場へ、モスクワ弁護士会より……》（最後の文字は読めなかった）と献詞のついたひじょうに大きな銀製の花輪があり、目の前には、それぞれ異なった俳優の笑い顔の写真がたくさん並んでいた。

　遠く離れていても、静寂がひしひしと感じられ、ときどき、不意にわき起こる物悲しい歌声や、それにつづいて、まるで公衆浴場のなかのような騒音も聞こえてきた。そこでは、わたしが自分の戯曲を読んでいるうちに芝居がはじまっていたのである。

　わたしは絶えず額の汗をハンカチで拭っていたが、わたしの前には、ずんぐりとして体格がよく、ひげをきれいに剃り、頭髪のふさふさした男がいた。彼はドアのところに立ち、なにか思い出そうとするかのようにわたしから目を離さなかった。

　彼のことだけがはっきりと記憶に残り、ほかのことはすべて飛び散り、明るく輝き、姿を変えてしまったが、変わらなかったものといえば、そのほかに銀製の花輪があるだけだった。それはなによりも鮮明に覚えている。こんなふうにしてわたしの戯曲の朗読ははじまったが、それはもう、演劇学校の舞台ではなくて、独立劇場においてであった。

夜、劇場を出るとき、わたしはあたりを見まわして、自分がどこにいるかを知ろうとした。そこは市の中心部で、劇場の隣には食料品店があり、向かい側には、《包帯とコルセット》という看板のかかった、これといって目立ったところのない、亀に似た建物があり、立方体の艶消し電燈があった。

その翌日、秋の黄昏（たそがれ）どきに、わたしははじめてこの建物の内部を見てまわった。観客席の内壁だったと思うが、その周囲に敷きつめられた柔らかな上質のラシャの絨毯（じゅうたん）の上を歩き、わたしのそばを大勢の人々がせかせかとした足どりで通り過ぎていったのをいまでも思い出す。シーズンがはじまっていたのである。

わたしは足音を消してしまう絨毯の上を歩いて、ひじょうに趣味よく調度を凝らした事務室に行ったが、その事務室には、ひげをきれいに剃り、明るい目をした感じのよい年輩の紳士がいた。彼はレパートリイ選定委員のアントン・アントーノヴィチ・クニャジェヴィチだった。

クニャジェヴィチの机の上のほうには明るくて楽しそうな一枚の絵がかかっていた……その絵には赤い房のついた幕が描かれ、その幕の向こうには、明るい緑の庭園があったのを覚えている。

「ああ、マクスードフさん」クニャジェヴィチは頭を横に傾けて愛想よく叫んだ。「あなたをお待ちしていたところです、待っていました！　どうぞ、お掛けください、お掛けください！」

わたしは快適そうな革の肘掛いすに腰をおろした。

「聞いていますよ、あなたの戯曲のことはよく聞いておりますよ」クニャジェヴィチはなぜか両手をひろげ、笑いながら言った。「すばらしい戯曲です！　たしかに、これまでわたしどもはそのような戯曲を上演してきませんでしたが、今度は、あなたの戯曲をとりあげるのです、必ず上演しますよ、上演しますとも……」

話を進めてゆくにつれて、クニャジェヴィチの目はますます明るく輝きはじめた。

「……そうすれば、あなたはものすごいお金持になりますよ」クニャジェヴィチはつづけた。「箱馬車を乗りまわすようになります！　そう、箱馬車を！」

《しかし、この男は見かけよりもはるかに複雑な人間だ、このクニャジェヴィチは……ひじょうに複雑だ……》とわたしは考えた。

そして、クニャジェヴィチがますます上機嫌になってゆくにつれて、不思議なことに、わたしのほうはますます緊張していった。

わたしともう少し話をつづけてから、クニャジェヴィチは呼鈴を押した。

「これからガヴリイル・ステパーノヴィチのところにご案内いたします。いわば、直接あなたをあの人の手のなかにお届けするわけです、手のなかにね！　あのガヴリイル・ステパーノヴィチはすばらしい人物です……蝿も殺せないような人です！　蝿もね！」

しかし、呼鈴に応じてはいってきた緑色の縁取りのある制服を着た男は、こう言った。

「ガヴリイル・ステパーノヴィチはまだ劇場にお見えになっておりません」

「まだ来ていないのなら、いずれ来るというわけだ」相変わらず、嬉しそうにクニャジェヴィチは答えた。「まだ来ていないそうですが、あと三十分もすれば来られるはずです！　そのあいだ、ゆっくりと劇場のなかでもご覧になったらいかがです、いろいろとご覧になると、なかなかおもしろいものですよ、それから食堂でお茶とサンドイッチでも召しあがったらいかがです、そう、サンドイッチもぜひとってください、食堂の支配人エルモライ・イワーノヴィチを怒らせないように！」

そこで、わたしは劇場のなかを見てまわることにした。絨毯の上を歩くことはわたしに肉体的な満足を与え、またいたるところを支配している神秘的な薄闇と静寂は喜びを与えてくれた。

薄闇のなかで、わたしはもうひとりの人と知り合った。わたしと同じくらいの年格好で、やせて背の高い男が近づいてきて、自分から名前を言った。

「ピョートル・ボムバルドフです」

ボムバルドフは独立劇場の俳優で、わたしの戯曲の朗読を聞いたと言い、彼の意見によると、あれはよい戯曲であるということだった。

会った瞬間から、なぜかわたしはボムバルドフに好意を感じた。彼がひじょうに賢明で、注意力のある人だという印象を与えられたのである。

「ロビーに並んでいる肖像画でも見に行きませんか?」ボムバルドフがていねいな口調でたずねた。

わたしは彼の申し出に感謝し、わたしたちはいっしょに、やはり灰色の絨毯を敷きつめた広いロビーに行った。ロビーの壁には、肖像画や大きく引き延ばした写真が楕円形の金縁の額に入れ、列になって掲げられていた。

最初の額のなかからは、うっとりとした目をし、前髪を垂らし、胸の大きく開いた服を着た三十歳ぐらいの女性を描いた油絵がわたしたちのほうを眺めていた。

「サラ・ベルナールです」ボムバルドフが説明した。

この有名な女優の隣の額には、口ひげをつけた男の写真がはいっていた。

「アンドレイ・パホモヴィチ・セワスチヤノフ、劇場の照明部長です」ボムバルドフがていねいな口調で言った。

セワスチヤノフの隣の人のことは、わたしは自分でもわかった、それはモリエールだった。

モリエールの向こうには、小さな皿のような帽子を斜めにかぶり、ネッカチーフを胸のあたりで矢のように結び、レースのハンカチを手に持ち、小指を突き立てている女性の写真があった。

「リュドミラ・シリヴェストロヴナ・プリャヒナ、この劇場の女優です」ボムバルドフは言ったが、そのとき、彼の目がきらりと光った。しかしわたしのほうを横目で見たときには、ボムバルドフはなにもつけ加えなかった。

「ちょっとうかがいますが、これはいったいだれです？」縮れた髪に月桂樹の葉をつけた男の残忍そうな顔を見ながら、不思議に思ってわたしはたずねた。その男は寛衣（かんい）を着、五弦の竪琴を手に持っていた。

「ネロ皇帝です」ボムバルドフは言ったが、そのときもまた、彼の目には光が浮かび、それから消えた。

「どうしてです？」

「イワン・ワシーリエヴィチの命令で」ボムバルドフは表情を変えずに言った。「ネロは歌手で俳優でした」

「なるほど、そういうわけですか」

ネロのつぎにはグリボエードフの肖像が掛かり、グリボエードフのつぎには糊のきいたダブル・カラーのシャツを着たシェイクスピア、そのつぎはだれだかわからなかったが、この劇場で四十年間、回転舞台の操作係を勤めたプリーソフだということだった。

それから、ジヴォキニ、ゴルドーニ、ボーマルシェ、スターソフ、シチェプキンなどがつづいた。べつの額のなかからわたしの目にはいったのは、勇ましく横っちょにかぶった槍騎兵の帽子、その下の貴族的な顔、油で固めた口ひげ、騎兵将官の肩章、赤い胸の折返し、弾薬盒だった。

「故クラヴディイ・アレクサンドロヴィチ・コマロフスキイ・エシャッパール・ド・ビオンクール陸軍少将、近衛槍騎兵連隊長です」わたしが興味を抱いたのを見ると、ボムバルドフはすぐに話しだした。

「この将軍の話というのは、まったく変わっているのです。あるとき、彼は二日ほどの予定でペテルブルグからモスクワに出てきて、テストフで食事をし、夕方、わたしたちの劇場に来ました。そう、当然のことですが、最前列にすわって、芝居を見ていました……どんな戯曲がかかっていたのかは覚えておりませんが、目撃者の話によりますと、森の場面で、将軍に何かが起こったそうです。夕焼けに赤く染まった森、眠りの前の鳥のさえずり、舞台裏から聞こえる、遠くの村での夕べの祈禱を告げる鐘の音……将軍がすわったまま麻のハンカチで目を拭いているのを見たそうです。芝居が終わってから、彼はアリスタルフ・プラトーノヴィチの部屋に行きました。劇場の案内係があとで話したことによりますと、部屋にはいるとき、将軍は押し殺したような恐ろしい声で、『どうすればよいのか、わしに教えてくれないか?!』と言ったそうです。それから、彼とアリスタルフ・プラトーノヴィチは部屋に閉じこもっていたのです……」

「ちょっと失礼、そのアリスタルフ・プラトーノヴィチというのはどういう人なのですか？」わたしはたずねた。

ボムバルドフはあきれ返ったようにわたしを見たが、しかしすぐに驚きの色を顔から消して、説明した。

「わたしたちの劇場には指導者がふたりいまして、そのふたりというのが、イワン・ワシーリエヴィチとアリスタルフ・プラトーノヴィチなのです。失礼ですが、あなたはモスクワっ子ではないのですか？」

「いいえ、ちがいます……どうぞ、つづけてください」

「……ふたりが部屋に閉じこもって、何を語り合ったかはわかりませんが、わかっていることは、その夜のうちに、将軍がペテルブルグに電報を打ったことです、それはこんな内容のものでした。《ペテルブルグ。皇帝陛下へ。独立劇場の俳優になることが自分の天職であると感じましたので、退役させていただきたく、衷心よりお願いいたします。コマロフスキイ・ビオンクール》」

わたしは驚愕（きょうがく）し、たずねた。

「それで、どうなったのです⁈」

「まったく奇妙なことが、じつにすばらしいことになりました」ボムバルドフが答えた。「アレクサンドル三世のところに電報が届いたのは夜中の二時でした。特別に皇帝を起こさなければなりませんでした。皇帝は寝衣一枚で、ひげぼうぼう、小さな十字架を肌につけておりましたが……『こちらによこせ！　エシャッパールになにかあったのか？』と言いました。電報に目を通すと、二分ほどは一言も口をきかず、ただ顔をまっかにして、鼻息を荒らくしているだけでしたが、それから、『鉛筆を！』と言うと、すぐに電報に書きこみました、《ペテルブルグでもう二度と彼の顔を見たくない。アレクサンドル》。そしてベッドにもどったそうです。将軍のほうは、その翌日、早速、モーニングにズボンといういでたちで稽古場にやってきました。皇帝の決裁はニスを塗って保存されましたが、革命後、その電報は劇場に渡されました。いまでも、劇場の博物館でそれをご覧になれますよ」

「彼はどのような役を演じたのですか？」わたしはたずねた。

「皇帝、将軍、金持の家の侍僕などの役をやりました」ボムバルドフは答えた。「ご存知かと思いますが、わたしたちのところでは、オストロフスキイの戯曲をたくさん上演していますが、それには商人が出てきます……それから、トルストイの『闇の力』を長いこと上演しつづけてきました……それから、当然のことですが礼儀作法というものがわたしたちに必要なことは、おわかりでしょう……ところが彼は、ご婦人が落としたハンカチをどのように拾って差しあげるか、葡萄酒をどのように注げばよいかということまでよく知っていましたし、フランス語はフランス人以上にみごとに話していました……それからもう一つ、彼は舞台裏で鳥の鳴き真似をするのがひどく好きだったのです。春の日の村で事件が起きるような戯曲が上演されるときには、彼はいつでも舞台裏の梯子(はしご)に腰をおろして、鶯(うぐいす)の鳴き声を出すのでした。まったく、なんと奇妙な話でしょう！」

「いや、ちがいます！　わたしはそうは思いませんね！」わたしはかっとなって叫んだ。「あなたがたの劇場がそんなにすばらしいものだったら、わたしだって将軍がやったことと同じようにできるはずです……」

「カラトゥイギン、タリオーニ」ボムバルドフは肖像画から肖像画へとわたしを導きながら、つぎからつぎと名前を挙げていった。「エカテリーナ二世、カルーゾー、フェオラン、プロコポヴィチ、イーゴリ・セヴェリャーニン、バチスチーニ、エウリーピデース、衣装部の責任者ボブイレワ」

しかしそのとき、緑の縁取りのはいった制服を着た男が足音も立てずに小走りにロビーにはいってき、ガヴリイル・ステパーノヴィチが劇場にお着きになりましたと低い声で告げた。話の途中で腰を折られたボムバルドフは、わたしの手をきつく握り、謎めいた言葉を、声を落として言った。

「しっかりやってください……」そして、彼の姿は薄闇のなかに消えた。

わたしも縁取りのついた制服の男のあとについて歩きはじめたが、男はわたしの先に立って歩きながら、ときどき指でわたしをうながし、病的な笑いを浮かべていた。

わたしたちが歩いていた広い廊下の壁には、十歩あるくごとに、《静粛！　稽古中！》という電光文字が出ていた。

円を描いているこの廊下の突き当たりに、やはり緑色の縁取りのはいった制服を着、金縁の鼻眼鏡を掛けた男が肘掛いすにすわっていたが、案内されてきたわたしを見ると、立ちあがって、「いらっしゃいませ！」と低くつぶやき、《独立劇場》の頭文字を組合わせた金の刺繡のはいった厚いカーテンを押し開けた。

わたしは大きなテントのなかにいるみたいだった。緑色の絹布が天井に張られ、それはクリスタルのシャンデリヤのともっていた中心から放射状に垂れさがっていた。そこには柔らかな絹におおわれた家具が置かれてあった。もう一つカーテンがあり、その向こうには、曇りガラスをはめたドアがあった。途中からわたしを案内してくれた鼻眼鏡を掛けた男は、ドアのそばまで来ると立ちどまり、「ノックしてください」と告げるような身振りをして、すぐに姿を消した。

わたしはドアを軽くノックし、銀製の鷲の頭のかたちをした把手を握ると、圧縮空気ばねが鳴り、ドアが開いた。すぐにカーテンに顔をぶつけ、まごついたが、押し開けてなかにはいった。

わたしは自分がどこにいるのか、どうすればよいのかわからなかった。わたしは意を決したが、それでもやはり、いくぶん気味が悪かった……しかし、わたしは死ぬときまで、劇場の経理部長ガヴリイル・ステパーノヴィチがわたしを迎え入れてくれたあの部屋を忘れはしないことだろう。

わたしが部屋に足を踏み入れると同時に、左手の片すみにあった大きな時計がやさしい音を出し、メヌエットを奏ではじめた。

　さまざまな光がわたしの目にとびこんできた。机、つまりもっと正確に言うと、机ではなくて、大きな事務机、つまり事務机ではなくて、十以上もの抽斗(ひきだし)や書類棚があり、銀色の足の曲がった電気スタンド、電気ライターなどのついた複雑な構成物の上に緑色の光が輝いていた。

　三台の電話器の置いてあったローズ・ウッドの机の下からは地獄の火のようなまっかな光がもれていた。平べったい外国製のタイプライター、四台目の電話器、《独立劇場》の頭文字を組合わせた金色の紋を浮かせた用紙の束を置いた小さな机からは小さな白い光。反射した光は天井からも降り注いでいる。

　事務室の床には絨毯が敷きつめられていたが、それは上質のラシャではなくて、ビリヤード台に用いるような布地で、その上に、五センチほどの厚さの桜色の敷物が敷かれていた。クッションを置いた大きなソファがあり、その横にトルコの水ぎせるがあった。ここはモスクワの中心部にあり、しかも昼間だというのに、三重のカーテンによって隙間なく塞(ふさ)がれた窓からは、いかなる光も、いかなる物音もはいってはこなかった。ここには永遠につづく英知の夜があり、革と煙草と香水の匂いがただよっていた。なま暖かい空気が顔や手をやさしく撫(な)でていた。

　金箔を打ちつけたモロッコ革の壁には、いかにも俳優らしい髪型をし、目を細め、口ひげをひねりあげ、手に柄付眼鏡を持った男の大きな写真が掛けてあった。これはイワン・ワシーリエヴィチかアリスタルフ・プラトーノヴィチであろうと推測したが、ふたりのうちいずれであるかは正確にはわからなかった。

回転いすをぐるりとまわして、フランス風の黒い顎ひげをつけ、口ひげを矢のように目のほうにひねりあげている小柄な男がわたしのほうを向いた。

「マクスードフと申します」わたしは言った。

「ちょっと失礼」初対面のこの男はかん高いテノールで答え、いますぐこの書類を読み終えてしまいますからというような仕草をした……

……書類を読み終えると、彼は黒い紐のついた鼻眼鏡をはずし、疲れたような目をこすり、事務机に完全に背中を向けると、一言も口をきかずにわたしをじっと見すえた。彼は無遠慮にまじまじとわたしの目をみつめ、まるで手に入れたばかりの新しい機械を調べるみたいに、注意深くわたしを見まわした。彼はわたしを検討しているということを隠そうとはせず、目を細めたりさえした。わたしは目をそらしたが、なんの効き目もなく、ソファの上でもじもじしはじめた……ついに、《えい、よし……》と思い、自分でもたいへんな努力を払って、相手の目をじっと見返した。そのとき、なぜかクニャジェヴィチにたいする漠とした不満を覚えた。

《なんと奇妙なことだろう》とわたしは考えた。《それとも、あのクニャジェヴィチは盲目なのか……彼は蠅も殺せない男だなどと言っていた……蠅をだと……わからん……わからん……深く落ちくぼんだ鋼鉄のような小さな目……そこにあるのは、鉄の意志、悪魔の勇気、不屈の決意……フランス風の顎ひげ……なぜこの男は蠅も殺せないのだろうか?……この男はデュマの小説に出てくる三銃士の案内人にひどく似ている……名前はなんといったか……忘れてしまった、畜生!》

これ以上沈黙がつづくことに耐えられなくなったのか、ガヴリイル・ステパーノヴィチが沈黙を破った。彼はなぜかおどけたような微笑を浮かべ、いきなりわたしの膝を押した。

「まあ、契約を結ばなければならないというわけですな?」彼は切り出した。

回転いすがぐるりとまわり、それから、もう一度もとに戻ったとき、ガヴリイル・ステパーノヴィチの手には契約書が握られていた。

「ただ、イワン・ワシーリエヴィチの同意を得ないで契約を結んでもよいものかどうか、わたしにはわからないのですが」と言って、ガヴリイル・ステパーノヴィチは思わず肖像のほうにちらりと目をやった。

《ああ! そういうことか……いまわかったぞ》とわたしは考えた。《あれがイワン・ワシーリエヴィチだな》

「不都合なことが起こらなければいいのですが」ガヴリイル・ステパーノヴィチがつづけた。「それでも、あなたの場合は問題ないでしょう!」彼は愛想よく笑った。

そのとき、ノックもなくドアが開き、カーテンが押し開けられ、南国風の高慢そうな顔をした婦人がはいってき、わたしに視線を向けた。わたしは彼女に頭をさげ、「マクスードフです」と言った。

その婦人はまるで男のようにわたしの手をきつく握って、答えた。

「アヴグスタ・アヴデーエヴナです」彼女はいすに腰をおろし、緑色のジャンパーの小さなポケットから金色のシガレット・ホールダーを取り出し、煙草に火をつけると、静かにタイプライターを打ちはじめた。

わたしは契約書に目を通したが、率直に言うと、なにも理解できなかったし、また理解しようともしなかった。

わたしが言いたかったのは、「わたしの戯曲を上演してください、ここに毎日やってきて、二時間ほどこのソファに横になり、煙草の甘い匂いを吸い、時計の音を聞き、夢を見る権利をわたしに与えてくださったら、それ以外のことはなにもいりません」ということだけだった。

さいわいにも、わたしはそのことを口に出して言いはしなかった。

契約書には、《もしも……ならば》とか《なんとなれば》という言葉がひんぱんに出てき、各項目が《作者は……の権利を有さず》という言葉ではじまっていたのを覚えている。

作者は自己の戯曲をモスクワの他劇場に提供する権利を有さず。

作者は自己の戯曲をレニングラードのいかなる劇場にも提供する権利を有さず。

作者は自己の戯曲をロシア共和国のいかなる都市にも提供する権利を有さず。

作者は自己の戯曲をウクライナ共和国のいかなる都市にも提供する権利を有さず。

作者は自己の戯曲を活字にして発表する権利を有さず。

作者は劇場に要求する権利を有さずとあったが、なにを要求してはいけないのかは忘れてしまった（第二十一項）。

作者は抗議する権利を有さずとあったが、なにに抗議してはいけないかも忘れてしまった。

もっとも、一つの項目だけがこの書類の単調さを破っていたが、それは第五十七項だった。それは、《作者は……の義務を負う》という言葉ではじまっていた。その項目によると、作者は《もしも指導部、なんらかの委員会、機関、組織、団体、組合、ないし権限をもった個人などの要求があった場合には、無条件で、即時、戯曲の訂正、変更、加筆、削除などを行なわねばならず、それに際しては、第十五項に明記された以外のいかなる報酬も要求することは許されない》とあった。

その第十五項を注意してみると、そこには、《報酬》という言葉のあとが空欄になっていた。

その個所を、わたしは質問するように爪で押さえた。

「どれぐらいの報酬をお考えですか？」ガヴリイル・ステパーノヴィチはわたしから目をそらさずにたずねた。

「アントン・アントーノヴィチ・クニャジェヴィチは、二千ルーブルはもらえるだろうと言ってましたが……」とわたしは答えた。

相手はうやうやしく頭をさげた。

「なるほど」彼はつぶやき、しばらく黙ってから、つけ加えた。「ああ、お金、お金！　お金のために、どれほどの悪が世間に生まれたことか！　わたしたちはみんなお金のことしか考えていない、魂のことを考えたのはだれだったただろう？」

わたしはこれまで、困難な生活のなかで、そのような箴言を考える習慣を失っていたので、正直のところ、当惑してしまった……そして思った、《もしかしたら、クニャジェヴィチのいうとおりなのかもしれない……おれが冷淡で、凝い深くなっていただけではないだろうか……》と。わたしは礼儀正しく振舞おうと思ってため息をつくと、それに答えるように、相手もため息をもらし、それから突然、ため息とはまったく一致しないほどおどけた調子でわたしに目配せして、親しげにささやいた。

「四百ルーブルではどうです？　え？　ほかならぬあなたのためですからね？　え？」

白状すると、わたしはがっかりしてしまった。それというのも、ちょうどそのとき、わたしは一コペイカも持ち合わせておらず、この二千ルーブルに多大の期待をかけていたからである。

「それじゃ、千八百ルーブルというわけにはゆきませんか？」わたしはたずねた。「だって、クニャジェヴィチが言ってましたが……」

「あなたのご機嫌をとろうと思ってそう言ったのでしょう」ガヴリイル・ステパーノヴィチがにがにがしげに答えた。

そのとき、ドアがノックされ、緑色の縁取りのついた制服を着た男が白いナフキンをかけた盆を持ってはいってきた。盆の上には、銀製のコーヒーポット、ミルク入れ、外側がオレンジ色、内側が金色の陶器のコーヒー茶碗二個、それに、キャビア、オレンジ色をした透明な蝶鮫の燻製、チーズ、冷たいロースト・ビーフをのせたサンドイッチがそれぞれ二個ずつのっていた。

「小包をイワン・ワシーリエヴィチに届けてくれた？」はいってきた男にアヴグスタ・アヴデーエヴナがたずねた。

男は表情を変え、盆を傾けた。

「アヴグスタ・アヴデーエヴナ、わたしは食堂に行かなければならなかったもので、イグヌートフに小包を届けてもらいました」彼は言った。

「わたしが頼んだのはイグヌートフではなくて、あなたなのよ」アヴグスタ・アヴデーエヴナが言った。「小包をイワン・ワシーリエヴィチに届けるのはイグヌートフの仕事ではありません。イグヌートフはばかで、なにかしら間違いをしでかし、伝言ひとつ正確にはできないのですから……あなたはイワン・ワシーリエヴィチの熱があがればいいとでも思っているの？」

「殺してしまいたいのだろう」ガヴリイル・ステパーノヴィチが冷やかに言った。

盆を持った男は低くうめき、スプーンを落とした。

「あなたが食堂に行ったとき、パーキンはどこにいたの?」アヴグスタ・アヴデーエヴナがたずねた。

「パーキンは自動車を呼びに行っていました」たずねられた男は説明した。「それで、わたしが食堂に行くときに、『イワン・ワシーリエヴィチに届けてほしい』とイグヌートフに言ったのです」

「ボブコフは?」

「ボブコフは切符を取りに行ってました」

「ここに置いてちょうだい!」アヴグスタ・アヴデーエヴナは言い、ボタンを押したが、すると壁から食事用の板がとびだしてきた。

制服の男は、ほっとしたように盆を置き、尻でカーテンを押し、足でドアを開けて、ドアの外に消えた。

「魂、魂のことを考えてくれよ、クリュクヴィン!」男のあとを追うようにガヴリイル・ステパーノヴィチは叫び、それからわたしのほうに向き直ると、親しげに言った。

「四百二十五ルーブル。どうです?」

アヴグスタ・アヴデーエヴナはサンドイッチを口に入れ、一本指で静かにタイプライターを打ちはじめた。

「千三百ルーブルにはなりませんか？　たしかに、言いにくいのですが、わたしはいま一文なしだというのに、仕立屋に支払わなければならないのです……」

「その服を新調されたのですか？」ガヴリイル・ステパーノヴィチがわたしのズボンを示しながらたずねた。

「ええ」

「仕立てはあまりうまくないですね」ガヴリイル・ステパーノヴィチが言った。「その仕立屋なんかお払い箱にしてしまいなさいよ！」

「だけど、考えてもみてください……」

「わたしどものところではですね」ガヴリイル・ステパーノヴィチは当惑げに言った。「契約のときに作者に現金を支払うというような先例がないのですが、しかしあなたの場合は……四百二十五ルーブル出しましょう！」

「千二百ルーブル」いっそう元気づいて、わたしは応じた。「それがないと、わたしは困るのです……いま、とてもつらい状況にあるもので……」

「あなたは競馬をやったことはありませんか？」同情してガヴリイル・ステパーノヴィチがたずねた。

「いいえ」わたしは口惜しくなって答えた。

「わたしどもの劇団にいるある俳優も、やはり金がなくなり、困りはてて、競馬に行ったのですが、どうしたと思います、千五百ルーブル儲けたのですよ。もっとも、あなたにもそうするようにとはおすすめしませんがね。友人として言いますけれど、一度は儲けても、そのつぎには負けるのですから！　ああ、お金か！　それがいったいなにになるのです？　ほら、わたしもお金なんか持っていません、それでも、わたしの魂は平気ですし、こんなに落ちついていられます」ガヴリイル・ステパーノヴィチはポケットを取り出して見せたが、たしかにそこには金はなく、あるのは鎖につないだ鍵の束だけだった。

「千ルーブル」とわたしは言った。

「えい、どうとでもなれ！」ガヴリイル・ステパーノヴィチが勇ましく叫んだ。「あとでみんなからなんと言われてもいい、五百ルーブル、あなたに出します。署名してください！」

わたしは契約書に署名したが、そのとき、ガヴリイル・ステパーノヴィチは、わたしに支給される金は前渡金で、最初の上演料から差し引かれるものであると説明した。わたしは今日、七十五ルーブル、二日後に百ルーブル、それから土曜日にさらに百ルーブル、残金はいまから二週間後に受けとるということに話が決まった。

ああ、その事務室から出たあとの街頭が、いかに散文的で、いかに陰鬱(いんうつ)なものにわたしには見えたことか。細い雨が降り、薪を積んだ荷馬車が門のところで立往生し、馭者が恐ろしい声をはりあげて馬をどやしつけ、人々は不順な天候のために不満そうな表情を浮かべて歩いていた。わたしはこの悲しげで散文的な光景を見ないように努めながら大急ぎで家に帰った。かけがえのない契約書はわたしの胸のなかに刻みこまれていた。

自分の部屋のなかには友人（ピストルの話を参照されたい）が待っていた。

わたしは濡れた手でポケットから契約書を取り出して叫んだ。

「読んでみたまえ！」

契約書を読み終わると、驚いたことに、わたしの友人はわたしに向かって怒りだした。

「これは何だ、学のないやつの書いたものなのか？　ばかだよ、こんなものに署名なんかしたのか？」と彼はわたしにたずねた。

「きみは演劇関係のことはなにもわかっちゃいないんだ、だから、なにも言わないでくれ！」わたしも腹を立てた。

「《義務を負う、義務を負う》とは、これはいったいなんだ、彼らはなんらかの義務でも負っているのかね？」友人はぶつぶつ文句を言った。

わたしは、ロビーに掛かっていた肖像画や写真がどんなものであったか、ガヴリイル・ステパーノヴィチがどんなに親切な人であったかと熱っぽく彼に語り、サラ・ベルナールやコマロフスキイ将軍のことも語った。またわたしは、時計がどのようにメヌエットを奏で、コーヒーがどのように湯気を立てていたか、絨毯を踏む足音がどんなに静かで、どんなに魅惑的であったかを伝えたいと思ったが、しかし時計はわたしの頭のなかに残っていただけで、わたしは自分の目で金色のシガレット・ホールダーや電気暖炉の地獄のような火、皇帝ネロまでも見たはずだったのに、なにも口に出して伝えることができなかった。

「その契約書を作ったのはネロじゃないのか？」わたしの友人は辛辣な皮肉を言った。

「ばかを言え！」わたしはどなり、彼の手から契約書を奪い取った。

わたしたちは食事を共にすることにし、ドゥーシャの弟を食料品店に買物に行かせた。

秋の雨が降りつづいていた。すばらしいハムがあり、すばらしいバターがある。幸福の時。

モスクワの気候は、よく知られているように、きわめて変わり易いものである。二日後にはからりと晴れわたり、夏の日のように暖かな一日となった。わたしはいそいそと独立劇場に向かった。百ルーブルをもらえるという甘い予感を抱きながら、劇場に近づいて行ったとき、中央のドアに貼ってあった控え目なポスターが目にはいった。

わたしは読んだ。

今期の予定上演目録

アイスキュロス――『アガメムノーン』
ソポクレース――『ピロクテーテース』
ローペ・デ・ベーガ――『フェニーサの罠』
シェイクスピア――『リア王』
シラー――『オルレアンの少女』
オストロフスキイ――『この世のことではなく』
マクスードフ――『黒い雪』

わたしはぽかんと口を開けて、舗道に立っていたが、そのときわたしの財布がどうして盗まれなかったのか、不思議なくらいである。わたしは人々から小突かれたり、なにか不愉快なことを言われたりしたが、それでも立ちつづけ、ポスターに眺め入っていた。それから、わたしは脇に退き、このポスターが通行人にどのような印象を与えたかを確かめようとした。

しかし、いかなる印象も与えはしなかったということがわかった。ポスターをのぞきこんだ三、四人を除くと、だれもポスターを読まなかったといえる。

それでも、五分と経たないうちに、わたしの期待はじゅうぶんに報いられた。劇場のほうに近づいてくる人波のなかに、わたしはエゴール・アガピョーノフの大きな頭をはっきりと見分けたのである。彼は一連の取巻きたちを引き連れて劇場のほうに近づいてきていたが、その取巻のなかには、パイプを口にくわえたリコスパストフと感じのよいふとった顔をした見知らぬ男もいた。しんがりを歩いていたのは、あまり見かけない黄色い夏外套を着、なぜか帽子をかぶっていないカフル人だった。わたしは盲目の彫像の立っている壁のくぼみに身をひそめて、じっと眺めていた。

一行はポスターのところまで来ると、立ちどまった。リコスパストフの身に起こったことをどのように記述したらよいか、わたしは知らない。彼はまっさきに立ちどまって、読みはじめた。彼の顔にはまだ微笑がただよい、その唇はまだなにかの笑い話を語りつづけていた。しかしそれは、『フェニーサの罠』のところまで彼が読んでいたときのことである……突然、リコスパストフはまっさおになり、どうしたわけか、急に老けこんだような顔になった。彼の顔には、正真正銘の恐怖の色が現われた。

アガピョーノフはポスターを読むと、「ふむ……」と言った。

ふとった見知らぬ男はまばたきしはじめた……《彼はどこでわたしの名前を聞いたか思い出そうとしているのだ》とわたしは思った。

カフル人はみんながなにを見ているのかと英語でたずねはじめた……アガピョーノフは、「ポスター、ポスター」と言って、宙に四角形を書きはじめた。カフル人はなにもわからぬまま頭を振っていた。

大勢の人々が通りかかり、一行の頭は見え隠れにちらついていた。話し声も、わたしの耳まで届くかと思うと、街頭の喧噪(けんそう)のなかにかき消されたりしていた。

リコスパストフがアガピョーノフのほうを向いて、言った。

「いや、見ましたか、エゴール・ニールイチ？ これはいったいどういうことです？」彼は物悲しげにあたりを見まわした。「そうだ、みんな気がちがってしまったのだ！」

風が最後の言葉を吹き飛ばしてしまった。

アガピョーノフの低音(バス)と、リコスパストフのテノールが、途切れ途切れに聞こえた。

「……いったいどういうことだろう？ それでも、ぼくもあの男の発見者のひとりだ……あの……なんといおうか……そう……恐ろしいタイプの男だ……」

わたしは壁のくぼみから出て、ポスターを読んでいる人々のほうに向かってまっすぐ歩きだした。

最初にわたしを見つけたのはリコスパストフだったが、彼の目に起こった変化にわたしは驚かされた。それは確かにリコスパストフの目だったが、しかしそこにはなにかしら新しい、よそよそしいものが現われていて、彼とわたしのあいだには深淵のようなものが横たわっていた。

「やあ、兄弟」リコスパストフは叫んだ。「やあ、きみ！ 思ってもみなかった、びっくりしたぜ！ アイスキュロス、ソポクレース、そしてきみだ！ きみがどんなふうにやったのかわからんが、とにかく、これはすばらしいことだ！ それでも、こうなったからといって、もちろん、昔の友人のことを忘れるんじゃないぜ！　シェイクスピアと同列の人と友だちづき合いをするのはたいへんなことだが！」

「ばかなことを言うのはやめてください！」わたしはおずおずと言った。

「まったく、言葉も出ないとはこのことだ！　ああ、きみというやつは、畜生！　いや、なにもきみに焼きもちを焼いているわけではない。さあ、接吻しよう！　ご老人！」

わたしは短い針金の生えたリコスパストフの頰の触れるのを感じた。

「ご紹介しよう！」そこでわたしは、わたしから目を離そうとしなかったふとった男に紹介された。その男は、「クルップです」と名乗った。

わたしはカフル人にも紹介されたが、彼は不正確な英語でひじょうに長々と語った。その文句を理解できなかったので、わたしはカフル人にはなにも言わなかった。

「もちろん、きみの戯曲は演劇学校の舞台にかけられるのだろう？」リコスパストフがきいた。

「よくは知らないけど」とわたしは答えた。「独立劇場で上演するという話だった」

ふたたびリコスパストフはまっさおな顔になり輝く青空を憂鬱そうに仰いだ。

「まあ、いいじゃないか」彼はしわがれた声で言った。「うまくいくといい。きみの成功を祈っているよ。これがきみの最初の成功になるかもしれない。小説だって出なかったのだから、ましてや戯曲が上演されるなんて、だれも予想できなかったのではないだろうか。ただ、あまりうぬぼれないほうがいいな。友人を忘れることほど悪いことはほかにないということを肝に銘じておいてくれ！」

クルップはわたしの顔をじっとみつめ、なぜかしだいに考えこむような表情になったが、そのときわたしは、彼がほかのなににたいしてよりも注意深く、わたしの髪と鼻を見ていたのに気づいた。そろそろ別れなければならなかった。それがまた厄介なことだった。エゴールはわたしの手を握りながら、わたしが彼の本を読んだかどうかとたずねた。わたしは恐怖のあまりひやりとして、まだ読んでいないと答えた。すると、エゴールはまっさおになった。

「どうして彼が読んだりするものです」リコスパストフが口をはさんだ。「彼には現代の文学を読む暇なんかないのですよ……いや、これは冗談、冗談です……」

「そのうち読んでくれたまえ」エゴールはもったいぶって言った。「なかなかいい本になったよ」

わたしは車寄せのある正面玄関からなかにはいった。通りに面している窓は開け放たれていた。緑の縁取りのはいった制服を着た男がぼろ布で窓を拭いていた。作家たちの頭が曇りガラスの向こうに見え、リコスパストフの声が聞こえてきた。

「おれなんかだめさ……いくら頑張ったって、無駄な努力さ……いまいましい！」

ポスターが依然としてわたしの頭のなかでちらつき、わたしは、ほんとうのことを言ったら、そしてここだけの話だが、わたしの戯曲がひじょうによくないものだ、なんとかしなければならないのだが、どうしたらよいのかもわからない、ということばかりを意識していた。

そのとき、二階へと通じている階段のところで、ずんぐりした体格で、決然とした顔をし、落ちつきのない目をしたブロンドの男がわたしの前に立ちはだかった。そのブロンドの男はふくらんだ書類鞄を持っていた。

「マクスードフさんですね？」ブロンドの男がたずねた。

「はい、わたしは……」

「劇場じゅう駆けずりまわって、あなたを捜していたところです」はじめて会ったその男は語りだした。「はじめまして、舞台監督のフォマ・ストリジです。まあ、万事順調にいっています。不安に思ったり、心配したりするには及びません、あなたの戯曲を上演する準備をはじめていますから。もう契約は済みましたか？」

「ええ」

「いまはもう、あなたはわれわれの劇団の人間ですよ」ストリジはきっぱりとした口調でつづけた。彼の目は輝きをおびはじめた。「こうしたらどうでしょう、あなたがこれからお書きになる全作品をわれわれの劇場と契約するのです！　一生の作品をですよ！　あなたの全作品がわれわれの劇場で上演されるのです。もしもあなたがお望みでしたら、われわれはただちに契約を結びますよ。しごく簡単なことです！」そう言うと、ストリジは痰壺（たんつぼ）に痰を吐いた。「それはそうと、わたしがあの戯曲の演出に当たるつもりです。われわれは二か月であの戯曲をうまくまとめることでしょう。十二月十五日には舞台稽古をお見せできます。シラーなんか、われわれを惹きつけません。シラーなんかどうでもいいことです……」

「失礼ですけど」わたしはおずおずと切り出した。「エヴラムピヤ・ペトローヴナがあの戯曲を演出するとか聞かされたのですが……」

ストリジは表情を変えた。

「エヴラムピヤ・ペトローヴナとはどういうことです?」彼はきびしい口調でたずねた。「なにがエヴラムピヤなものか」彼の声は金属的に響きはじめた。「エヴラムピヤはこれとはなんの関係もありません、彼女はイリチンといっしょに『傍屋にて』を上演することになっています。わたしはイワン・ワシーリエヴィチとかたく約束していたのに! もしもだれかが策略をめぐらしているのなら、わたしはインドに手紙を書きます! 必要なら、書留便で」ストリジはなぜか不安そうになって、嚇すようにどなりだした。「台本を一部ください」彼はそう言って、手を差し出した。

戯曲はまだタイプに打っていないとわたしは説明した。

「いったいあの連中はなにを考えているのだろう?」憤慨してあたりを見まわしながらストリジは叫んだ。「更衣室のポリクセーナ・トロペツカヤのところに行きましたか?」

わたしはなにもわからず、ただきょとんとストリジをみつめているばかりだった。

「まだ行っていない？　今日、彼女はお休みだ。明日にも、原稿を持って行って、タイプに打ってもらってください、彼女のところに行って、わたしの名前を出してもいいですよ！　がんばってください！」

そこへ、ひじょうに教養のありそうな、喉音をみごとに発音する男が現われ、ていねいにではあるが有無を言わさぬ口調で言った。

「稽古場に来ていただきます、フォマ・セルゲーエヴィチ！　稽古をはじめるところです」

すると、ストリジは書類鞄を脇の下に抱えて、姿を消したが、別れぎわに、わたしに向かって叫んだ。

「明日にも更衣室に行ってください！　わたしの名前を使ってくれていいから！」

わたしはひとりとり残され、身動きもせずに長いことじっと立ちつづけていた。

# 10　更衣室での悶着

　秋はしだいに深まっていった。わたしの戯曲は十三景から成り立っている。わたしは自分の部屋にすわり、目の前に旧式の銀時計を置き、壁の向こうの隣人にはおおいに迷惑だったことと思うが、声に出して戯曲を自分で朗読した。一景を読み終えるごとに、わたしは紙に時間を書きとめておいた。最後まで朗読し終えたとき、読むのに三時間かかることがわかった。そこでわたしは、戯曲の上演のときには幕間があり、そのときには観客は食堂に行くということを想像した。幕間に必要な時間をつけ加えると、この戯曲が一晩では上演できないということをわたしは理解した。その晩、この問題のことで思い悩んだあげく、わたしは一景を削除することに決めた。これで上演時間は二十分短縮されたが、しかし事態はまだ改善されない。幕間のほかにも間があることをわたしは思い出した。たとえば、ひとりの女優が立っていて、泣きながら花瓶の花を直すとする。彼女は一言もセリフを言わないが、時間は経っていくのだ。つまり、自分の家で戯曲を読むことと、舞台で上演されることとはまったく別のことなのである。

さらになにかを戯曲から削除しなければならなかったが、何を削除したらよいかはわからなかった。わたしにはなにもかもが重要なもののように思えたし、そればかりか、なにかを削除しようとすると、苦心して作りあげた建物のすべてがただちに瓦解しはじめるような気がし、天井が落ちてき、ベランダが崩れ落ちる夢まで見たが、その夢は予言的なものであった。

そこで、わたしは登場人物をひとり削除したが、そのために場面は左右に傾きはじめ、それから完全に飛び散って、全部で十一景となった。

それ以後は、わたしがどんなに頭を悩まし、どんなに煙草を吸っても、どうしても短くすることはできなかった。くる日もくる日も、わたしの左の顳顬が痛んだ。もはやこれ以上、なにもできないと悟ったとき、これを自然の流れに委ねようと決心した。

そこで、わたしはポリクセーナ・トロペツカヤのところに行くことにした。

《いや、ボムバルドフにたずねてからのほうがよいな……》とわたしは思った。

事実、ボムバルドフはおおいにわたしを助けてくれた。彼は、これまでに二度も出くわしたインドという言葉、あるいはわたしが夢のなかでも聞いたことのなかった更衣室という言葉について説明してくれた。独立劇場が、すでにわたしの知っているイワン・ワシーリエヴィチと、アリスタルフ・プラトーノヴィチのふたりの指導者によって運営されているということがいまや最終的に明らかとなった。

「それはそうと、わたしが契約書に署名した事務室には、イワン・ワシーリエヴィチの肖像しかなかったのはなぜでしょうか？」

すると、いつもはたいへん快活なボムバルドフなのに、そのときはなぜかためらいがちに言った。

「なぜって？……階下に？　ふむ……ふむ……ない……アリスタルフ・プラトーノヴィチ……彼は……あそこに……彼の肖像は二階にありますよ……」

ボムバルドフがまだわたしに慣れていないので、遠慮しているのがわかった。それは、この要領の得ない返事からも明らかであった。そこでわたしは、あまり立ち入ったことを質問するのをやめた。《この世界は魅惑的だが、謎に充ちている……》とわたしは考えた。

インドとはなにか。それはきわめて単純なことだった。ちょうどそのとき、アリスタルフ・プラトーノヴィチがインドに滞在中で、それでフォマ・ストリジは彼に書留の手紙を出そうとしたわけだった。更衣室とはなにかといえば、それは俳優たちの冗談だった。俳優たちは二階の指導者の事務室の前の部屋をそう呼んでいた（その呼び名が定着したのだった）が、そこでポリクセーナ・ワシーリエヴナ・トロペツカヤが働いていたのである。彼女はアリスタルフ・プラトーノヴィチの秘書だった……

「それじゃ、アヴグスタ・アヴデーエヴナは？」

「そりゃ、もちろん、イワン・ワシーリエヴィチの秘書ですよ」

「ははあ……」

「ははあ、というわけだけれど」ボムバルドフは物思わしげにわたしをみつめながら言った。「ひとつ、はっきりと忠告しておきますが、トロペツカヤにはよい印象を与えるように努力してくださ い」

「わたしにはそんなことはできませんよ！」

「いや、なんとか努力してください！」

戯曲の原稿を筒のように丸めて持って、わたしは劇場の二階に昇り、指示に従って行くと、更衣室のあった場所にたどりついた。

更衣室の前にはソファの置いてある玄関のようなものがあり、そこでわたしは立ちどまり、胸をわくわくさせながらネクタイを直し、どうしたらポリクセーナ・トロペツカヤによい印象を与えることができるかと思いをめぐらせた。するとそのとき、更衣室のなかからむせび泣く声が聞こえてきたように思えた。《気のせいだろう……》とわたしは考えて、更衣室にはいったが、すぐに、それがわたしの気のせいではまったくないことが明らかとなった。わたしは顔色がよく、まっかなジャンパーを着て黄色い机に向かっている女性がポリクセーナ・トロペツカヤにちがいないと推測したが、むせび泣いていたのは彼女にほかならなかった。

わたしは驚いて、気づかれぬようにドアのところで立ちどまった。

両頰に涙を流しながら、ポリクセーナ・トロペッカヤはハンカチを丸めて片手に握りしめ、もう一方の手で机をたたいていた。緑色の縁取りのはいった制服を着たずんぐりとした体格のあばた面の男が、恐怖と悲しみのあまりうつろな目をして、机の前に立ち、両手を宙にあげていた。

「ポリクセーナ・ワシーリエヴナ！」絶望にかられ、すっとんきょうな声をあげて男は叫んだ。「ポリクセーナ・ワシーリエヴナ！　まだ申し込んでいなかったのですよ！　明日、申し込むことになっているのです！」

「こんなことって卑怯(ひきょう)よ！」ポリクセーナ・トロペッカヤが叫んだ。「あなたのしていることは卑怯だわ、デミヤン・クジミチ！　卑怯よ！」

「ポリクセーナ・ワシーリエヴナ！」

「階下の人たちは、アリスタルフ・プラトーノヴィチがインドに行っているのをいいことに、陰謀を企んだのよ、そしてあなたも彼らに協力しているのよ！」

「ポリクセーナ・ワシーリエヴナ！　そんなことありません！」男は恐ろしい声で叫んだ。「何をおっしゃるのです！　わたしが自分の恩人にたいして、どうしてそんなこと……」

「なにも聞きたくないわ」ポリクセーナが叫んだ。「みんな嘘っぱちよ、軽蔑すべき嘘よ！　あなたは買収されたのよ！」

それを聞くと、デミヤン・クジミチはどなりだした。

「ポリ……ポリクセーナ」それから突然、彼もまた、うつろで、途切れがちな恐ろしい低い声で泣きはじめた。

ポリクセーナは机をたたこうと手を振りあげ、力一杯振りおろしたが、ペン立てから突き出ていたペン先を手のひらに突き刺してしまった。ポリクセーナは低い悲鳴をあげ、机のそばから跳びあがると肘掛いすに移り、模造ダイヤを留金にはめた外国製のスリッパをはいた足をばたばたさせた。デミヤン・クジミチは叫び声すらあげず、なぜか腹の底からしぼり出すような泣き声をもらした。

「たいへんだ！　医者を呼ばなければ！」と言って、部屋の外にとび出して行ったので、わたしもそのあとを追って玄関に出た。

間もなく、灰色の背広を着、ガーゼと薬瓶を手に持った男がわたしのそばを駆けぬけ、更衣室のなかに姿を消した。

わたしは彼の叫び声を聞いた。

「あなた！　しっかりしてください！」

「なにが起こったのです?」わたしは玄関でデミヤン・クジミチに低い声でたずねた。

「こういうことなのです」デミヤン・クジミチは涙を浮かべた絶望的な目をわたしに向けて話しだした。「十月にソチに保養に出かける人たちの旅券を委員会に取りに行かされたのです……そこで、四人分の旅券は交付されたのですが、どうしたわけか、アリスタルフ・プラトーノヴィチの甥(おい)

の旅券を委員会に申し込むのをだれかが忘れていたのです……明日の十二時に来るようにと言われたのですが……それがどうです、わたしが陰謀に加担したということになるのです！」デミヤン・クジミチの苦悩に充ちた目から判断しても、彼が潔白で、いかなる陰謀にも加わらず、それどころか、陰謀とはまったく無関係であることは明白だった。

更衣室から、「あい！」と弱々しい悲鳴が聞こえると、デミヤン・クジミチは玄関からひらりと身をかわし、いずこへともなく姿を消した。十分ばかりして、医者も立ち去った。わたしはしばらく玄関のソファにすわっていたが、更衣室のなかからタイプを打つ音が聞こえはじめたとき、勇気をふるい起こしてなかにはいった。

ポリクセーナ・トロペツカヤは化粧を直し、いまは落ちつきをとり戻し、机に向かってタイプを打っていた。わたしは、好感を与え、しかも威厳に充ちたお辞儀にしようと努力しながら頭をさげ、そして威厳に充ち、感じのよい声で話そうと努めたが、そのために、わたしの声は、われながら驚いたことに、押さえつけたような声となって響いた。

わたしはかくかくしかじかの者で、戯曲をタイプに打ってもらうため、フォマ・ストリジからこちらに来るようにと言われた者であると説明すると、ポリクセーナがいすをすすめてくれ、ちょっと待っていてほしいと言ったので、わたしはそのとおりにした。

更衣室の壁には、おびただしい数の写真、銀板写真、絵が掛かっていたが、そのなかでは、フロックコートを着、一八七〇年代に流行した形に頬ひげを生やした男を描いた油絵の大きな肖像画が他を圧倒していた。これがアリスタルフ・プラトーノヴィチにちがいないとわたしは推測したが、アリスタルフ・プラトーノヴィチの頭のうしろからのぞいている、透明なヴェールを手にもった天使のような純白の少女、あるいは女性がだれであるかは理解できなかった。この謎がどうしても解けなかったので、わたしは頃合いを見はからい、咳ばらいをして質問した。

しばらく間があり、そのあいだ、ポリクセーナはわたしがなにを知っているのかを調べるかのようにじっとわたしの顔に視線を注ぎ、ついに答えたが、それはいかにもとってつけたような答え方だった。

「あれはミューズです」

「ああ」わたしは言った。

ふたたびタイプライターが鳴りはじめ、わたしは壁を眺めていたが、そのうちに、どの写真にも、いろいろな人たちといっしょにアリスタルフ・プラトーノヴィチが写っているのがわかった。たとえば、黄色くなった古い写真には、森のはずれに立ったアリスタルフ・プラトーノヴィチが写っている。アリスタルフ・プラトーノヴィチは都会風の合着を着、深いオーバーシューズをはき、外套をはおり、シルクハットをかぶっている。彼と並んで立っている男は毛皮のジャケットを着、獲物袋を肩に掛け、二連銃を手に持っている。鼻眼鏡を掛け、白毛まじりの顎ひげを生やしたその男の顔は、どこかで見かけたことがあるようにわたしには思えた。

そのとき、ポリクセーナ・トロペッカヤが驚嘆すべき特技、つまりタイプを打ちながら、同時に、なにかの魔法によってか、部屋のなかで起こっていることを見ることができるという特技を披露した。彼女が質問を待たずにこう言ったときには、わたしは身震いしたほどである。

「ええ、そうです。アリスタルフ・プラトーノヴィチとツルゲーネフが猟に行ったときの写真です」

このようにして、わたしは、スラヴャンスキイ・バザール・レストランの玄関の横、二頭立ての馬車のそばに立っている毛皮外套を着たふたりが、アリスタルフ・プラトーノヴィチとオストロフスキイであることを教えられた。

背後に無花果（いちじく）が見えるテーブルを囲んでいる四人は、アリスタルフ・プラトーノヴィチ、ピーセムスキイ、グリゴローヴィチ、それにレスコフだった。

つぎの写真についてはあらためて質問するまでもなかったが、裸足（はだし）で長いルバーシカを着、両手をベルトに突っこみ、灌木のような眉、ぼさぼさに顎ひげを伸ばし、頭の禿げあがった老人は、レフ・トルストイでなくてだれであろう。アリスタルフ・プラトーノヴィチは平べったい麦藁帽をかぶり、繭紬（けんちゅう）の夏服を着て、トルストイと向かい合って立っていた。

しかし、そのつぎの水彩画に、わたしはすっかり驚かされてしまった。《まさか、こんなことって、あるはずがない！》とわたしは思った。質素な部屋のなかの肘掛いすに、長い鷲鼻と病的で不安げな目の持主で、憔悴した頬に髪をまっすぐに垂らした男が、裾に紐のついた明るい色の細いズボンをはき、先のほうの角ばった靴を履き、青いフロックを着てすわっていた。膝の上に原稿をひろげ、テーブルの上の燭台には蠟燭がともっていた。

まだ頰ひげはなかったものの、尊大な鼻の格好から疑いなくアリスタルフ・プラトーノヴィチと思われる十六歳ぐらいのジャケツを着た少年が、テーブルに両手を突いて立っている。

わたしが目を大きく見開いてポリクセーナを見ると、彼女はそっけなく答えた。

「ええ、そうです。ゴーゴリがアリスタルフ・プラトーノヴィチに『死せる魂』の第二部を読んで聞かせているのです」

わたしの頭のてっぺんの髪の毛が背後からだれかに息を吹きかけられたみたいに逆立ち、思わず口を滑らせてしまった。

「アリスタルフ・プラトーノヴィチはいったいいくつなのです？」

このような不躾な質問にたいして、わたしはそれにふさわしい答えを得たが、そのときのポリクセーナの声はなんとなく震えをおびていたようだった。

「アリスタルフ・プラトーノヴィチのような人には年齢はないのです。あなたはどうやら、これまでに、こんなにたくさんの人たちがアリスタルフ・プラトーノヴィチと交際する機会をもてたことを不思議に思っていらっしゃるようですね？」

「とんでもない！」わたしはびっくりして叫んだ。「まったくその反対です！……わたしは……」しかしわたしは、《なにが反対なものか?! なにをつまらぬことを言っているのか？》と心のなかで思っていたので、それ以上はなにもまとまったことは言えなかった。

ポリクセーナは黙りこみ、そこでわたしは考えた。《いや、おれには彼女によい印象を与えるなんてことはできない。ああ！ それは火を見るよりも明らかだ！》

そのときドアが開き、勢いよくひとりの婦人が更衣室にはいってきたが、その女を一目見るなり、わたしは、彼女がロビーに掛かっていた写真で見たあのリュドミラ・シリヴェストロヴナ・プリャヒナであることがわかった。彼女は写真そっくりで、ネッカチーフも、手に持ったハンカチも同じ、しかも彼女はそのハンカチを写真と同じように小指を突きあげて持っていたのである。

彼女にもよい印象を与えるように努力しても悪いことにはなるまい、どうせ同じことなのだから、とわたしは思い、ていねいに頭をさげたが、しかしそれは気づかれずに見過ごされた。

駆けこんできた婦人はさまざまに笑い声を変化させながら叫んだ。

「だめね、だめね！ あなたは知らないのでしょう？ 知らないのでしょう？」

「なにが？」ポリクセーナがたずねた。

「だって、太陽よ、太陽よ！」リュドミラ・シリヴェストロヴナはハンカチを持った手を動かして演技をし、少し踊るような格好までしながら叫んだ。「小春日和！　小春日和！」

ポリクセーナは謎めいた目つきでリュドミラを見やって言った。

「アンケートに書きこんでいただかなければなりませんわ」

リュドミラの上機嫌は急に終わり、いまでは、写真を見ても、これが彼女だとはとても思えないくらいに顔ががらりと変わった。

「今度はまたなんのアンケート？　ああ、神さま！　神さま！」いまでは、声まですっかり変わっていた。「ようやく太陽が出て、わたしもせっかく嬉しい気持になれ、心も集中でき、生きた心地になれたばかりだというのに、種が芽を吹き、音楽が鳴りはじめ、わたしが寺院に足を踏み入れたとたん……それが……いいわ、ちょうだい、アンケートをちょうだい！」

「叫ぶことはありませんわ、リュドミラ・シリヴェストロヴナ」ポリクセーナが低い声で注意した。

「わたしは叫んでなんかいないわ！　叫んでいるんじゃないわ！　なにも読めやしない。ひどい印刷」リュドミラはすばやく灰色のアンケート用紙に目を走らせ、突然それを突き返した。「ああ、あなたが書きこんでくださらない、書いてよ、わたしにはこんなことなにもわからないわ！」

ポリクセーナは肩をすぼめてペンを取りあげた。

「さあ、姓はプリャヒナ、プリャヒナよ」リュドミラはいらいらしながら叫んだ。「それから、名前と父称はリュドミラ・シリヴェストロヴナ！　こんなことはだれでも知っているわね、わたしはなにも隠しはしませんわ！」

ポリクセーナがアンケートに三つの単語を書きこみ、さらに質問した。

「生年月日は？」

この質問はリュドミラに驚くべき効果を与え、頬骨のあたりが紅潮し、突然、彼女はささやくようにして話しだした。

「ああ、聖母さま！　これはいったいどういうこと？　こんなことがだれに必要なのか、わたしにはわからないわ、なぜなの？　どうして？　ええ、いいわ、いいわ。わたしが生まれたのは五月よ、五月よ！　それから、ほかになにかきくことがあって？　なに？」

「お生まれになった年」ポリクセーナが低い声で言った。

リュドミラは目を鼻のほうに寄せ、肩を震わせた。

「ああ、稽古の前に女優をどんなに苦しめているか、イワン・ワシーリエヴィチに見ていただきたいものだわ！」彼女はつぶやいた。

「いいえ、リュドミラ・シリヴェストロヴナ、それはできませんわ」ポリクセーナは答えた。「アンケートをお宅に持ち帰って、ご自分で書きこんでくださってもかまいませんわ」

リュドミラはアンケート用紙を取ると、不快そうに口を歪めてそれをハンドバッグに突っこんだ。

そのとき電話が鳴り、ポリクセーナがきつい口調で応答しはじめた。

「はい！　いいえ、ありません！　どんな切符です？　ここには切符は一枚もありませんよ！……なんですって？　もしもし！　手間を取らせないでください！　ここにはなにもありませんから……なに？　ああ！」ポリクセーナは顔をまっかにした。「ああ！　失礼いたしました！　声がわかりませんでしたもので！　ええ、もちろんですわ！　もちろん！　さっそく切符売場のほうに手配いたします。プログラムもなんとかわたしが都合しますから！　フェオフィル・ウラジーミロヴィチはご自分ではいらっしゃらないのですか？　とても残念ですわ！　とても！　それでは、ご機嫌よう！」

きまり悪げに受話器を置くと、ポリクセーナは言った。

「あなたのおかげで、わたしはずいぶん失礼なことを言ってしまったわ！」

「ああ、そんなこと気にすることないわ、ほっておけばいいのよ！」神経質そうにリュドミラが叫んだ。「それよりも、いい種がだめになってしまったわ、せっかくの一日が台なしだわ！」

「そうそう」ポリクセーナが言った。「マネージャーがちょっと自分のところに寄ってほしいと言ってましたわ」

リュドミラは頬をいくぶんばら色に染め、高慢そうに眉を吊りあげた。

「いったいなんの用があるというのかしら？　これはひどく興味のあるところね！」

「衣装係のコロリコワがあなたのことをこぼしたのよ」

「コロリコワって？」リュドミラが叫んだ。「コロリコワって何者？　ああ、そう、思い出したわ！　思い出さずにはいられるものですか」そこでリュドミラは、《うう》という音を口を開かずに出し、わたしの背筋に寒気が走ったほど気持の悪い笑い方で笑いだした。「あのコロリコワのことなら、忘れようったって忘れられないわ、わたしの衣装の裾を使いものにならないようにしてしまったのですもの。それで、あの人はわたしのことをなんと言って訴えたのかしら？」

「彼女は美容室の前の楽屋で、あなたが腹いせに自分のことをつねったといって苦情を持ちこんだのよ」ポリクセーナは愛想よく言ったが、そのとき、彼女の水晶のような目には一瞬きらりと光が輝いた。

ポリクセーナの言葉が惹き起こした効果は、わたしをひどく驚かせた。リュドミラは突然、まるで歯医者の前でするみたいに大きく口を曲げて開き、その目からは二筋の涙があふれ出たのである。わたしは肘掛いすの上で身をすくめ、なぜか両足を持ちあげた。ポリクセーナがボタンを押すと、デミヤン・クジミチがすぐにドアから顔をのぞかせたが、またたくまに顔をひっこめた。

リュドミラは額に拳を押し当て、鋭くかん高い声で叫びはじめた。

「わたしを殺そうとしているのよ！　ああ、神さま！　お助けください！　せめてわたしが劇場でどんな目に合っているかを見ていただければ！　卑劣なペリカン！　ゲラシム・ニコラエヴィチは裏切者よ！　彼はシヴッェフ・ヴラジェクにいる人にわたしのことを密告したのよ！　それでもわたしはイワン・ワシーリエヴィチにお願いするわ！　わたしの話を聞いていただくようにお願いするわ！」彼女の声はうわずってかすれ、そして途切れた。

そのとき、ドアが大きく開き、さきほどの医者が駆けこんできた。彼の手には瓶とグラスがあった。彼はだれにもなにもきかずに、物慣れた手つきで濁った液体を瓶からグラスに注ぎ入れたが、リュドミラは声をからして叫んだ。

「わたしにかまわないで！　ほっといてよ！　ああ、なんていやらしい人たちでしょう！」そう言って、部屋の外に逃げ出した。

彼女のあとを追って、「待ってください！」と叫んで医者も駆けだし、そのあとを、どこから現われたのか、デミヤン・クジミチが痛風患者のように足をばたつかせながら追いかけて行った。開け放されたドアの向こうから、ピアノの音が聞こえ、そして遠くからの力強い声が情熱をこめて歌っていた。

「……そしてそなたは女王になるのだ……」声はますます大きくなり、力強く響きはじめた。「世界の女王に……」しかしそのときドアが閉まり、声は消えた。

「さあ、これでわたしはやっと解放されましたわ、仕事にとりかかりましょう」ポリクセーナはやさしく笑いかけて言った。

# 11 劇場にて

　ポリクセーナはタイピストとしての理想的な技術の持主だった。わたしは彼女のようなみごとなタイピストをこれまで見たことがなかった。彼女には、句読点を口述する必要も、だれがセリフを言っているのかをくり返して指摘する必要もなかった。そのうちに、わたしは、部屋のなかを前に行ったり、うしろに行ったり、歩きまわりながら口述し、立ちどまっては考えこみ、それから、「ちょっと待ってください……」と声をかけて、すでにタイプされた部分を変更したり、だれのセリフであるかもほとんど指摘せずに、つぶやいたり、大声で言ったりしたが、それでも、わたしがどういうことをしても、ポリクセーナの手もとからは、ほとんど訂正のない理想的できれいな戯曲の一枚一枚が、文法上の誤りは一つもなく、それこそそのまますぐに印刷所に渡せるようなかたちで、つぎからつぎと流れ出てくるのだった。

　だいたい、ポリクセーナは自分の仕事というものをよく知っていて、それをてきぱきと処理していた。わたしたちは電話のベルを伴奏にして仕事をしていた。最初のうちこそ電話のベルが気になってならなかったが、そのうち、それにも慣れて、むしろその音がないとさびしいくらいになったほどである。ポリクセーナは異常なまでに巧みに電話の応待を片づけていた。電話のベルが鳴ると、彼女はすぐにどなりだす。

「もしもし？　ご用件をお願いします、こちらは忙しいもので！　もしもし？」

このような応待に接すると、電話線の向こう端にいる者もあっけにとられ、ぼそぼそとむだ話をしはじめるや、すぐに本題にはいらざるをえなかったのである。

ポリクセーナの活動範囲はきわめて広かった。そのことは、電話のベルからも確認された。

「はい」ポリクセーナは言う。「いいえ、こちらには電話しないでください。ここにはどんな切符もございませんせん……おまえを射ち殺してやる！」（最後の言葉はわたしに向かって言ったもので、すでにタイプを打ったセリフをくり返しているのである。）

ふたたび電話が鳴る。

「切符はもう全部売り切れました」ポリクセーナは言う。「こちらには特別招待券はありませんせん……そんなものはなんの証明にもならん！」（これはわたしに向かって言った言葉である。）

《いまになってわかりかけたが》とわたしは思った。《モスクワにはただで劇場にはいりたいと望んでいる人がどうしてこんなにもたくさんいるのだろう。それにしても奇妙なことではないか、彼らのうちだれひとりとして、電車にただで乗ろうとする者はいないのだから。また、彼らのうちだれひとりとして、店に行って、ただで鯷(ひしこ)の罐詰を一つほしいなどと頼む者だっていない。それなのに、どうして劇場には入場料を支払う必要がないなどと考えているのだろうか？》

「もしもし！　はい！」ポリクセーナは電話器に向かって叫んだ。「カルカッタ、パンジャブ、マドラス、アラハバド……いいえ、住所をお教えするわけにはゆきません！　それで？」と彼女はわたしに言った。

「あの男がわたしの婚約者の家の窓の下でスペインのセレナーデを歌うことを許せないのだ」わたしは更衣室のなかを急ぎ足で歩きまわりながら熱っぽく語った。

「許せないのだ……」ポリクセーナはくり返した。タイプライターは絶えまなく金属質の音を鳴らしつづけていた。ふたたび、電話が鳴りだす。

「はい！　独立劇場！　ここにはどんな切符もございません！……許せないのだ」

「許せないのだ！」わたしはつづけた。「エルマコフはギターを床に投げ捨て、バルコニーに走り出る」

「もしもし！　独立劇場です！　こちらには切符は一枚もありません……バルコニーに走り出る」

「アンナは突進する……いや、ただ、彼のあとを追って退場としよう」

「退場……もしもし？　はあ、そうです。ブトヴィチさん、あなたの切符は切符売場のフィーリャのところに置いてあります。さようなら」

「『アンナ　あの人は射ち殺すわ！

　バフチン　いや、射ち殺しはしない！』」

「もしもし！　今日は。ええ、彼女といっしょ。それからアンダマン島へ行く予定です。残念ですけど、住所を教えるわけにはゆかないのです、アリベルト・アリベルトヴィチ……射ち殺しはしない……」

　ポリクセーナ・トロペツカヤの名誉のためにも言っておかなければならないが、彼女は自分の仕事をじつによく知っていたのである。彼女は両手の十本の指を使ってタイプを打ち、電話が鳴りだすと、片手でタイプを打ちながら、もう一方の手で受話器を取りあげ、「カルカッタは気に入らなかったそうです！　でも、彼の気分はたいへんよいようです……」と叫ぶのである。デミヤン・クジミチが頻繁にはいってき、机の前に駆け寄ると、さまざまな書類を置いてゆく。ポリクセーナは右の目でそれを読むとスタンプを押し、左手で、《アコーデオンが陽気に鳴りだしたが、しかしそのために……》とタイプで打ちつづける。

「いや、ちょっと待ってください、待ってください！」わたしは叫んだ。「いや、陽気にではなくて、どことなく勇ましく……いや、そうでもない……待ってください」わたしはアコーデオンがどのように弾かれるかを知らぬまま、うつろな目つきで壁をみつめている。そのあいだに、ポリクセーナは化粧を直し、女友だちに電話をかけ、アリベルト・アリベルトヴィチがウィーンでコルセットを手に入れてくるはずだなどとおしゃべりをする。また更衣室にはさまざまな人々が入れかわり立ちかわりはいってき、最初のうち、そういう人たちの前で口述するのは恥ずかしく、ほかの人がみんな服を身に着けているのに自分だけが裸でいるような気がしてならなかったものだが、間もなく、それにも慣れた。

ミーシャ・パーニンがときどき顔を出し、そのたびに、通りすがりにわたしを激励するために肩をたたき、そしてべつのドアから出て行くのだが、そのドアの向こうに、彼の個人用の事務室があるのを、わたしはすでに知っていた。

また、ひげをきれいに剃り、ローマ人のような崩れた顔立ちで、気まぐれに下唇を突き出している男もたびたび更衣室に立ち寄っていたが、その男は舞台監督組合議長のイワン・アレクサンドロヴィチ・ポルトラツキイだった。

「失礼。もう第二幕にとりかかっていますか？　それはすばらしい！」彼はそう叫ぶと、足音を立てないように努めていることを示そうと滑稽な歩き方でべつのドアまで歩いて行った。ドアが少し開いていているようなときには、彼が電話で話している声も聞こえてくる。

「ぼくにはどちらでもかまわないんだがね……ぼくはなんの偏見ももっていないのだから……パンツをはいて舞台に駆けあがってくるというのは、なかなか独創的な思いつきだな。しかし、インドが受けつけないだろう……彼は、それこそ公爵であれ、亭主であれ、男爵であれ、みんなに同じものを着せていた……同じ色、同じ型の長いズボン下！　きみは彼に言ってくれ、あれならズボンをはかせたほうがいいって。ぼくにはどちらでもいいことだ！　変身させることにしよう。それから、彼なんかくたばるがいいと伝えてくれ！　ばかなことばかり話しているってな！　ペーチャ・ディトリッヒはあのような衣装を描くことはできない！　彼はズボンを描いてきたよ。スケッチがぼくの机の上にある！　ペーチャは……彼の趣味がどんなものであれ、とにかく彼自身、ズボンをはいている！　物ごとをわきまえた人間なのだ！」

真昼どき、わたしが髪の毛をかきむしりながら、そう……男が倒れる……ピストルを取り落とす……血が流れている、あるいは流れていないのか……このような場面をもっと正確に表現するにはどうすればよいかと苦心していたとき、若くて質素な身なりをした女優が更衣室にはいってきて、叫んだ。

「今日は、ポリクセーナ・ワシーリエヴナ！　あなたにお花を持ってきたわ！」

彼女はポリクセーナに接吻し、机の上に四本の黄色いアスターを置いた。

「わたしのこと、インドからなにも言ってこなかったかしら?」

ポリクセーナは「言ってきているわ」と答え、机のなかから部厚い封筒を取り出した。女優は興奮した表情を浮かべた。

「《ヴェシニャコーワに言ってください》」ポリクセーナが手紙を読みはじめた。「《わたしはクセーニャの役の謎を解きましたと……》」

「ああ、そう、そう！」ヴェシニャコーワは叫んだ。

「《わたしがプラスコーヴィヤ・フョードロヴナといっしょにガンジス川の岸辺に立ったとき、わたしの頭に閃（ひらめ）いたのです。それはつまり、ヴェシニャコーワは中央のドアから出入りするのではなくて、ピアノの置いてある脇のドアから出入りしなければならないということです。彼女がつい最近夫を失ったばかりで、どんなことがあっても中央のドアから出入りする気分にはなれないということを忘れないようにしなければなりません。彼女は未亡人にとっては典型的なカミツレの花束を手に持ち、床に目を落として、尼僧のような歩き方で歩くのです……》」

「ああ！　たしかにそのとおりだわ！　なんと読みの深いことでしょう！」ヴェシニャコーワは叫んだ。「そのとおりだわ！　わたしが中央のドアから出入りするのはよくないわ」

「ちょっと待って」ポリクセーナがつづけた。「まだほかにもあるわ」と言って、手紙を読んだ。

「《もっとも、ヴェシニャコーワの好きなように、どこから出入りしてもかまいませんが。わたしが戻ったとき、なにもかもはっきりすることでしょう。ガンジスはわたしにはあまり気に入りませんでした、わたしに言わせれば、あれは川というには、なにかが欠けているようです……》いや、これはあなたには関係のないことね」とポリクセーナが言った。

「ポリクセーナ・ワシーリエヴナ」ヴェシニャコーワが口を切った。「アリスタルフ・プラトーノヴィチに書いてください、わたしがとても、とても感謝していますって！」

「いいわ」

「でも、わたしが自分で手紙を書いてはいけませんかしら？」

「だめです」ポリクセーナが答えた。「あのかたはわたしのほかにはだれも手紙を書かないでほしいと言っておられましたから。思考を中断されるのがわずらわしいことなのでしょう」

「わかります、わかりますわ！」ヴェシニャコーワは叫び、そしてポリクセーナに接吻して立ち去った。


それから、よくふとっていかにも精力的な中年男がはいってき、ドアに足を踏み入れたとたん、顔を輝かせながら叫んだ。

「新しいアネクドートを聞きましたか？　ああ、いま仕事中ですね？」

「いいえ、いま、ちょっと一息入れているところです」ポリクセーナが言うと、それこそアネクドートを身体じゅうに詰めこんだみたいに見えるよくふとった男は、喜びに顔を輝かせながら、ポリクセーナのほうに身を屈めた。それと同時に、彼は両手で人々を呼び招いた。彼のアネクドートを聞くために、ミーシャ・パーニンとポルトラツキイ、それにさらに何人かが現われた。みんなは額を机の上に寄せ集めた。「ちょうどそのとき、亭主がホテルにもどってきました……」という言葉がわたしの耳にはいった。机のあたりで笑い声があがった。ふとった男はさらにしばらく、低い声でささやきつづけていたが、そのあとで、ミーシャ・パーニンが笑いの発作にかられて、「あっは、あっは、あっは」と笑いだし、ポルトラッキイは「これは傑作だ！」と叫んだが、ふとった男は幸福そうに声にだして笑いながら、すぐに向こうに行き、叫んだ。

「ワーシャ！　ワーシャ！　待ってくれ！　聞いたかい？　新しいアネクドートだ！」

しかし、彼はワーシャにアネクドートを披露することができなかった、というのも、彼がポリクセーナに引き戻されたからである。

アリスタルフ・プラトーノヴィチがこのふとった男のことにも手紙で触れていたことが判明した。

「《エラーギンに伝えてください》」とポリクセーナは読みはじめた。「《彼はなによりも、大向こうをうならすような演技をすることを恐れなければならないと、彼はいつもそればかり狙っているのだから》」

エラーギンは表情を変え、手紙をのぞきこんだ。

「《また、彼に言ってやってください》」とポリクセーナはつづけた。「《将軍家のパーティで、彼は、すぐに大佐夫人と挨拶をかわすのではなくて、当惑げな微笑を浮かべながらテーブルのまわりをあらかじめ一周して、それから挨拶をかわすべきではないでしょうか。彼は造酒所の持主なのだから、どうあってもすぐに挨拶をかわすというのではなくて……》」

「わからん！」エラーギンは言った。「いや、失礼、わかりませんな」エラーギンはなにかの周囲をまわるみたいにして部屋のなかを一周した。「いや、この感じがわからない。どうもしっくりこないな！　大佐夫人が目の前にいる、それなのにどうして一周しなければならないのか……その感じがつかめませんね！」

「あなたのほうがアリスタルフ・プラトーノヴィチよりもこの場面をよく理解しているとおっしゃりたいの？」

この質問はエラーギンを狼狽させた。

「いや、なにもそんなことは言ってません……」彼はまっかになった。「しかし、考えてもみてください……」そこで彼は、もう一度、部屋のなかを一周した。

「わたしはアリスタルフ・プラトーノヴィチの言うとおりにして、インドから手紙に書いてくれたことに感謝すべきだと思うわ……」

「ここでは、なんでもかんでも言うとおりにしろだからな」突然、エラーギンは食ってかかった。

《そうだ、彼はなかなか骨のある男だ》とわたしは考えた。

「それよりも、アリスタルフ・プラトーノヴィチがこのさきでなんと書いているか、聞いたほうがいいわ」とポリクセーナは言って、つづきを読んだ。「《だが、もっとも、彼の好きなようにやらせておいてもよいが。わたしが戻ったときに、なにもかもはっきりすることでしょう》」

エラーギンは急に機嫌をとり直し、道化た仕草をした。彼は片方の頬のそばで手を振り、ついでもう一方の頬のそばで手を振ったので、わたしの見ている前で、彼には頬ひげが生えてきたように思われた。それから彼は背丈が低くなり、高慢そうに鼻の孔をふくらませ、おまけに、実際にはありもしない頬ひげを手で引っぱるようにしながら、口を開けずに、手紙のなかで彼について書かれていたことを全部残らず語った。

《たいした役者だ！》とわたしは思った。わたしは彼がアリスタルフ・プラトーノヴィチの役を演じているのを理解した。

ポリクセーナの顔にさっと血がのぼり、彼女はあえぐようにして言った。

「やめて、お願いだから！」

「だが、もっとも」エラーギンは口を開けずに言い、それから肩をすくめると、今度はいつもの自分の声で、「わからん！」と言って部屋を出た。わたしが見ていると、彼は玄関のところでもう一度一周し、納得のゆかぬように肩をすくめて姿を消した。

「ああ、あの中年たちときたら！」ポリクセーナは言った。「彼らには尊敬の念というものがまったくないのですから。あなたは彼らが仲間うちで話し合っているのを聞いたことがありますか？」

「ふむ」わたしはなんと言ったらよいのかもわからず、また肝心なことだが、《中年》ということがなにを意味するのかを理解できぬまま答えた。

最初の一日が終わりに近づいたとき、更衣室で戯曲を完成するのは不可能であることが明らかとなった。ポリクセーナは二日間、秘書としての仕事を免除されたので、わたしと彼女は女子専用の楽屋の一つに移った。デミヤン・クジミチは息をはずませながらタイプライターをそこへ運んだ。

小春日和は崩れ、じめじめした秋に席を譲った。灰色の光が窓の向こうに見えていた。わたしは衣装だんすの鏡にうつっている寝いすにすわり、ポリクセーナは小いすに腰をおろした。わたしは自分の内部が二階建ての建物になっているような感じを覚えた。二階には、これから秩序を与えねばならぬ混乱と無秩序があった。気むずかしい戯曲の主人公たちの執拗な要求に、わたしは異常なまでの精神的な苦痛を味わされた。主人公のひとりひとりが必要な言葉を要求し、だれもが他人を押しのけてもっともよい場所を自分が獲得しようと努めていた。戯曲を直すのは、このうえなく骨の折れる仕事である。わたしの頭のなかでは、二階がすさまじい物音を立てて動きまわり、すでに完全に揺るぎない静寂が支配していた一階の雰囲気を楽しむことを許そうとしなかった。ボンボン入れにも似た狭い楽屋の壁からは、ふっくらとした唇とアイ・シャドーを極端に強調した女性たちが作り笑いを浮かべながらわたしのほうを眺めていた。その女性たちはいずれも大きくふくらんだスカートをはいていた。女性たちにまじって、手にシルクハットを持ち、歯を光らせた男たちの写真もあった。そのなかのひとりは、大きな肩章をつけていた。いかにも酒飲みらしいふとい鼻は唇のあたりまで垂れさがり、頬と首には襞が刻みこまれていた。この男がエラーギンだとは、ポリクセーナに教えられるまで、わたしには見分けがつかなかった。

わたしは写真を眺めながら寝いすから立ちあがり、明かりのともっていない豆ランプや空っぽの白粉（おしろい）入れに触わり、かすかに感じられるなにかのドーランの匂いやポリクセーナの煙草の芳香を吸いこんだ。ここはひっそりと静まり返っていて、この静寂を破るものといったら、わずかにタイプをたたく音、金属質の静かな音、それにときおりかすかに軋（きし）む寄木（よせき）細工の床の音しかなかった。開け放たれたドアから、ときどき、年とった婦人たちが無愛想な顔をして糊のついた山のようなスカートを抱えて、爪先立ちで通ってゆくのが見えた。

ごくまれに、この廊下の偉大な沈黙は、どこからともなく聞こえてくる低い音楽や遠くからの恐ろしい叫び声によって破られることがあった。いまわたしは、古い廊下や傾斜や階段の蜘蛛の巣の奥深くにある舞台で、戯曲『ステニカ・ラージン』の稽古をしていることを知っていた。

わたしたちは十二時から仕事を開始し、二時に休憩した。ポリクセーナは自分の部屋のようすを見に行き、わたしは食堂に行った。

食堂に行くためには、わたしは廊下を通って階段に出なければならなかった。階段のところまで行くと、魅惑的な沈黙はすでに破られていた。俳優や女優たちが階段を昇り降りし、白いドアの向こうでは電話のベルが鳴り、べつの電話がどこか下のほうで呼応していた。一階では、よく教育されたアヴグスタ・アヴデーエヴナのメッセンジャーのひとりが忠実に職務に励んでいた。それから中世風の鉄の扉があり、そのさきに神秘的な階段と、無限の高さがあるようにわたしには思えた壮厳な感じのする薄闇の空間があった。その空間には、四方の壁につけて舞台装置がいくつもの層をなして積み上げられていた。装置を入れた白い木の枠には、《一番、左、奥》、《伯爵、背景》、《寝室、三幕》という秘密めかした暗号のような文字が黒く浮き出て見えた。その右側には、奇妙な錠のついた木戸のある、大きくて高く、時代がかって黒ずんだ門があり、その門が舞台に通じているのをわたしは知った。左側にもやはり同じような門があり、それは中庭へと通じていたが、装置置場にはいりきれない装置を、大道具方がこの門から外に出すのである。わたしはひとりきりで夢想に耽りたくなったときなどは、いつでもここに来るようにしていたが、ここは、身体を横向きにしなければ人とすれちがうこともできないほど狭い装置のあいだの通路で、人に出会うことはめったになかったので、それには最適の場所であった。

鉄製のドアのばねが蛇の動くときのようなしゅっという低い音を立てて空気を吸いこみ、わたしを外に押し出した。わたしは絨毯の上を歩きはじめ、足音もいまはもう聞こえず、銅の鷲の頭からガヴリイル・ステパーノヴィチの事務室に通ずる入口であることがわかったが、そこを通り過ぎ、やはり同じような上質の絨毯の敷きつめた廊下を、すでに人々の姿がちらつき、話し声も聞こえている食堂に向かって歩いて行った。

カウンターの向こうに置いてある光り輝く大きなサモワールがまっさきに目にはいり、ついで、口ひげを垂らし、頭の禿げあがった年配の小柄な男が目にはいったが、その男は、まだ慣れていない人だと、だれもが憐みと不安を抱かずにはいられないほど悲しげな目つきをしていた。この悲しそうな男はカウンターの向こうに立ち、憂鬱（ゆううつ）そうにため息をつきながら鮭のキャビアや羊乳のチーズをはさんだサンドイッチの山を眺めていた。俳優たちがカウンターに近づき、サンドイッチを注文すると、この食堂支配人の目には涙があふれる。客がサンドイッチをとって支払う金も、首都のもっともよい場所、独立劇場のなかに自分がいるという意識もこの男を喜ばせはしなかった。なにものも彼を喜ばせはせず、まるで、盆にのせたすべてのものが残らず食べつくされ、大きなサモワールにはいった湯が飲みほされることを考えて心を痛めているかのように見えた。

いまにも泣きだしそうな秋の日の光が二つの窓から射しこんでいたが、カウンターの向こうの壁には、笠をつけた電燈がけっして消えることなくともり、食堂のすみは永遠の黄昏（たそがれ）に沈んでいた。

わたしはテーブルに向かってすわっている知らない人々に気おくれがし、近づいて行きたいという気持もないわけではなかったが、なにか恐ろしい感じがした。テーブルの周囲からは押し殺したような笑い声が聞こえ、いたるところで会話がはずんでいた。

紅茶を一杯飲み、チーズをはさんだサンドイッチを食べると、わたしは劇場のほかの場所に行った。《事務所》と呼ばれていたその場所こそ、ほかのどこよりもわたしの気に入っていたところだった。

この場所は劇場のほかのすべての場所とはっきりと異なっていたが、それというのも、この場所こそは、いわば街頭の生活が注ぎこんでいた唯一の騒々しい場所であった。

事務所は二つの部分から成り立っていた。最初の部分は狭い部屋で、ひじょうによく設計された階段がそこに通じていたので、はじめて劇場に来た者でも必ずそこに行きつけるようになっていた。最初の小さな部屋にはカトコフとバクワーリンというふたりのメッセンジャーがすわっていた。ふたりの前の机には二台の電話器があった。この電話器はほとんどひっきりなしに鳴りつづけていた。いずれの電話も決まって同じ人物を呼び出していて、その人が隣の部屋にいることをわたしはすぐに理解したが、隣室のドアには、つぎのような名札が掛かっていた。

《総務部長
フィリップ・フィリッポヴィチ・トゥルムバソフ》

フィリップ・フィリッポヴィチ・トゥルムバソフよりももっと人気のある人間はモスクワにいなかったし、おそらくは、今後も現われないのではないだろうか。モスクワじゅうの者が彼に電話をかけているようにわたしには思えたが、カトコフもバクワーリンも、つぎからつぎと電話をフィリップ・フィリッポヴィチに取り次いでいた。

だれかがわたしに話してくれたのか、あるいは単にわたしの想像なのかは記憶していないが、なんでも、ジュリアス・シーザーは同時にいくつかの仕事を処理できる、たとえばなにかを読みながら同時に人の話を聞くことができたらしい。

しかし、そのジュリアス・シーザーにしても、もしもフィリップ・フィリッポヴィチの立場に置かれたら、さんたんたる状態に陥り、途方に暮れることであろうと、わたしはここに言明しておく。バクワーリンとカトコフの手もとで鳴りつづけている二台の電話器のほかにも、フィリップ・フィリッポヴィチの前の机にも電話器が二台あり、さらに旧式で壁に掛かった電話もあった。

金髪で感じのよい丸顔、だれにも見ることのできぬ悲しみ、秘められた、一見、永遠に癒すことのできない悲しみを底に隠した生き生きとした目の持主であったフィリップ・フィリッポヴィチは、ひじょうに居心地のよさそうな柵の向こうの一角にすわっていた。外が昼であっても夜であっても、フィリップ・フィリッポヴィチのいるところはいつでも夜で、緑色の笠をつけた電燈がともっていた。フィリップ・フィリッポヴィチの前の机には、《プリャン、二、一階席四》、《十三、午前二》、《モン、七七七二七》といったような秘密めかしたメモがいたるところに書き込まれた四種類のカレンダーがあった。

また、同じような書き込みのたくさんはいった五冊のノートが机の上に開かれていた。フィリップ・フィリッポヴィチの上のほうには褐色の熊の剝製がそびえていて、その目のところには電球が差しこまれていた。フィリップ・フィリッポヴィチは柵によって外の世界とさえぎられていたが、昼間はいつでも、多種多様な服装をした人々がこの柵に腹をくっつけるようにしてよりかかっていた。フィリップ・フィリッポヴィチの前をロシアじゅうの者が通り過ぎたと確信をもって言うことができるが、この事務所の彼の前には、ありとあらゆる階級、グループ、階層、信念、性、年齢を代表する人々がやってきていたのである。みすぼらしい身なりをし、すり切れた帽子をかぶった女たちが立ち去ると、さまざまな色の襟章（えりしょう）をつけた軍人たちが現われる。軍人たちのあとには、海狸（ビーバー）の毛皮襟と糊のきいたカラーをつけた立派な身なりの紳士たちがやってくる。糊のきいたカラーのワイシャツにまじって、更紗（サラサ）の開襟（かいきん）シャツがちらつくこともときにはある。もじゃもじゃの縮れ髪にかぶった鳥打帽。貂（てん）のショールを肩に掛けた盛装の貴婦人。耳当てつきの帽子、片目を負傷した男。鼻に白粉を塗った少女。防水長靴を履き、百姓外套を着、ベルトを締めた男。星一つの徽章（きしょう）の別の兵士。頭に包帯を巻きつけ、ひげをきれいに剃りあげた男。顎を震わせ、生気のない目をし、なぜかフランス語で、男用のオーバーシューズを履いている連れの女と話し合っている老婆。毛皮外套。

　柵によりかかることのできない人々が後方に群らがり、ときどき丸めた紙きれを投げあげたり、「フィリップ・フィリッポヴィチ！」とおずおずと叫んだりしていた。ときには、外套を着ないで、ただジャケットか背広しか着ていない女や男が柵に押しかけていた群衆のなかにはいりこんで行くことがあったが、その人たちは独立劇場の女優や俳優たちだった。

しかし、だれが柵のほうに近づいてきても、ごくまれな例外をのぞいては、ほとんどすべての者がへつらうような表情を浮かべ、取り入るような笑顔を見せていた。そこにやってきた人はだれでも、フィリップ・フィリッポヴィチに頼みこむのだが、すべてが彼の回答にかかっていたのである。

三台の電話器はひっきりなしに鳴りつづけていたが、ときとして、三台全部がいっせいに鳴りだし、事務所じゅうにすさまじい音が響きわたることがあった。フィリップ・フィリッポヴィチはそれにも少しもあわてなかった。彼は右手で右側の電話の受話器を取りあげ、それを肩にのせて頬で押さえ、左手で別の受話器を取り、それを左耳に押し当て、自由な右手で差し出されたノートの一つを取り、同時に三人と話しはじめ、左の電話、右の電話、それから来客と話し、それからふたたび左の電話、右の電話、来客と応待するのである。右の電話、来客、左の電話、左の電話、右の電話、右の電話。

二つの受話器を同時に置き、両手が自由になると、すぐに二つのメモを取りあげる。メモの一つを脇に置くと、彼は黄色い電話の受話器をはずし、ほんの一瞬聞いただけで、「明日の三時に電話してください」と言って受話器を掛け、「どうしようもありません」と客に答える。

間もなく、人々がフィリップ・フィリッポヴィチになにを頼んでいるのかをわたしは理解しはじめた。人々は彼に切符を頼んでいるのだった。

彼に切符を頼む人々のやり方はきわめて多種多様であった。イルクーツクからやってきて、今夜帰る予定だが、『持参金のない娘』を見なければ帰るに帰れないという人々がいた。ヤルタからの団体旅行の引率者だと語った者もいた。なにかの使節団の団長もいた。団体旅行の引率者でもなく、シベリヤの住人でもなく、どこかへ帰らなければならぬ者でもなく、ただ、「ペトーホフです、覚えていますか？」とだけ言う者もいた。「フィーリャ、フィーリャ、なんとか切符をとって……」と言う女優や俳優もいた。「いくらだっていい、値段なんかどうでもいいから……」と言う者もいた。

「わたしはね、イワン・ワシーリエヴィチとは二十八年来の知り合いなんですがね」突然衣魚に食われて穴のあいたベレー帽をかぶった老婆がもぐもぐ言った。「あの人はきっと断わりはしないと思うよ」

「立見席にどうぞ」フィリップ・フィリッポヴィチが出しぬけに言い、あぜんとしている老婆がなにか言いだそうとする前に、紙きれのようなものを差し出した。

「こちらは八人なのですが」体格のよい男が言いはじめ、さらになにか言いつづけようとしたが、フィリップ・フィリッポヴィチがすでに口をはさんだので、黙りこむよりほかなかった。

「自由席！」と言って、紙きれを差し伸べた。

「アルノルド・アルノルドヴィチの紹介で来たのですが」立派な服をスマートに着こなした若い男が言った。

《立見席》とわたしは心のなかでつぶやいたが、予想は当たらなかった。

「無理ですね」若い男の顔に一瞥をくれただけで、突然フィリップ・フィリッポヴィチは答えた。

「でも、アルノルドが……」

「どうしようもありません」

若い男はそそくさと姿を消した。

「わたしと妻の……」ふとった紳士が切り出した。

「明日ではいかがです?」フィリップ・フィリッポヴィチはぶっきら棒に、早口でたずねた。

「結構です」

「切符売場で!」フィリップ・フィリッポヴィチが叫ぶと、ふとった紳士は紙幣を手に持って人垣を押し分けながら立ち去ったが、そのときすでに、フィリップ・フィリッポヴィチは電話に向かって、「ありません! 明日!」とどなりながら、同時に、左の目で差し出されたノートを読んでいた。

しばらくすると、彼が人々の外見はおろか、彼らの脂じみた紙幣によって事態を処理しているのではまったくないということをわたしは理解した。質素で、むしろ貧相とすらいえる身なりをした人が、わたしの予想に反して、突如として十四列目の招待券を二枚受けとったかと思うと、立派な服装をした人々が空しく手ぶらで帰らなければならないこともあった。アストラハン、エヴパトーリャ、ヴォログダ、レニングラードから大きな美しい旅行許可証を持ってきた人々もいたが、それもなんの効果もあげないか、あるいは五日目の朝になってはじめて効果をあげるといったぐあいで、ときには、控え目で、口数の少ない人々がやってき、ほとんどなにもしゃべらずに、ただ柵越しに手を伸ばしているだけで、すぐさま席を獲得することもあった。

つらつらと考えてみるに、わたしの前に立っているこの男が人間というものを完全に知りつくした人物であるということが理解できた。そのことを理解すると、わたしは心の底に興奮と戦慄を覚えずにはいられなかった。そう、わたしの前にいるのは、人の心を適確に洞察できる偉大な心理学者であった。彼は人間の心の奥深くに秘められたものまで見抜く力をもっていた。彼は人々の秘かな欲望を推測し、人々の情熱や欠陥もはっきりと見とおすことができ、人々の内部にある隠されたものも、また同じように良いものも、ことごとく彼は知っていたのである。だが肝心なことは、彼が人々の権利というものを知っていたことであろう。彼は、だれが、いついかなるときに劇場に来るべきかということを知り、四列目にすわる権利を持っているのはだれで、なにか魔術によって突如として自分の席がとれるのではないかとあだな希望を抱いて階段に腰をおろし、座席を求めて心を悩ませねばならなかったものはだれかということを知っていた。

フィリップ・フィリッポヴィチの学校が最良の学校であったということをわたしは理解した。

それにしても、十五年に及ぶ職務を通して、何十万人という人々が彼の前を通り過ぎていたからには、彼がどうして人間を知らずにいられただろうか。その人々のなかには、技師、外科医、俳優、婦人運動家、公金横領者、家庭の主婦、機械工、教師、メゾ・ソプラノ歌手、建築業者、ギター奏者、掏摸（すり）、歯科医、消防夫、無職の若い娘、写真家、生産計画作成者、飛行士、プーシキン学者、コルホーズ議長、娼婦、競馬の騎手、機械組立工、デパートの店員、学生、理髪師、設計士、抒情詩人、犯罪者、大学教授、元家主、恩給生活者、村の小学校教師、葡萄酒醸造者、セロ奏者、手品師、離婚した婦人、カフェ経営主、賭博師、同種療法医、伴奏者、書記狂患者、音楽院の案内係、化学者、指揮者、陸上競技の選手、チェスを指す人、実験室助手、ペテン師、会計士、精神分裂症患者、試味鑑定家、マニキュア師、計算係、以前の聖職者、闇屋、写真技師などが含まれていた。

フィリップ・フィリッポヴィチには紙幣などまったく必要でなかった。

彼の前に現われた人を一目見るだけで、あるいは最初の一言を聞くだけで、その人がどういう権利をもっているかを知るにはじゅうぶんであって、そしてフィリップ・フィリッポヴィチは回答を出すのだが、この回答はいつでも誤ちを犯さなかった。

「わたし」ある婦人が興奮して話しだした。「昨日、『ドン・カルロス』の切符を二枚買って、ハンドバッグに入れたのですけど、家に帰ってみますと……」

フィリップ・フィリッポヴィチは早くも呼鈴を押し、もはや婦人の顔を見ないで言った。

「バクワーリン！　切符を二枚紛失されたそうだ……列は？」

「十一……」

「十一列。お通ししなさい。座席に案内して……よく調べるのだ！」

「かしこまりました！」バクワーリンが大声で叫んだかと思うと、すでに婦人の姿は見えなくなり、だれかほかの男が早くも柵のところに押しかけ、明日、モスクワを発たなければならないのだとしわがれ声をはりあげていた。

「こんなことってありませんわ！」婦人が腹立たしげに主張し、目をきらりと光らせた。「この子はもう十六歳なのですよ！　半ズボンをはいているからといって……」

「奥さん、わたしどもはだれがどんなズボンをはいているかなんて、見てはいませんよ」金属的な声でフィリップ・フィリッポヴィチは答えた。「法律にもとづいて、十五歳未満の子供はお通しできないのです。そこにすわっていてください、いますぐ」彼はこのときすでに、ひげを剃った俳優と親しげに話しはじめていた。

「ほら、見てください！」騒がしい婦人がわめいた。「いまも、長ズボンをはいた少年を三人も通しているじゃありませんか。わたしは訴えます！」

「奥さん、あの少年たちは」フィリップ・フィリッポヴィチは答えた。「コストロマから来た小人なのですよ」

完全な沈黙が訪れた。婦人の目の光は消え、そのときフィリップ・フィリッポヴィチが歯を剝き出して笑ったので、婦人は身を震わせた。柵のそばでたがいに押し合いへし合いしていた人々は、意地悪そうに笑い声をあげた。

顔をまっさおにし、苦しそうに目をどんよりと濁らせた俳優が、突然、脇のほうから柵のところに割りこんできて、ささやいた。

「偏頭痛がひどくて……」

フィリップ・フィリッポヴィチは少しも驚かず、ふり返りもせずに手をうしろに伸ばし、壁ぎわにあった戸棚を開け、手探りで小箱をつかみ、そのなかから小さな紙包を取り出すと、苦しそうな俳優に手渡して言った。

「水で飲んでください……ところで奥さん、お話をうかがいましょう」

婦人は涙を流し、帽子は耳のあたりにずり落ちていた。その婦人の悲しみは大きなものだった。彼女は汚れたハンカチをびっしょりと濡らしていた。昨日、『ドン・カルロス』の切符を買って家に帰ると、ハンドバッグがなくなっているのに気づいたという話だった。ハンドバッグには百七十五ルーブルの現金、それに化粧品やハンカチがはいっていたという。

「それは災難でしたね」フィリップ・フィリッポヴィチはそっけなく言った。「お金はハンドバッグに入れておくのではなくて、銀行に預けておかなければなりませんね」

婦人は大きく目を見開いてフィリップ・フィリッポヴィチをみつめた。彼女は、自分の悲しみにたいしてこのような冷淡な態度をとられるとは思ってもみなかったのである。

しかし、フィリップ・フィリッポヴィチはすぐさま大きな音を立てて抽斗を開け、一分後には、黄色くなった金具と貝のついた皺だらけのハンドバッグは婦人の手のなかにあった。

「遺体が到着しました、フィリップ・フィリッポヴィチ」バクワーリンが報告した。

ただちに電燈が消され、抽斗が音を立てて閉められ、フィリップ・フィリッポヴィチは急いで外套をひっかけると、群衆を押しわけて外に出た。なにか魔法にかけられたみたいに、わたしは彼のあとを追ってゆっくりと歩いて行った。階段の曲がり角で壁に頭をぶつけ、中庭に出た。事務所のドアのそばには、赤いリボンを巻いたトラックがとまっていて、トラックには、消防夫が閉じた目で秋空を仰いで横たわっていた。鉄兜が彼の足もとに光り、頭部には樅の小枝が置かれてあった。帽子をかぶらず、厳粛な顔つきをしたフィリップ・フィリッポヴィチはトラックのそばに立ち、クスコフ、バクワーリン、クリュクヴィンに無言で指示を与えた。

トラックは警笛を鳴らして通りに出て行った。そのとき、劇場の正面玄関からトロンボーンのファンファーレが鳴りわたった。通行人はちょっと驚いて足をとめ、トラックもとまった。劇場の車寄せのところに、外套を着て指揮棒を振っている顎ひげを生やした男の姿が見えた。指揮棒に合わせて、ぴかぴか光るいくつかのラッパがいっせいに鳴り響き、通りを揺るがした。それから轟音は、鳴りはじめたときと同様に突如として鳴りやみ、金色のラッパも指揮者の亜麻色のひげも玄関のなかに消えた。

クスコフがトラックにとび乗り、三人の消防夫が柩の角に立ち、別れを告げるフィリップ・フィリッポヴィチの身振りに送られて、トラックは火葬場に向かい、フィリップ・フィリッポヴィチは事務所に戻った。

巨大な都市は生活のリズムをもっていて、都会のいたるところで、波が押し寄せたり引いたりしている。フィリップ・フィリッポヴィチのところに押し寄せてくる人々の波も、ときには、べつにはっきりとした理由もなく弱まることがあったが、そんなとき、フィリップ・フィリッポヴィチは肘掛いすにゆったりと身を沈め、だれかれとなく冗談をたたき合って、くつろいだ時間を過ごすことにしていた。

「あなたのところに行くようにと言われたのですがね」ほかの劇場の俳優が言った。

「まったく騒がしい男をよこしたものだ」フィリップ・フィリッポヴィチは頬だけをほころばせて答えた。（彼の目はけっして笑うことがなかった。）

そのとき、フィリップ・フィリッポヴィチの事務所のドアが開いて、豪華なオーバーを着、焦げ茶色の狐皮のショールを肩に掛けたひじょうに美しい婦人がはいってきた。フィリップ・フィリッポヴィチは愛想よく婦人に笑いかけて叫んだ。

「Bonjour（今日は）ミッシー！」

婦人も嬉しそうに微笑を返した。その婦人のうしろから、水兵帽をかぶり、顔にチョコレートをなすりつけ、目の下に三個所ほど爪の跡の残った、なかなか生意気そうな七歳ぐらいの男の子がおぼつかない足どりで部屋にはいってきた。男の子は規則的な間隔を置いて低くしゃっくりをしつづけていた。その子のあとからは、ふとった婦人が当惑げについてきた。

「これ、アリヨーシャ！」その婦人はドイツ語風のアクセントで叫んだ。

「アマーリヤ・イワンナ！」男の子はアマーリヤ・イワーノヴナに拳固をこっそりと示しながら、低い声で嚇（おど）すように言った。

「これ、アリヨーシャ！」アマーリヤ・イワーノヴナが小声で言った。

「やあ、今日は！」フィリップ・フィリッポヴィチは男の子に手を差し伸べながら叫んだ。

男の子はしゃっくりをして、お辞儀をし、敬礼をするときのように踵（かかと）と踵を軽く打ち当てた。

「これ、アリヨーシャ」アマーリヤ・イワーノヴナがささやいた。

「きみの目の下はどうしたんだね？」フィリップ・フィリッポヴィチがたずねた。

「ぼく」男の子はしゃっくりをしながら頭をそらしてつぶやいた。「ジョルジュと喧嘩したんだ……」

「これ、アリヨーシャ」唇を動かすだけで、まったく機械的にアマーリヤ・イワーノヴナがささやきつづけた。

「C'est dommage!《セ・ドマージュ》（それは残念だったな！）」フィリップ・フィリッポヴィチは大声で言い、机のなかからチョコレートを取り出した。

チョコレートを見ると、男の子はどんよりとした目を一瞬輝かせ、それを受けとった。

「アリヨーシャ、今日はチョコレートを十四も食べたのよ」アマーリヤ・イワーノヴナがおずおずとささやいた。

「嘘を言え、アマーリヤ・イワーノヴナ」

「これ、アリヨーシャ……」

「フィーリャ、あなたはわたしのことをすっかりお忘れになったのね、ひどい人！」婦人が叫んだ。

「Non,《ノン》 madame,《マダム》 impossible!《アンポシブル》（いいえ、奥さん、そんなことはありませんよ！）」フィリップ・フィリッポヴィチが叫び返した。「Mais《メ》 les affaires《レザフエール》 toujours!《トウジユール》（ただ、仕事に追われどおしでしたもので！）」

婦人は低い声を立てて笑い、フィリップ・フィリッポヴィチの手を手袋でたたいた。

「ねえ」婦人が意気ごんで言った。「今日、うちのダーリヤがパイを作ったの、食事にいらっしゃるといいわ。どう？」

「Avec《アベック》 plaisir!《プレジール》（喜んで！）」フィリップ・フィリッポヴィチは叫び、婦人に敬意を表して、熊の目の電燈をともした。

「ああ、びっくりした、いやなフィーリャ！」婦人は叫んだ。

「アリョーシャ！　見てごらん、あの熊さん」アマーリヤ・イワーノヴナはいかにもわざとらしく感激してみせた。「まるで生きているみたい！」

「行かせてよ！」男の子はわめき、柵のほうに突進した。

「これ、アリョーシャ……」

「アルグーニンもいっしょに連れてきていただいたらどうかしら」ふと名案が浮かんだといわんばかりに、婦人が叫んだ。

「**Il joue!**（彼は舞台があります！）」

「芝居が終わってから、連れてきていただけばいいわね」婦人はアマーリヤ・イワーノヴナのほうをふり返って言った。

「**Je transport lui.**（わたしが連れて行きましょう）」

「そうしていただくと、助かるわ。そうそう、フィーリャ、あなたに一つお願いがあるの。ある年とったご婦人のために、『ドン・カルロス』の席を取っていただけないかしら？　どう？　二階席でも？　ねえ、あなた？」

「あなたの裁縫師でしょう？」フィリップ・フィリッポヴィチはなにもかも知っているというよ

うな目で婦人を見ながらたずねた。

「まあ、なんといやな人！」婦人は叫んだ。「どうして裁縫師なんて決めつけるの？　彼女は大学教授の未亡人で、いまは……」

「下着を縫っている」まるで夢のなかで語っているかのようにフィリップ・フィリッポヴィチは言いながら、ノートに書きこんだ。

《女裁縫師。M1。二階席、脇、十三番》

「どうしておわかりになったのです？」顔を輝かせながら婦人は叫んだ。

「フィリップ・フィリッポヴィチ、本部から電話です」バクワーリンが大声でどなった。

「よし、いま行く」

「そのあいだに、わたしも主人に電話をしておきましょう」婦人が言った。

フィリップ・フィリッポヴィチが部屋から駆けだしてゆくと、婦人は受話器を取りあげ、ダイヤルをまわした。

「劇場からよ。どう、そちらは変わったことない？　今晩、フィーリャをおよびしたわ、パイでもご馳走しようと思って。ええ、べつに。あなたはちょっとおやすみになるといいわ。ええ、それからアルグーニンも来ていただくことにしたの……ええ、ここでは具合が悪いわ……それじゃ、さようなら、あなた。あなたはなんだか不機嫌な声ね？　それじゃ、また」

わたしは油布のソファの背にもたれかかり、目を閉じて、空想した。《おお、なんという世界……享楽と平和の世界……》わたしははじめて会ったこの婦人の住居を想像した。なぜか、それが大きな住居で、広々とした白い玄関の壁には、金箔の額に入れた絵がかかり、部屋のいたるところに寄木細工の床が磨きあげられているように思われた。中央の部屋にはピアノ、広く敷きつめられた絨毯……

突然、低いうめき声と、腹の底からしぼりだすような声にわたしの空想は破られた。わたしは目を開けた。

死人のようにまっさおな顔になった男の子は、目を吊りあげ、両足を床に踏んばってソファにすわっていた。

「アリヨーシャ！」婦人が叫んだ。「どうしたの！」

「これ、アリヨーシャ！　どうしたの?!」アマーリヤ・イワーノヴナも叫んだ。

「頭が痛くて」男の子はかぼそく震えるバリトンで答え、帽子を目の上までずらせた。彼は突然頬をふくらませ、ますます蒼い顔になっていった。

数分後、タクシーのオープンカーがバクワーリンを乗せて中庭にとびこんできた。男の子は口のあたりをハンカチで拭かれ、抱きかかえられて事務所から連れ出された。

おお、すばらしい事務所の世界。フィリップ・フィリッポヴィチよ。お別れだ。間もなく、わたしはこの世を去る。あなたもわたしのことを思い出してほしい。

## 12　シヴツェフ・ヴラジェク

わたしがポリクセーナといっしょにどのように戯曲を完成させたかをわたしはまだ書いていなかった。ところが、それからさきなにをしようかと思ういとまもなく、運命そのものがつぎの行動を開始したのである。

クリュクヴィンがわたしに手紙を持ってきた。

《深く尊敬する
　　レオンチイ・セルゲーエヴィチ！》

畜生、彼らはどうしてわたしをレオンチイ・セルゲーエヴィチに仕立てあげようとするのだろうか。おそらく、本名のセルゲイ・レオンチエヴィチよりもレオンチイ・セルゲーエヴィチのほうが言いやすいせいだろうか。もっとも、これはとるに足らぬことだ。

# 白水 図書案内

No.864／2017-8月　平成29年8月1日発行

白水社 101-0052 東京都千代田区神田小川町 3-24／振替 00190-5-33228／tel. 03-3291-7811
http://www.hakusuisha.co.jp ●表示価格は本体価格です。別途に消費税が加算されます。


## ブラック・フラッグス（上・下）

――「イスラム国」台頭の軌跡

**ジョビー・ウォリック**
伊藤 真訳■各2300円

ザルカウィの生い立ちからバグダディのカリフ制宣言まで、ISの変遷と拡大の背景を、人物像に焦点を当てて描いたピュリツァー賞受賞作。

## 写本の文化誌

――ヨーロッパ中世の文学とメディア

**クラウディア・ブリンカー・フォン・デア・ハイデ**
一條麻美子訳■3300円

本が一点物だった時代、本の書写、テキストの制作、パトロンによる発注は、どのような意味をもっていたのか。印刷以前の書籍文化誌。

## メールマガジン『月刊白水社』配信中

**登録手続きは小社ホームページ http://www.hakusuisha.co.jp の登録フォームでお願いします。**

新刊情報やトピックスから、著者・編集者の言葉、さまざまな読み物まで、白水社の本に興味をお持ちの方には必ず役立つ楽しい情報をお届けします。（「まぐまぐ」の配信システムを使った無料のメールマガジンです。）

新刊

# 文化大革命〈造反有理〉の現代的地平

明治大学現代中国研究所・石井知章・鈴木　賢［編］

文革とは何だったのか？　新資料により凄惨な実像を明らかにするとともに、日本の新左翼運動に与えた影響を再検討する。カラー図版多数。

（8月下旬刊）四六判■2600円

# ホワイトハウスのピアニスト

——ヴァン・クライバーンと冷戦

ナイジェル・クリフ［松村哲哉訳］

第一回チャイコフスキー国際コンクールで優勝し、彼を記念したコンクールに名を残すピアニストの、数奇な生涯を初めて明らかにする。

（8月下旬刊）四六判■4800円

# 業音

松尾スズキ

母親の介護をネタに再起をかける主人公のまわりで、奇怪なパートナーシップによる「不協和音」が鳴り響く——。人間の業が奏でる悲喜劇。

（8月中旬刊）四六判■1800円

# 起きようとしない男

——その他の短篇

デイヴィッド・ロッジ［高儀　進訳］

『小説の技巧』の作家の本領発揮！　初期から晩年まで、作家の経験に基づいて描かれた、笑いと皮肉が満載の傑作短篇集。全八編収録。

（8月下旬刊）四六判■2200円

# 城の中のイギリス人（愛蔵版）

アンドレ・ピエール・ド・マンディアルグ［澁澤龍彥訳］

できるだけ残酷で破廉恥で……悪の原理に対する和解の接吻の物語。一九七九年刊の新版に基づくシュルレアリスム小説の奇書にして名訳。

（8月下旬刊）四六判■3600円

# 超男性（愛蔵版）

アルフレッド・ジャリ［澁澤龍彥訳］

壮絶な自転車レースと性交ゲームの果てに待ち受けるものとは……自らも自転車愛に憑かれた奇才による一九〇二年刊の「現代小説」。

（8月下旬刊）四六判■3500円

《……あなたはあなたの戯曲をイワン・ワシーリエヴィチのために朗読しなければなりません。それゆえ、十三日の月曜日、正午にシヴツェフ・ヴラジェクにお出かけください。

敬具

フォマ・ストリジ》

この手紙がきわめて重要なものであることを知って、わたしはひどく興奮した。わたしは糊のきいたカラーに青いネクタイを締め、グレーの背広を着ていくことに決めた。着ていく洋服を選ぶのは造作のないことだったが、それというのも、わたしはきちんとした洋服といったら、このグレーの背広一着しかなかったからである。

礼儀正しく、とはいえ威厳を失わずに振舞おう、卑屈な態度だけはけっしてとるまいと思った。十三日はその翌日だったのでよく記憶しているが、午前中に、劇場でボムバルドフと会った。

彼の忠告はひじょうに奇妙なものにわたしには思えた。

「大きな灰色の建物を通り過ぎたら」ボムバルドフは言った。「左に曲がって、袋小路にはいる。そこまで行くと、すぐに見つけられるでしょう。彫刻をほどこした鋳鉄の門、円柱のある建物です。入口は通りに面していないから、角を曲がって中庭にはいってください。そこに毛皮外套を着た男がいて、『なんのご用で？』ときいてきますから、あなたは『約束です』とだけ言ってください」

「それは合言葉ですか？」とわたしはたずねた、「もしもその人がいなかったら？」

「いないはずはありません」ボムバルドフは冷やかに答えて、つづけた。「ちょうどその外套を着た男のいるところの反対側の角の向こうに、ジャッキで持ちあげ、車輪をはずした自動車、そのそばにバケツと自動車を洗っている男を見ることでしょう」

「あなたは今日あそこに行かれたのですか？」わたしは興奮してたずねた。

「わたしが行ったのはひと月前のことです」

「それじゃ、自動車を洗っているなんて、どうしてわかっているのです？」

「なぜって、彼は毎日、車輪をはずして自動車を洗うからです」

「それじゃ、イワン・ワシーリエヴィチはいつ自動車で出かけるのです？」

「彼は自動車で出かけることなんかありませんよ」

「どうして？」

「だって、彼がどこへ出かけるというのです？」

「それじゃ、劇場へは？」

「イワン・ワシーリエヴィチは劇場には一年に二度、舞台稽古を見にくるだけで、しかもそのときには、ドゥイルキンの馬車を雇うことにしているのです」

「まさか！　自動車があるというのに、なんだって馬車を？」

「もしも運転手が運転中に心臓が破裂して死んでしまったら、自動車はどこかの商店のウィンドウにでも突っこんでしまうかもしれないじゃありませんか、そうなったら、どうすればよいのです？」

「でも、馬だっていきなり疾走しはじめたら？」

「ドゥイルキンの馬は走ったりしないのです。それはゆっくりと歩くだけなのです。それで、そのバケツを持った男の向かい側にドアがあります。なかにはいって、木の階段を昇ってください。もう一つドアがあります。そこからはいってください。そこに、オストロフスキイの黒い胸像を見ることでしょう。向かい側には白い円柱とまっ黒な暖炉があり、そのそばには長靴をはいた男が屈みこんで火を焚いています」

わたしは笑いだした。

「あなたは、彼が必ずそこにいて、必ず屈みこんでいると確信しておられるのですか？」

「絶対にそうです」ボムバルドフは笑おうともせずにそっけなく答えた。

「それを確かめるのは興味をそそられますね！」

「確かめてください。彼は不安そうに、『どちらへ？』とたずねるでしょう。そこで、あなたは答えてください……」

「約束です、とですか？」

「うん。そうすると、彼は、『外套はここでお脱ぎください』と言います、そこであなたは控え室に通されますが、そこに看護婦が出てきて、『なんのご用で？』とききます。そうしたら、あなたは答えてください……」

わたしはうなずいた。

「イワン・ワシーリエヴィチは、最初の義務として、あなたのお父さんの職業をたずねることでしょう。ところで、お父さんのご職業は？」

「県の副知事でした」

ボムバルドフは顔をしかめた。

「え……それはどうもよくないようですね。いや、だめです。あなたはこうおっしゃるのです、銀行に勤めていましたと」

「そういうのは気に入りませんね。どうしてわたしは初対面のときから嘘をつかねばならないのです？」

「なぜって、その副知事というのは、彼を驚かすかもしれませんからね、でも……」

わたしはまばたきして見せただけだった。

「……でも、銀行でもなんでも、あなたには同じことでしょう。それから、同種療法をどう思うかとたずねられるでしょう。そうしたら、あなたは言ってください、去年、胃をわずらったときに滴剤を使いましたけど、とてもよく利きました、と」

そのとき、ベルが鳴りわたり、稽古に行かなければならなかったボムバルドフはそわそわしはじめ、その後の忠告を簡潔に述べはじめた。

「ミーシャ・パーニンをきみは知らない、生まれたのはモスクワ」早口でボムバルドフは言った。「フォマについては、彼は気に入らないと言ってください。戯曲の話になったら、とにかく反論しないことです。第三幕には射撃の場面がありますけど、あそこは読まないほうがいいでしょう……」

「あの男がピストルを射つというのに、どうして読んではいけないのです?!」

ベルがくり返された。ボムバルドフは薄闇のなかに駆けだして行き、遠くから彼の低い叫び声が聞こえた。

「射撃の場面は読むなよ！　あなたは風邪を引いていない！」

ボムバルドフの謎めいた忠告にすっかり面食らったわたしは、正午きっかりにシヴツェフ・ヴラジェクの袋小路に着いた。

中庭には毛布外套を着た男はいなかったが、ボムバルドフの話していたちょうどその場所には、頭布をかぶった老婆が立っていた。彼女は、「なんのご用です？」とたずね、疑い深そうな目つきでわたしを眺めた。《約束です》という言葉が彼女をすっかり満足させたので、わたしは角を曲がった。ボムバルドフの言っていたのとちょうど同じ場所にコーヒー色の自動車が置いてあったが、しかし、車輪は取りはずされてはおらず、男は布きれで車体を拭いていた。自動車のそばには、バケツとなにかの瓶があった。

ボムバルドフの指示に従って歩いて行くと、わたしは迷うことなくオストロフスキイの胸像の前に出た。《ほら……》わたしはボムバルドフを思い出して考えた、暖炉には白樺の薪が勢いよく燃えていたが、屈みこんでいる者などだれもいなかったのだ。しかし、わたしが薄笑いを浮かべようとしたとたん、黒くニスを塗った古い樫（かし）のドアが開き、そこから、手に火掻き棒を持ち、補布の当たったフェルトの長靴をはいた老人が出てきた。わたしを見ると、彼は驚き、目をしばたたいた。「あなた、なんのご用で？」と彼はたずねた。「約束です」と、わたしは魔法の言葉の力を楽しみながら答えた。老人は顔を輝かせ、火掻き棒を振ってべつのドアを差し示した。そこには天井から吊るした旧式の電燈がともっていた。わたしは外套を脱ぎ、脇の下に戯曲をはさんで、ドアをノックした。すぐにドアの奥で、ドア・チェーンのはずされる音がし、それから鍵がまわされ、白い三角布を頭に巻き、白いガウンを着た女が顔をのぞかせた。「なんのご用です？」と彼女はたずねた。「約束です」とわたしは答えた。女は脇に退いてわたしを通し入れ、注意深くわたしの顔をみつめた。

「外は寒いですか?」と彼女はたずねた。

「いいえ、よいお天気です、小春日和ですよ」とわたしは答えた。

「お風邪は召していらっしゃいませんか?」と女はきいた。

わたしはボムバルドフを思い出してぎくりと身震いし、言った。

「いいえ、引いていません」

「そのドアをノックして、おはいりください」その女性はきびきびした口調で言って姿を消した。

金属製の飾りを張った黒いドアをノックする前に、わたしはあたりを見まわした。白い暖炉、大きな戸棚。薄荷（はっか）やさらにほかの感じのよい草の匂い。完璧な静寂が支配していたが、それが突然、時を告げる時計のかすれたような音に破られた。時計は十二時を打ち、それから郭公（かっこう）が戸棚の背後でけたたましくさえずった。

わたしはドアをノックし、重い鉄輪を片手で押して、大きな明るい部屋にはいった。

わたしは興奮していたので、イワン・ワシーリエヴィチのすわっていたソファのほかはほとんどなにも見分けることができなかった。

イワン・ワシーリエヴィチは写真で見たのとそっくりだったが、ただ実物のほうが、いくぶん元気そうで、若々しく見えた。わずかに白毛のまじった黒い口ひげはみごとにひねりあげられていた。胸には、金の鎖のついた柄付眼鏡が吊るされていた。

イワン・ワシーリエヴィチのきわめて魅力的な微笑にわたしはびっくりさせられた。

「ようこそ」彼はいくぶん舌足らずな発音で言った。「お掛けください」

わたしは肘掛いすに腰をおろした。

「あなたのお名前と父称は？」愛想よくわたしをみつめながらイワン・ワシーリエヴィチがたずねた。

「セルゲイ・レオンチエヴィチと申します」

「どうぞよろしく！　身体のぐあいはいかがです、セルゲイ・パフヌーチエヴィチ？」相変わらず愛想よくわたしを眺めながら、イワン・ワシーリエヴィチは短くなった鉛筆や、なぜか紙でおおっている水のはいったコップの置いてあるテーブルを指でたたいた。

「おかげさまで、元気にやっております」

「風邪は引いてませんか？」

「ええ」

イワン・ワシーリエヴィチはどうしたわけかうめき声をもらして、たずねた。

「お父さんはご健在ですか？」

「わたしの父は亡くなりました」

「それはお気の毒に」イワン・ワシーリエヴィチは答えた。「それで、だれに診てもらっていたのです？　主治医は？」

「正確には覚えておりませんが、たしか……ヤンコフスキイ教授だったと思います」

「それはむだなことですよ」イワン・ワシーリエヴィチは言った。「プレトゥシコフ教授に診てもらうべきでしたな、そうすれば、死ぬまでもなかったでしょうに」

わたしはプレトゥシコフ教授に診てもらわなくて残念なことをしたという表情を作った。

「だが、それよりももっとよいのは……ふむ……ふむ……同種療法医にかかることです」イワン・ワシーリエヴィチはつづけた。「あれはどんな病気にでも、驚くほどよく利きます」そこで彼は素早い視線をコップに走らせた。「あなたは同種療法を信じますか？」

《ボムバルドフは驚嘆すべき人物だ》とわたしは考え、曖昧に話をはじめた。

「もちろん、ある面では……わたし個人としましては……多くの人は信じていないようですが……」

「それが間違いなんだ！」イワン・ワシーリエヴィチが言った。「十五滴でもうあらゆる苦痛はとまりますよ」そこで彼はふたたびうめき声をもらし、つづけた。「それで、あなたのお父さんは、セルゲイ・レオンチエヴィチ、どういうかたでした？」

「セルゲイ・レオンチエヴィチです」わたしは愛想よく訂正した。

「これはたいへん失礼した！」イワン・ワシーリエヴィチが叫んだ。「お父さんの職業は？」

《だが、おれは嘘をつきはしないぞ！》と思って、わたしは言った。

「県の副知事でした」

わたしの返事を聞くと同時に、イワン・ワシーリエヴィチの顔から微笑が消えた。

「なるほど、なるほど」彼は気がかりそうに言い、しばらくなにも言わずに指でテーブルをたたいていたが、それから言った。「それじゃ、はじめるとしましょうか」

わたしは原稿をひろげ、咳ばらいをしたが、気の遠くなるような感じがしたので、もう一度咳ばらいをして読みはじめた。

わたしは題名、それから登場人物の長い一覧表を読んで、第一幕の朗読にとりかかった。

《明かりが遠くにともり、雪におおわれた中庭、傍屋のドア。傍屋からは『ファウスト』を弾いているピアノの音が低く聞こえてくる……》

あなたはこれまでに、一対一でだれかに面と向き合って戯曲を読む破目に陥った経験がおありだろうか。断言してもよいが、これはひじょうに困難な仕事である。わたしはときどき目をあげてイワン・ワシーリエヴィチの顔をうかがったり、ハンカチで額を拭ったりした。

イワン・ワシーリエヴィチはすわったまま身じろぎ一つせず、柄付眼鏡をかたときも離さずにじっとわたしのほうを眺めつづけていた。わたしをひどく困惑させたのは、第一景にもすでに滑稽な部分がいくつもあったというのに、彼が一度も笑わなかったという事実である。俳優たちは、その部分を朗読するのを聞いてよく笑ったし、ひとりの俳優などは涙を流して笑ったほどだったのだが。イワン・ワシーリエヴィチは笑わなかったばかりではなく、うめき声をもらすこともやめてしまった。そして、わたしが彼のほうに視線を向けるたびに、いつも決まって、こちらに向けられた金縁の柄付眼鏡とその奥のまばたきもしない目と出会うのだった。そのために、滑稽な部分もまったく滑稽でないのではないかとわたしには思われはじめた。

こんなふうにして、わたしは第一景の最後まで読み、第二景に進んだ。完全な静寂のなかで聞こえるものといったらわたしの単調な声だけしかなかったが、それは僧侶が死者を悼んで読経しているのに似ていた。

わたしはなんとなく気乗りがしなくなり、部厚い原稿を閉じたいという気持にかられた。わたしには、イワン・ワシーリエヴィチが「これはいつになったら終わるんだね？」と恐ろしい声で言っているように思われた。わたしの声はかすれ、ときどき咳をして咽喉を清めて、テノールで、あるいは低い声で読みつづけ、二度ほど鶏が突然飛び立ったことがあったが、それも、イワン・ワシーリエヴィチとわたしを笑わせはしなかった。

白衣を着た女性が不意に現われたときには、いくぶん気が楽になった。彼女が足音もさせずに部屋にはいってくると、イワン・ワシーリエヴィチは素早く時計に目をやった。その女性が小さなグラスをイワン・ワシーリエヴィチに手渡したが、イワン・ワシーリエヴィチは薬を口に入れ、コップの水を飲んでからコップに紙をかぶせると、ふたたび時計を見やった。女性は古代ロシアのお辞儀の仕方でイワン・ワシーリエヴィチに頭を下げ、高慢そうな態度で立ち去った。

「それじゃ、つづけてください」とイワン・ワシーリエヴィチが言ったので、わたしはふたたび読みはじめた。遠くで郭公が鳴いていた。それから、衝立（ついたて）の向こうで電話のベルが鳴りだした。

「失礼」イワン・ワシーリエヴィチは言った。「協会からの重要な電話なのです。もしもし」彼の声が衝立の向こうから聞こえてきた。「もしもし……ふむ……ふむ……これはまたあの悪党の仕業だ。このことは厳重な秘密にしておくように命令する。今晩、わたしのところに信頼できる男が来るから、計画を立てることにしよう……」

イワン・ワシーリエヴィチが戻ってき、第五景の最後まで読みとおした。そして第六景を読みはじめたとき、驚くべき事態が発生した。どこかのドアがぱたんと開く音が聞こえ、さらにどこかで、わたしにはきわめて不自然なものに思われた大きな泣き声が聞こえ、わたしがはいってきたドアではなくて、内部の部屋に通じているドアが開いて、恐怖のために怒り狂ったよくふとった虎猫が部屋のなかにとびこんできた。猫はわたしのそばを通り抜けて絹レースのカーテンに向かって突進し、カーテンをつたって上によじ昇ろうとした。絹レースは猫の重さを支えることができず、すぐにびりっと裂けた。絹レースをかきむしりながら猫は上までよじ昇り、そこから兇暴な様相で眺めまわした。イワン・ワシーリエヴィチは柄付眼鏡を取り落としたが、そのとき、リュドミラ・シリヴェストロヴナ・プリャヒナが部屋に駆けこんできた。彼女の姿を見ると、猫はさらに上によじ昇ろうと試みたが、しかしその上は天井だった。猫は蛇腹（じゃばら）から離れ、身体を小さくしてカーテンにぶらさがった。

リュドミラは目を閉じたまま部屋に駆けこんでき、濡れたハンカチを皺くちゃに丸めて握りしめた拳を額に押し当て、もう一方の手には、濡れていないきれいなレースのハンカチを持っていた。部屋の中央まで進むと、彼女は片膝をつき、頭をさげ、まるで勝利者に剣を差し出す捕虜のように、片手を前に差し出した。

「わたしはここから動きません」リュドミラは声をかすらせて叫んだ。「先生、あなたがわたしを守ってやると約束してくださるまでは！　ペリカンは密告者です！　神さまはすべてをお見とおしです、すべてを！」

そのとき、絹レースの引き裂ける音がし、猫がしがみついているあたりの上に三十センチほどの裂け目ができた。

「しっ!!」突然、イワン・ワシーリエヴィチが絶望的に叫び、両手をぽんと打ち鳴らした。

猫はカーテンを下まで引き裂いてずり落ち部屋からとび出して行ったが、リュドミラは大声で泣きわめき、両手で目をおおい、涙にむせびながら叫んだ。

「わたしはどういうお言葉を聞くのでしょうか?!　わたしになんとおっしゃられるのでしょう

か⁈　わたしの先生、わたしの恩人はわたしを追い出されはしないでしょうね⁈　おお、神さま‼

わたしをわかっていただけますね⁈」

「しっかりしなさい、リュドミラ・シリヴェストロヴナ！」イワン・ワシーリエヴィチは必死になって叫んだが、そのとき、さらに老婆がドアのところに現われて、大声で言った。

「あなた！　こちらにいらっしゃい！　お客さまがいらっしゃるのよ！」

そこでリュドミラは目を開け、灰色の肘掛いすにすわっているわたしのグレーの背広を見た。彼女は目を大きく見開いてわたしをみつめたが、その目の涙は一瞬のうちに乾いてしまったようにわたしには思われた。彼女は立ちあがり、「ああ、神さま……」とささやいて走り去った。老婆もすぐに姿を消し、ドアが閉められた。

わたしとイワン・ワシーリエヴィチはしばらく黙りつづけていた。長い間があったあとで、彼は指でテーブルをたたいた。

「どうです、お気に入りましたか？」彼はたずね、物憂げにつけ加えた。「カーテンを台なしにしてしまった」

それから、ふたたび沈黙が訪れた。

「この光景にきっと驚かされたことでしょう？」イワン・ワシーリエヴィチはたずねて、うめき声をもらした。

わたしもうめき、なんと答えたらよいかまったくわからぬまま、肘掛いすでもじもじしていたが、この光景にわたしは少しも驚かされなかった。これが更衣室で起こった例の光景のつづきであり、リュドミラがイワン・ワシーリエヴィチの足もとにひれ伏すという約束を果たしたのだということを、わたしははっきりと理解していたのである。

「これも一種の稽古なのですよ」突然、イワン・ワシーリエヴィチが言った。「あなたはきっと、これがひどいスキャンダルだとお考えでしょう！　そうでしょう？　そうですね？」

「驚きました」わたしは目の表情を悟られまいと努めながら言った。

「わたしたちはときどき、こんなふうにして、なにかの光景の記憶を急に蘇らせるのが好きでしてね……ふむ……ふむ……エチュードというのはひじょうに大切です。それはそうと、ペリカンについての話は、信じてはいけませんよ。ペリカンは献身的で、有益な人間です！」

イワン・ワシーリエヴィチは悲しげにカーテンを見やってから言った。

「さあ、つづけましょう！」

ところが、さきほどドアのところに立っていた例の老婆が部屋にはいってきたので、つづけることはできなかった。

「わたしの伯母、ナスターシヤ・イワーノヴナです」イワン・ワシーリエヴィチが言った。わたしはお辞儀をした。感じのよい老婆は、愛想よくわたしを見ながら腰をおろして言った。

「はじめまして、どうぞよろしく」

「こちらこそ」わたしは頭をさげながら答えた。

しばらく沈黙があったが、そのあいだに、伯母とイワン・ワシーリエヴィチはカーテンを見やり、悲しそうにたがいに顔を見合わせた。

「イワン・ワシーリエヴィチになんのご用がありましたの？」

「レオンチイ・セルゲーエヴィチはわたしに戯曲を持ってきてくれたのだよ」イワン・ワシーリエヴィチが答えた。

「だれの戯曲を！」悲しげな目つきでわたしを見ながら老婆がたずねた。

「レオンチイ・セルゲーエヴィチが自分で戯曲を書かれたのだよ！」

「でも、なぜ？」ナスターシヤ・イワーノヴナが不安げにたずねた。

「なぜって？　ふむ……ふむ……」

「だって、戯曲はもうずいぶんたくさんあるではありませんか？」やさしく責めるようにナスターシヤ・イワーノヴナがたずねた。「すばらしい戯曲がありますわ。それも、ずいぶんたくさん！もしも上演しようとしたら、二十年かかっても全部は上演しきれないほどでしょう。それなのに、どうしてあなたは戯曲を書きたいと思われたのです？」

彼女はきわめて確信ありげに語ったので、わたしは語るべき言葉を発見できなかったほどである。

しかし、イワン・ワシーリエヴィチが指でテーブルをたたいて言った。

「レオンチイ・レオンチエヴィチは現代の戯曲を書いたのだよ！」

すると、老婆は不安げな表情を浮かべた。

「わたしたちは現政権に反対するつもりはありませんわ」と彼女は言った。

「だれも反対していませんよ」とわたしは彼女に賛成した。

「トルストイの『文明の果実』はお気に召しませんか？」不安そうに、おずおずとナスターシヤ・イワーノヴナはたずねた。「あれはとてもすばらしい戯曲じゃありませんか。それにリュドミラのやれる役もありますし……」彼女はため息をついて、立ちあがった。「お父さまにもどうぞよろしく」

「セルゲイ・セルゲーエヴィチのお父さんは亡くなられたのだよ」とイワン・ワシーリエヴィチは教えた。

「それはお気の毒なことをしましたね」老婆はていねいに言った。「それじゃ、お父さまはあなたが戯曲をお書きになったことをご存知ないのですね？　それで、なんでお亡くなりに？」

「医者がよくなかったのだよ」イワン・ワシーリエヴィチが言った。「レオンチイ・パフヌーチエヴィチはその悲しい話をわたしにしてくれたよ」

「あなたのお名前はどうもわたしにはわかりかねますわ」ナスターシヤ・イワーノヴナが言った。

「レオンチイになったり、セルゲイになったり！　そんなふうに名前をお変えになってよいものでしょうかね？　わたしたちのところでは姓のほうは一度変えましたが。いまでは、このかたがなんというお名前か、まったくわからなくなってしまいましたわ！」

「わたしはセルゲイ・レオンチエヴィチと申します」わたしはかすれた声で言った。

「これはたいへん失礼した」イワン・ワシーリエヴィチが叫んだ。「わたしの言いまちがいだ！」

「それじゃ、あまりお邪魔をしないようにしましょう」老婆は言った。

「あの猫を懲らしめてやらなければ」とイワン・ワシーリエヴィチが言った。「あれはもう猫などといえたものではなくて、強盗だ。だいたい、われわれはいろんな強盗どもにさんざん苦しめられているのだが」彼は打ちとけた態度で言葉をはさんだ。「これじゃ、もう手の施しようがない！」

黄昏（たそがれ）が迫ってくるにつれて、大団円も近づいてきた。

わたしは読んでいた。

「『バフチン　（ペトロフに）これでお別れだ！　きみも間もなくぼくのあとを追って……

ペトロフ　なにをするんだ?!

バフチン　（自分の顳顬（こめかみ）にピストルを押し当て、発砲し、倒れる。遠くから聞こえてくるアコーデオン……）』」

「これはよくない！」イワン・ワシーリエヴィチは叫んだ。「どうしてこんなことをさせるのです？　ここは今すぐ削除しなければ。そうだろう！　なぜピストルを射つのだ？」

「しかし、彼は自殺しなければならないのです」咳こんで、わたしは答えた。

「それはじつにすばらしい！　自殺をさせるのなら、短剣で自殺させればいい！」

「しかし、これは市民戦争のときのことですから……短剣はもう使われていませんし……」

「いや、使われていた」イワン・ワシーリエヴィチは反対した。「その話を聞かされたことがある……だれだったかな……名前は忘れてしまったけど……とにかく、短剣が使われていたという話だった……そのピストル自殺は削除したまえ！」

わたしはまったく憂鬱な失敗をしでかして、しばらく黙っていたが、さらに読みつづけた。

「（……アコーデオンの音と散発的な銃声。橋の上にライフル銃を手に持った男が現われる。月が……）」

「ああ！」イワン・ワシーリエヴィチが叫んだ。「銃声！　またしても銃声！　なんという災難！いいかね、レオ……いいかね、この場面を全部削除するのだ、これは余計な場面だ」

「わたしには思われるのですが」わたしはできるかぎり穏やかに話そうと努力しながら言った。「この場面は重要なものだと……だって、考えてもみてください……」

「まったくの思い違いだ！」イワン・ワシーリエヴィチがさえぎった。「この場面は重要でないばかりか、まったく必要のないものだ。それはなぜか？　その登場人物、なんという名前だったかな?」

「バフチンです」

「そう、……そう、彼はどこか遠く離れたところで短剣で自殺する」イワン・ワシーリエヴィチはどこか遠い彼方を差し示すように片手を振った。「ほかの者が家に来て、母親に告げる、『ベフテーエフが自殺しました!』と」

「ところが母親はいないのです」わたしは呆然として紙をかぶせたコップを眺めながら言った。

「ぜひとも必要だ! 母親を登場させてください。それはむつかしいことではありません。母親がいなかったのに、突然登場させるのは困難だと最初は思えるかもしれませんが、それはごく簡単なことです。老婆が家で泣いている、そこへひとりの男が知らせをもってくる……その男はイワノフという名前にしよう……」

「しかし、バフチンは主人公なのですよ! それに、彼には橋の上でのモノローグがありますし……わたしが思うには……」

「それじゃ、イワノフに彼のモノローグを全部言わせればいい!……あのモノローグはなかなかいいもので、削除する必要はない。イワノフに言わせるのだ、そう、たとえば、ペーチャが自殺しました、自殺する前に、彼はこう語っていました……ひじょうに強烈な場面になるだろう」

「それでも、どうすればよいのです、イワン・ワシーリエヴィチ、橋の上の場面は群衆が登場するのです……橋の上で群衆が衝突するのです……」

「群衆の衝突は舞台の外でしたほうがいい。ああいう場面というのは、どんなものでも見るに耐えないものだ。舞台で人々が衝突するのは恐ろしい！　セルゲイ・レオンチエヴィチ」イワン・ワシーリエヴィチがわたしの名前を間違えずに言えたのは、このときが最初にして最後だった。「あなたがミーシャ・パーニンとかいう男をまだ知らないのはしあわせなことだ！（わたしは寒気がした。）言っておくけど、あれはたいへんな人物だよ！　われわれは彼が不遇なときにはいろいろと面倒を見てやっていたのに、それが突然、なにかが起こって、彼がしたい放題のことをするのを大目に見るようになった。……つい最近、彼は『ステニカ・ラージン』という戯曲を持ちこんできたけど、はっきりいうと、これにはひどく迷惑しているところだ。わたしが劇場に行ったときなんかもひどいもので、馬車で劇場に近づいたとき、それでもまだかなり離れていたというのに、窓が開け放たれていたため、轟音、口笛、叫喚、罵詈、銃声が聞こえてくるじゃありませんか！　馬もいきなり走りだしそうになり、劇場で暴動が起きたのではないかと思ったほどですよ。恐ろしかったな！　あとで、ストリジが稽古していたのがわかったのですがね！　わたしはアヴグスタ・アヴデーエヴナに言ってやりましたよ。『きみはいったいなにをしているのかね？　わたしを射ち殺したいのかね？　あのストリジが劇場を焼き払おうとしているというのに、だれもわたしを危険から守ってくれない、そうだろう？』なかなか献身的な女性であるアヴグスタ・アヴデーエヴナは、

『わたしに罰を与えてください、ストリジにたいしてなにもできないのです！』と答えていましたがね。このストリジがわれわれの劇場の癌(がん)です。もしもあなたが彼の姿を見かけたら、とにかく遠くに逃げだすことですね。（わたしは寒気を覚えた。）まあ、もちろん、これはすべて、アリスタルフ・プラトーヌイチとかいう人が甘やかしているせいだがね、あなたが彼のことをまだ知らないのはさいわいなことですよ！　だが、あなたの戯曲にも、射撃が出てくる！　この射撃のためにどういうことになるかを知らなければいけませんね。さあ、さきをつづけましょう」

わたしは読みつづけ、すでにあたりが暗くなりはじめたときに、わたしはかすれた声で《終わり》と言った。

すると間もなく、わたしは恐怖と絶望にとらわれ、自分が小さな家を建て、そこに移ったとたん、屋根が崩れ落ちてしまったように思えた。

「たいへん結構でした」わたしが読み終えたとき、イワン・ワシーリエヴィチは言った。「これから、この素材に手を加えなければならない」

わたしは叫びたかった。

「どんなふうにです⁈」

しかし、叫ばなかった。

イワン・ワシーリエヴィチはますます自分の趣味に凝りだしながら、わたしの素材をどのように作り変えなければならないかを詳細に語りはじめた。戯曲に登場していた妹を母親に変えねばならなかった。ところが、妹には婚約者がいたが、五十五歳の母親（イワン・ワシーリエヴィチは彼女にアントニーナと命名した）にはもちろん婚約者がいてはならないので、一つの役、しかも重要なことには、わたしがひじょうに気に入っていた役が戯曲からはみ出してしまう結果となった。

夕闇が部屋に忍び寄ってきた。看護婦がはいってきて、イワン・ワシーリエヴィチはふたたびなにかの薬を飲んだ。それから、皺だらけのひとりの老婆が卓上ランプを持ってき、夜になった。

わたしの頭のなかは混乱しはじめた。顳顬（こめかみ）をハンマーが打ちつづけているようだった。空腹のために、わたしの内部からなにかが舞いあがるようで、時おり、目の前で部屋が傾くように見えた。しかし肝心なことは、橋の上の場面が飛び去り、それとともにわたしの主人公も飛び去ってしまったことである。

いや、それよりももっと悪いことは、なにか思い違いをしでかしたように思えたことであろう。わたしの目の前に不意にわたしの戯曲の題が出ていたポスターが浮かびあがり、ポケットでは、食べるわけにはゆかない前渡金の残りの十ルーブルが音を立てたように感じられ、フォマ・ストリジが背後に立ち、この戯曲を二か月後には上演すると断言しているかのようだったが、戯曲はまったく存在せず、それは最初から最後まで書き直さねばならぬことがはっきりしているだけなのである。わたしの前では奇妙な輪舞がくりひろげられ、ミーシャ・パーニン、エヴラムピヤ、ストリジが踊り、更衣室での光景などが現われたが、戯曲は存在していなかったのである。

しかし、そのあと、わたしにはまったく予想もできず、また思いもよらなかったことが起こった。イワン・ワシーリエヴィチがかたくなにベフテーエフと言い間違えていたバフチンをいかに短剣で自殺させるかを示し（それもひじょうに具体的に示し）たあと、彼は不意にうめき声をもらして、こんな話をはじめた。

「わたしの言ったように戯曲を書き変えたら……一瞬にして、巨額の金を得られることでしょう。深刻な心理劇……女優の宿命。ある国に女優が生きていて、そこへ敵の悪党どもが現われ、彼女を苦しめ、迫害し、殺そうとする……だが彼女は、自分の敵たちのために祈りを捧げるだけというように……」

《そして醜態を演ずる》不意に、思いがけぬ敵意にかられて、わたしは考えた。

「神に祈りを捧げるのですか、イワン・ワシーリエヴィチ?」

この質問にイワン・ワシーリエヴィチはとまどったようすだった。彼はうめき声をもらして、答えた。

「神に?……ふむ……ふむ……いや、けっしてそういうことにはならない。神に祈ると書いてはいけない……神にではなくて……彼女が心底から傾倒している芸術のために祈りを捧げるのだ。だが彼女は悪党どもに滅ぼされるのだが、その悪党どもをそそのかしているのは魔法使いなのだ。あなたは、その魔法使いがアフリカに行き、自分の権力をXという婦人に渡したと書きたまえ。恐ろしい女性だ。机の前にすわって、いっさいのことを自由に処理できる力を握っている。その婦人とお茶を飲むときには、じゅうぶんに気をつけたまえ、それでないと、彼女はあなたのお茶に特別な砂糖を入れるのだから……」

《ああ、彼はポリクセーナのことを言っているのだな！》とわたしは考えた。

「……あなたがお茶を飲むと、その場で死んでしまう。彼女と、さらに恐ろしい悪党であるストリジ……つまり……ある舞台監督は……」

わたしはすわったまま、ぼんやりとイワン・ワシーリエヴィチを眺めていた。彼の顔からはしだいに微笑が消えてゆき、目はまったく冷やかなものになったのに、ふと気づいた。

「あなたはどうやら頑固な人のようですね」彼はひじょうに憂鬱そうに言い、唇をもぐもぐさせた。

「いいえ、イワン・ワシーリエヴィチ、そうではなくて、わたしが演劇の世界にうといだけのことです……」

「それを勉強したまえ！　じつに簡単なことだ。われわれの劇団には個性的な連中がたくさんいるから、彼らをよく見ているだけでいい……すぐに一幕半ぐらいはできあがりますよ！　それから、クロークからあなたの靴を盗もうとしたり、フィンランド製のナイフであなたを背後からぐさりと突き刺したりするために待ち受けているような連中もいることを忘れないでください」

「それは恐ろしい」わたしは弱々しい声で言い、顳顬（こめかみ）に手を当てた。

「まあ、あなたがそういうものに夢中になるとは思えませんがね……あなたは頑固な人だから！　もっとも、あなたの戯曲だってなかなかよいものです」イワン・ワシーリエヴィチは探るような目付きでわたしをみつめて言った。「これから戯曲に少しばかり手を入れれば、万事、うまくゆくでしょう……」

頭を打ちのめされ、ふらつく足どりでわたしは部屋を出、オストロフスキイの黒い胸像を憎悪をこめて見やった。わたしはなにかぶつぶつつぶやきながらきしむ木の階段を降りていったが、いまは憎むべきものとなった戯曲が手にずしりと重かった。

中庭に出たとき、風に帽子が吹き飛ばされてしまったので、わたしは水たまりに落ちた帽子を拾いあげた。小春日和もいまは跡かたもなかった。雨が横なぐりに降りしきり、足もとでぴちゃぴちゃと音を立て、樹々の葉は濡れて庭に落ちた。雨の滴が襟のなかに流れこんだ。

自分の人生になにか呪いの言葉をつぶやき、降りしきる雨のなかにかすかにともっている街燈を見ながら、わたしは歩いて行った。

ある街角に、売店の明かりがかすかにまたたいていた。煉瓦で吹き飛ばないようにと押さえていた新聞が、台の上で濡れていて、身体にぴったり合ったセーターを着、羽根のついた帽子をかぶり、おどけた目をした男の絵が表紙に描かれていた『メルポメネの顔』という雑誌をわたしはこれといった理由もなしに買った。

その日は、わたしの部屋はいつにもまして陰惨な感じだった。わたしは雨水でふくれあがった戯曲を床にほうり投げ、机に向かってすわり、顳顬に片手を当てて、痛みを押さえようとした。もう一方の手で黒パンをむしって食べた。

わたしは手を顳顬から離して、湿った『メルポメネの顔』のページをめくりはじめた。広いスカートをはいた若い女性の写真があり、「注意」とか「テノール・ディ・グラツィヤの出し方」とかいう題名がちらついていたが、突然わたしの名前が目にとまった。これには頭痛もしなくなってしまうほど驚かされた。わたしの名前はさらに何度となくちらつき、それからローペ・デ・ベーガの名前が出てきた。疑いの余地はなかった、わたしの前にあったのは『自分の橇(そり)には乗るな』と題する諷刺的な小品で、その主人公はわたしだった。そこになにが書いてあったかは忘れてしまった。その出だしの部分はぼんやりと覚えているが、それはつぎのようにはじまっていた。

《パルナソス山は退屈だった。

『どうして新人が現われないのだろう』あくびをしながらモリエールが言った。

『まったく、退屈だな』とシェイクスピアが答えた……》

それからドアが開き、部厚い戯曲を脇の下にかかえて、髪の黒い若い男、つまりわたしがはいってくる。

わたしを嘲笑の対象にしていることは疑いなく、だれもが意地悪そうに嘲笑していた。シェイクスピアも、ローペ・デ・ベーガもわたしを愚弄し、意地の悪いモリエールは、『タルチュフ』のようなものを書けないのかねとたずね、本を読んだかぎりではひじょうに繊細な人だとわたしには思われていたチェーホフまでがわたしを嘲笑していたが、しかしだれよりもはげしくわたしにたいして嘲弄を浴びせかけていたのは、この一文の作者ヴォルコダフであった。

いまにして思い返すと滑稽なことだが、わたしの痛憤はとどまるところを知らなかった。

わたしは部屋のなかを歩きまわりながら、まったくなんの理由もないのに、自分は侮辱されているのだと思いつづけていた。

ヴォルコダフを射ち殺してやりたいという恐ろしい空想が、自分にどういう罪があるのかという納得のゆかぬ思いと交錯した。

「あのポスターのせいだ！」とわたしはつぶやいた。「だが、あのポスターを作ったのはおれではないじゃないか？」とわたしはつぶやいたが、それと同時に目の前の床に血を流してヴォルコダフが倒れているような幻想をわたしは見た。

そのとき、パイプ煙草の匂いが鼻につき、ドアがきしみ、濡れたコートを着たリコスパストフが部屋にはいってきた。

「読んだかね？」彼は嬉しそうにたずねた。「お祝いを言わせてもらうよ、はじめて批評でたたかれたのだから。まあ、いいじゃないか、乗りかかった舟だ。あれを読んで、すぐにきみのところにやってきたのだ、親友を訪ねなければならないと思ってね」彼は棒のようになったコートを釘に掛けた。

「このヴォルコダフというのはどういう人です？」わたしは低い声でたずねた。

「どうして？」

「ああ、きみは知っているのですか？」

「だって、きみも知っているじゃないか」

「ヴォルコダフなんてまったく知らないな！」

「知らないはずないよ！　だって、ぼくが紹介したじゃないか……覚えているかい、通りで……あのおもしろいポスターがあった……ソポクレース……」

そこでわたしは、わたしの髪をじっとみつめながら思いに耽っていたふとった男を思い出した……《たしかに、わたしの髪は黒だ！》

「あの男にぼくはいったいなにをしたというのだ！」わたしはかっとなってたずねた。

リコスパストフが頭を振った。

「なあ、兄弟、それはよくないな、よくない。きみはどうも自信過剰になっているようだな。それじゃ、だれもきみにたいしてなにも言えなくなるじゃないか？　批評なしには、だれも伸びてゆけないものさ」

「あれがどういう批評だといえるのかね?!　あれは愚弄じゃないですか……彼はいったい何者です？」

「彼は劇作家だよ」リコスパストフは答えた。「もう戯曲を五つも書いている。それに、なかなかいい人間だ、だからきみは恐れることはないよ。そりゃ、もちろん、彼も少しは腹を立てていたのだろうけど。だれだって腹が立つことだ……」

「だって、あのポスターを書いたのはぼくではないじゃないか！　ソポクレース、ローペ・デ・ベーガなどがレパートリイにあがったからって、それはぼくのせいじゃないし……それに……」

「それでも、きみはソポクレースではない」憎々しげに薄笑いを浮かべてリコスパストフは言った。「ぼくはな、きみ、もう二十五年も書いている」と彼はつづけた。「それにもかかわらず、ソポクレースの域には至っていない」彼はため息をついた。

わたしはリコスパストフになに一つとして答えられないと意識した。なにも言えなかった。《ソポクレースの域にまで至れないのは、きみがうまく書けないからだ、ところが自分はうまく書いたのだ！》などと言えるだろうか。そんなことが言えるものかどうか、みなさんにおたずねしたい。はたしてできるでしょうか。

わたしが黙っていると、リコスパストフはつづけた。

「もちろん、あのポスターは大きな反響を巻き起こした。ぼくなんかも何人もの人からたずねられたものだ。あのポスターにみんながっかりさせられたのだ！　しかし、ぼくは喧嘩を売りに来たのではなくて、もう一つのきみの災難を知ったので、慰めがてら親友と話し合いたいと思ってやってきたのだよ……」

「その災難というのは?!」

「そう、イワン・ワシーリエヴィチにはきみの戯曲が気に入らなかったのだよ」とリコスパストフは言い、目を輝かせた。「今日、きみは戯曲を朗読したという話だね?」

「どうしてそれを知っているのです?!」

「噂ってやつは風よりも早いものさ」ため息をついてリコスパストフは言ったが、だいたい、彼は格言や諺を使って語ることが好きな男であった。「ナスターシヤ・イワンナ・コルドゥイバーエワを知っているね?」と言うと、わたしの返事も待たずにつづけた。「イワン・ワシーリエヴィチの伯母さんで、立派なご婦人だ。モスクワじゅうの人が彼女を尊敬し、一時は、神さまのように崇められていたものだ。有名な女優だった！　ぼくと同じ建物にアンナ・ストゥーピナという女裁縫師が住んでいるのだがね。彼女が今日ナスターシヤ・イワーノヴナのところに行って、ついさきほど帰ってきたところなのだ。ナスターシヤ・イワーノヴナが彼女にいろいろと話したのだ。今日、イワン・ワシーリエヴィチのところに新しいお客さまが来て、戯曲を朗読した、甲虫(かぶとむし)のようにまっ黒な髪をした人だったと言うのだ。（そこで、ぼくはすぐにそれがきみにちがいないと推測したのだ。）イワン・ワシーリエヴィチには気に入らなかったそうだ。そう彼女が言っていたのだ。覚えているかい、きみが最初に朗読したときに、ぼくは言っていただろう？　三幕がどうも重みがない、表面的だ、怒らないでほしい、ぼくはきみの役に立ちたいと望んでいるのだと言っていた。ところがきみは、人の言うことを聞こうとはしなかった！　なんといっても、イワン・ワシーリエヴィチは物事をよく理解している人だよ、きみ、彼からなにかを隠そうとしたってだめだ、すぐに見抜かれてしまう。それに、彼の気に入られないとなると、あの戯曲は上演されないということになる。そこで、きみはポスターを手にして取り残される次第さ。とんだ物笑いさ、当てはずれのエウリーピデースだ！　それから、ナスターシヤ・イワーノヴナが言っていたそうだけど、きみはイワン・ワシーリエヴィチに失礼なことを言ったのかね？　彼を怒らせてしまったのか？　彼がきみに助言しはじめると、きみは鼻であしらったそうじゃないか！　ふん、鼻であしらうか！　怒らないでほしいけど、それはあんまりだよ！　礼儀というものを知らないのだから！　もちろん、きみの戯曲なんか（イワン・ワシーリエヴィチにしてみれば）とるに足らぬものさ、いくら鼻でせせら笑っても……」

「レストランに行こう」わたしは低い声で言った。「家にじっとしていられるものか。家になんかいたくない」

「わかるよ！　ああ、よくわかる！」リコスパストフは叫んだ。「喜んでお伴したいところだ。ただその」彼は落ちつきなく財布を調べた。

「金はある」

約三十分後に、わたしたちはレストラン《ナポリ》の窓ぎわのしみだらけのテーブル・クロスを掛けたテーブルに向かい合ってすわっていた。ひじょうに感じのよいブロンドの男が、オードヴルをテーブルに並べるときも、愛想よく、「おいしいきゅうりですよ」とか、「小粒のすばらしいキャビアです」とか言いながら歓待してくれたので、わたしはすっかり気分がよくなり、外の真暗な濃霧のことも忘れ、リコスパストフが蛇のような男だと思うこともやめたほどだった。

# 13　わたしは真理を知る

気の弱さと自分にたいする確信のなさほど悪いものはほかにない。ところが、その弱気と自信喪失にとりつかれたわたしは、実際、年頃の娘である妹を母親に変えたほうがよいのではないかと思いはじめた。

《たしかに、彼が間違ったことを言うはずがないじゃないか？　なんといっても、このことに関しては、彼はよく知っている人だ！》とわたしは心のなかで思いをめぐらして、断定した。

そしてペンを取りあげて、わたしは紙になにかを書きはじめた。率直に打ち明けると、できあったものは、まったくくだらないものであった。しかしもっとも重要なことは、わたしが登場させるつもりのなかった母親アントーニナにたいして激しい憎悪を抱いていたことで、彼女が紙の上に現われただけで歯を食いしばらなければならなかったほどだった。もちろん、なにもよい結果は生まれなかった。なんといっても、自分の主人公たちを愛さなければならず、もしも愛せないのなら、ペンを取ってはならないのだとわたしは忠告しておきたい、どうせきわめて不愉快なものしかできはしないのだから、そのことを知るべきである。

「そのことを知るべきである！」とわたしはしわがれ声でつぶやき、そして紙を細かく破り裂き、劇場にはもう行くまいと自分の心に誓った。その誓いを実行するのはたまらなく困難であった。わたしにしても、やはりどんな結果になるかを知りたかったからである。《いや、向こうからわたしを呼びにこさせることにしよう》とわたしは考えた。

しかし、一日が過ぎ、二日が過ぎ、三日、一週間と過ぎたが、だれも呼びにこなかった。《どうやら、あのいまいましいリコスパストフの言うとおりのようだ》とわたしは考えた。《戯曲は上演されないのだろう。まったく、あのポスターも、『フェニーサの罠』でおしまいだ！　ああ、おれはなんてついていないのだろう！》

光は善良な人間を見放すはずがない、とわたしはリコスパストフの真似をして言うことであろう。あるとき、わたしの部屋をノックするものがあり、ボムバルドフが部屋にはいってきた。彼の姿を見るのは、わたしには涙が出そうになるほど嬉しいことであった。

「こんなことはみんな前からわかっていたことじゃないですか」ボムバルドフは窓台に腰をおろし、暖炉用のスチーム管を片足で蹴りながら言った。「そしてそのとおりになった。あなたに前もって注意しておいたじゃありませんか？」

「しかし、考えてもみてください、考えてもみてください、ピョートル・ペトローヴィチ！」わたしは叫んだ。「いったいどうしてあの射撃の場面を読まずにいられるでしょう? あそこをとばして読むことなんかできないじゃありませんか?!」

「まあ、それで読んでしまった! それでこうなったのじゃありませんか」ボムバルドフが薄情そうに言った。

「わたしは自分の主人公たちと別れることはできません」わたしは敵意をこめて言った。

「それなら、別れなければいいじゃありませんか……」

「ちょっと待ってください!」

そこでわたしは、咳こみながら、母親のこと、主人公の大切なモノローグをかわりに語らねばならぬペーチャのこと、とりわけわたしを憤慨させた短剣のことなど、いっさいのことをボムバルドフに物語った。

「このような計画があなたには気に入りますか?」かっとなってわたしはたずねた。

「そんなのはたわごとです」ボムバルドフはなぜかあたりを見まわして答えた。

「ほら、そうでしょう!」

「それはそうですが、あなたは議論すべきじゃなかったのです」低い声でボムバルドフは言った。

「こう答えればよかったのですよ、貴重なご意見を聞かせてくださいまして、どうもありがとうございました、イワン・ワシーリエヴィチ、あなたのご意見にそうよう、わたしはきっと努力いたします、と。反対してはいけないのですよ、わかりますか？　シヴツェフ・ヴラジェクではいかなる反対も許されないのです」

「それはどういうことです?!　だれもけっして反対しないのですか？」

「だれも、けっして」一つ一つの言葉を強調するようにしてボムバルドフは答えた。「反対しなかったし、現在も反対していないし、今後も反対することはないでしょう」

「彼がなにを言っても？」

「ええ、なにを言っても」

「それじゃ、もしも彼が、わたしの主人公はペンザに去るべきだと言っても？　またあの母親のアントーニナは首を吊るべきだと言ったら？　彼女に低音で歌わせろと言ったら？　あの暖炉は黒だと言ったら？　それにたいしてわたしはなんと答えたらよいのです？」

「あの暖炉は黒ですと答えておけばよいのです」

「それじゃ、舞台にのせるときにはどうすればよいのです？」

「黒い汚れをつけた白い暖炉にすればよいのです」

「まったく不可解です、聞いたこともない！」

「いや、なんでもありません、われわれもうまくやっているのです」とボムバルドフは答えた。

「ちょっと待ってください！　アリスタルフ・プラトーノヴィチだったら、彼に向かってなにも言えないということはないのでしょう？」

「アリスタルフ・プラトーノヴィチも彼にはなにも言えませんよ、なぜって、アリスタルフ・プラトーノヴィチは一八八五年以来、イワン・ワシーリエヴィチとは口をきかなくなっているからです」

「まさか、それはどういうことです？」

「ふたりは一八八五年に喧嘩し、それ以来、一度も顔を合わせたことはありませんし、電話でさえおたがいに話をかわしたことがないのですよ」

「頭がくらくらしてきた！　いったい、それで劇場は成り立ってゆくのですか？」

「成り立ってゆきますよ、ご覧のとおり、しかもなかなかみごとにやっているではありませんか。ふたりはおたがいに自分の活動分野をよく守っているのです。たとえば、イワン・ワシーリエヴィチがあなたの戯曲に興味をもったら、アリスタルフ・プラトーノヴィチはそれにはもう口出しをしないといったぐあいで、その逆もまたありうることなのです。つまり、彼らは衝突する土壌がないわけです。これはなかなか賢明なやり方じゃないですか」

「ああ！　それにしても、よりによって、こういうときにアリスタルフ・プラトーノヴィチがインドに行っているなんて。もしもあの人がここにおられたら、わたしはあの人のところに頼みに行けたのに……」

「ふむ」と言って、ボムバルドフは窓を見た。

「だって、だれの話も聞こうとしない人を相手にしてたってしようがないじゃないですか！」

「いや、彼だってだれの話も聞かないというわけじゃないのです。彼はガヴリイル・ステパーノヴィチ、伯母のナスターシヤ・イワーノヴナ、それにアヴグスタ・アヴデーエヴナの三人の意見なら耳を傾けるのです。そう、イワン・ワシーリエヴィチに影響を与えることのできるのは、地球上でこの三人だけなのです。もしもこの三人以外のだれかがイワン・ワシーリエヴィチになんらかの影響を与えようと思っても、イワン・ワシーリエヴィチの反対を受けるだけでしょう」

「しかし、なぜです?!」

「彼はだれも信用していないからです」

「だけど、それは恐ろしいことじゃないですか！」

「偉大な人間というのは、だれでも自分の幻想を持っているものですよ」ボムバルドフは妥協するように言った。

「なるほど。わかりました、わたしの立場は絶望的のようですね。わたしの戯曲を上演するためには、まったく意味もなくなってしまうほど歪めなければならず、そうなると、上演する必要もなくなってしまうのです！　二十世紀の人間が手にピストルを持っていながら短剣を胸に突き刺すのを見たら、観客はわたしを軽蔑することでしょうが、そんなのはいやですよ！」

「観客は軽蔑しないかもしれませんよ、短剣なんか全然出てこなければ。あなたの主人公には、あらゆるまともな人間と同じようにピストル自殺をさせればいいのです」

わたしは黙りこんだ。

「あなたはおとなしく振舞いさえすればよかったのです」ボムバルドフがつづけた。「忠告を聞き入れ、短剣にも、アントーニナにも同意しておけば、短剣もアントーニナも登場させずにすんだのですよ。なにをするにも、それ相応の方法と手段があります」

「それはどのような手段です？」

「ミーシャ・パーニンはそれをよく知っています」荒々しい声でボムバルドフは答えた。

「それじゃ、いまではもう、すべては終わりというわけですか？」わたしはがっかりしてたずねた。

「ちょっとむつかしいな、むつかしくなった」ボムバルドフは悲しげに答えた。

それから一週間が過ぎたが、劇場からは音沙汰もなかった。心の傷は徐々に癒えてゆき、そして耐えがたい一つの考え、『船舶通信』を訪れ、ルポルタージュを書かなければならないという考えに悩まされた。

ところが突然……ああ、突然というのはなんと呪わしい言葉であることか。永遠にこの世を去るにあたっても、この言葉を前にしておぼえる抑えがたい恐怖と怖じ気をわたしは拭うことができないことであろう。わたしは突然という言葉を、《思いがけないこと》という言葉、《電話です》とか、《電報です》とか、《事務所においでください》とかいう言葉と同じように恐れている。これらの言葉のあとになにが起こるかを、わたしはあまりにもよく知りすぎているからである。

　ところが突然、まったく思いがけずに、わたしの部屋のドアのところにデミヤン・クジミチが姿を現わし、丁重にお辞儀をすると、明日の午後四時に劇場においで願いたいという手紙をわたしに手渡した。

　その翌日は雨が降っていなかった。その翌日は冷えこみのきびしい秋の一日であった。アスファルトの舗道に踵（かかと）を鳴らしながら、わたしは動揺を心におぼえながら劇場に歩いて行った。

　最初にわたしの目に飛びこんできたのは、犀（さい）のようによくふとった馬車馬と、駁者台にすわっていたやせた老人だった。そして理由もなく、ただちにわたしはこれがドゥイルキンだということを理解した。そのために、わたしの動揺はいやがうえにも高まった。劇場のなかにはいると、いたるところにただよっているあわただしい雰囲気に驚かされた。フィリップ・フィリッポヴィチの事務所にはだれもいず、彼を訪れた客たちはみんな、つまりもっと正確にいうと、客のうちでももっとも頑固な人々が、寒さに身を縮め、ときどき窓からのぞきこんだりしながら、中庭に群らがっていた。なかには窓をたたいたりする者もいたが、なんの成果も得られなかった。わたしがドアをノックすると、ドアが少し開き、隙間からバクワーリンの目が見え、フィリップ・フィリッポヴィチの声が聞こえた。

「すぐにお通ししなさい！」

わたしはなかに通された。中庭に群らがっていた人々はわたしにつづいて押し入ろうとしたが、しかしドアは閉められた。大きな音を立てて狭い階段からバクワーリンに抱きあげられるようにして、わたしは事務所のなかにはいった。フィリップ・フィリッポヴィチは自分の席から離れて、はいってすぐの部屋にいた。彼は、いまでも覚えているが水玉模様の新しいネクタイを締め、なぜかいつもよりもきれいにひげを剃りあげていた。

彼はどういうわけか、いつになく真面目くさって、とはいえかすかに悲しげな表情を浮かべながらわたしを迎えてくれた。劇場でなにかが起こったのだ、しかもその事件で主役を演じているのはこのわたしなのだ、と、屠畜場に引かれていくときに牛がおそらく予感するように、わたしは予感した。

このことは、低い声ではあるが命令するように、「オーバーをお預りしなさい！」とバクワーリンに言ったフィリップ・フィリッポヴィチの短い言葉からも感じられた。

メッセンジャーや劇場の案内係にも驚かされた。彼らのうちだれひとりとして所定の場所にすわっている者はなく、だれもかれもが、事情を知らぬものにはまったく理解できないくらい落ちつきなく動きまわっていた。たとえば、デミヤン・クジミチは小走りに背後からわたしに追いつき、そばを通り抜けると、足音も立てずに二階に駆け昇った。彼の姿が見えなくなるや、すぐさまクスコフが二階から出てき、やはり小走りに階段を駆け降りてきて、姿を消した。薄暗い一階のロビーにクリュクヴィンが現われ、どういう理由でか窓の一つのカーテンを閉め、残りの窓のカーテンは開けたままにして、どこかに消えた。

バクワーリンは足音も吸いこんでしまう上質の絨毯の上を走ってき、わたしのそばを通り過ぎると、食堂にはいって行き、食堂のなかからはパーキンが駆け出してき、観客席に姿を消した。

「二階にご案内いたしましょう、どうぞ」フィリップ・フィリッポヴィチは丁重にわたしを案内しながら言った。

わたしたちは二階に上がった。さらにだれかが音もなくそばを駆け抜け、二階観覧席に昇っていった。わたしは自分の周囲を死者の影たちが駆けまわっているように思いはじめた。

わたしたちが無言のうちに更衣室のドアの近くまですでに歩み寄ったとき、わたしはドアのそばにデミヤン・クジミチが立っているのに気づいた。背広を着た男がひとり、ドアのほうに突進しようとしたが、デミヤン・クジミチは低い叫び声をあげ、両手をひろげてドアに立ちはだかったので、男は急に向きを変えて、階段の薄闇のあたりに消えた。

「お通ししなさい!」フィリップ・フィリッポヴィチはささやいて、自分は立ち去った。

デミヤン・クジミチがさっとドアを開け、わたしは通されたが……ドアがもう一つあり、そこを開けると、わたしは明るい更衣室にはいった。ポリクセーナの机の上には明かりがともっていた。ポリクセーナはタイプを打っていず、すわって新聞をひろげていた。彼女はわたしに軽くうなずいた。

理事室へと通ずるドアのそばには、緑色のジャンパーを着、ダイヤ入りの十字架を首に吊るし、エナメル塗りの革ベルトにぴかぴか光る大きな鍵の束をぶらさげたアヴグスタ・アヴデーエヴナが立っていた。

彼女は「こちらへ」と言い、わたしは照明の輝く部屋にはいった。

最初にわたしの目にとまったのは、カレリヤ産の白樺でつくった金の飾りのついた高価な家具、同じ材質の大きな事務机、そして部屋の片すみに置かれたオストロフスキイの黒い胸像だった。天井から吊るされたシャンデリヤが輝き、壁に取り付けた燭台にも明かりがともっていた。そのときわたしは、ロビーに掛かっていたたくさんの肖像画の額縁のなかから肖像がとび出して、ここにやってきているような感じにさせられた。イワン・ワシーリエヴィチをわたしはすぐに見分けることができたが、彼はジャムのはいったガラス壺の置いてある丸い小さなテーブルの前のソファにすわっていた。わたしはまた、クニャジェヴィチも見分けられたし、さらに何人かの人も肖像画や写真から判断がついたが、そのなかには、まっかなブラウスに、星のようにボタンを散りばめた茶色のジャケットを着、その上に黒貂（こくてん）の毛皮を掛けていた、ひときわ目立つ婦人もいた。白毛まじりの頭に小さな帽子を横っちょにかぶり、濃い眉毛の下の目を輝かせ、大きなダイヤの指輪をいくつもはめた指が光っていた。

もっとも、その部屋には、肖像画に収められていない人も何人かいた。ソファの背もたれのそばには、先日、発作を起こしたときにリュドミラ・プリャヒナを助けに来た例の医師が、いまも両手にグラスを持って立っていたし、ドアのところには、やはり悲しげな表情を顔に浮かべて食堂の支配人が立っていた。

壁ぎわの大きな丸テーブルには見たこともないようなまっ白なテーブル・クロスが掛かっていた。光がクリスタル・ガラスや陶器に輝き、炭酸水の瓶に陰気に映り、たぶん鮭のキャビアかと思われる赤いものが閃(ひらめ)いていた。肘掛いすにゆったりと腰をおろしていた大勢の人々は、わたしがはいって行くとざわざわと動きはじめ、わたしに返礼した。

「あ！　レオ！……」イワン・ワシーリエヴィチは言いかけた。

「セルゲイ・レオンチエヴィチ」クニャジェヴィチがすぐさま言葉をはさんだ。

「そう……ようこそ、セルゲイ・レオンチエヴィチ！　どうぞ、お掛けください！」イワン・ワシーリエヴィチはわたしの手をかたく握った。「なにか召し上がりますか？　昼食か朝食がわりに、食事をなさっても結構ですよ。どうぞお気楽に！　急ぎませんから、待っていますよ。このエルモライ・イワーノヴィチは魔法使いでしてね、食べたいものを彼に注文すれば、なんでも用意できるのです……エルモライ・イワーノヴィチ、なにか食べるものはありますかね？」

この質問を受けると、魔法使いのエルモライ・イワーノヴィチは目を白黒させて、わたしに懇願するような視線を送った。

「それとも、なにか飲物でも？」イワン・ワシーリエヴィチは執拗にわたしにすすめつづけた。「炭酸水？　シトロン？　こけもものジュース？　エルモライ・イワーノヴィチ！」イワン・ワシーリエヴィチはきびしく言った。「まだこけもものジュースはじゅうぶん残っているだろうね？　なくならないように厳重に監視しておいてくれたまえ」

エルモライ・イワーノヴィチは遠慮勝ちに微笑を返し、うなだれた。

「エルモライ・イワーノヴィチは、そうはいっても……ふむ……ふむ……魔術師ですよ。もっとも絶望的な時代に、この人は劇場のすべての人々に蝶鮫（ちょうざめ）を食べさせて飢えから救ってくれたのですからね！　それがなかったら、われわれはひとり残らず飢え死にしていたことでしょう。俳優たちは彼を神さまのように崇（あが）めていますよ！」

エルモライ・イワーノヴィチはこのような功績を誉められても、少しも高ぶるところなく、むしろ反対に、彼の顔にはなにか悲しそうな影が現われた。

わたしは落ちつきはらい、はっきりとよく響く声で、朝食も昼食もすでに済ませてきたと言い、炭酸水もこけもものジュースもきっぱりと断わった。

「それじゃ、ケーキでもいかがです？　エルモライ・イワーノヴィチはケーキ作りに関しては世界じゅうに名を知られている人です！」

しかし、わたしはさらによく響く、力強い声で（のちにボムバルドフは、その場に居合わせた人々の言葉からわたしの声を説明してくれたが、「あなたの声はたいへんなものだったとかいう話だ」と彼は語り、「どんなふうに？」とわたしがたずねると、「かすれ声で、憎々しげで、かん高くて……」と答えていた）ケーキも要りませんと辞退した。

「それはそうと、ケーキといえば」突然、イワン・ワシーリエヴィチの隣にすわり、ひじょうに洗練された身なりをし、髪をきれいに梳かしたブロンドの男が、ビロードのような低音で言いだした。「いつだったか、プルチェヴィンのところに集まったことを覚えていますが。そのとき、ひょっこりマクシミリアン・ペトローヴィチ大公がいらっしゃいまして……わたしたちは大笑いしましたよ……プルチェヴィンのことはご存知でしょう、イワン・ワシーリエヴィチ？　あとで、そのときの滑稽な出来事をお話ししましょう」

「プルチェヴィンは知っていますよ」イワン・ワシーリエヴィチは答えた。「たいへんなペテン師だ。実の妹まで丸裸にしてしまったくらいで……それはまあいい」

そのときドアが開き、まだ肖像を掲げられていない男がはいってきたが、それはミーシャ・パーニンにほかならなかった。《そうだ、彼は射撃の場面を書いていた……》わたしはパーニンの顔を見ながら思った。

「ああ！　これはこれは、ミハイル・アレクセーエヴィチ！」イワン・ワシーリエヴィチははいってきた男に手を差し伸べながら叫んだ。「どうぞこちらへ！　肘掛いすにおかけください。ご紹介しましょう」イワン・ワシーリエヴィチはわたしに言った。「こちらはミハイル・アレクセーエヴィチ、われわれのところできわめて重要な任務を果たしている人です。それで、こちらは……」

「セルゲイ・レオンチエヴィチ！」クニャジェヴィチが愉快そうに言葉をはさんだ。

「そう、たしかにそういう人です！」

わたしたちがすでに知り合いであることはなにも言わず、紹介された機会を断わらずに、わたしとパーニンはたがいの手を軽く握り合った。

「それじゃ、はじめましょう！」イワン・ワシーリエヴィチが言うと、みんなの目がいっせいにわたしに注がれたので、わたしは身震いした。「どなたか、発言なさりたいかたは？　イッポリート・パーヴロヴィチ！」

すると、ひじょうに趣味のよい服を着、烏（からす）の羽のようにまっ黒な縮れ髪の持主で堂々たる風貌の男が片眼鏡をはめて視線をじっとわたしに注いだ。それからグラスに炭酸水を注いで一杯ぐいと飲みほし、絹のハンカチで口を拭い、もう一杯飲もうかどうかとためらったあと二杯目を飲み、そして口を切った。

彼の声は魅力的で、穏やかで、作ったようなものであったが、直接心に滲みこんでくるみたいに説得力があった。

「あなたの小説は、レ……セルゲイ・レオンチエヴィチでしたね？　間違いありませんね？　あなたの小説は、ひじょうに、ひじょうにすばらしい傑作です……そこには……ええ……なんと表現したらよいか」そこで弁士は炭酸水の瓶の並んでいた大きなテーブルをちらりと横目で見たが、するとすぐさま、エルモライ・イワーノヴィチはそのそばにせかせかと歩み寄り、栓を抜いていない瓶を彼に差し出した。「深刻な心理描写に充ちあふれており、人物もなみなみならぬ正確さで性格が描きだされております……ええ……自然描写に関して言わせていただくなら、それはほとんどツルゲーネフの水準にまで達していると言いたいと思います！」そのとき炭酸水がグラスのなかでしゅっと音をさせて泡を立てはじめたので、弁士は三杯目を飲みほし、眉を動かすだけで目から片眼鏡をはずした。

「あの南国の自然描写は……」と彼はつづけた。「え……星降る夜、ウクライナの夜……それからざわめくドニエプル川……ええ……ゴーゴリが表現したような……ええ……覚えておいででしょうが、ドニエプルはすばらしい……アカシアの匂い……こういったことがすべてみごとな技術で表現されております……」

わたしはミーシャ・パーニンのほうをちらりと見やったが、彼は猟犬に追いつめられた獲物のように肘掛いすで身を縮め、恐ろしい目付きをしていた。

「とりわけ……え……あの林の描写は印象的でした……ポプラの葉……覚えておいでですか？」

「わたしたちが旅行したときに見たドニエプルの夜のあの光景は、いまだにわたしの目に焼きついていますわ！」貂の毛皮を身につけた婦人が低い声で言った。

「ところで、旅行といえば」イワン・ワシーリエヴィチの隣にすわっていた男が低音で応じ、笑いだした。「あのときはまったく痛快でしたな、ドゥカソフ総督もいっしょでしたが。彼を覚えていらっしゃいますか、イワン・ワシーリエヴィチ？」

「覚えているよ。おそろしい大食漢だ！」イワン・ワシーリエヴィチは答えた。「しかし、さきをつづけてください」

「けっしてお世辞ではありません……ええ……あなたの小説にお世辞なんか言えません……しかし……どうか許してください……舞台には独自な法則というものがありましてね！」

イワン・ワシーリエヴィチはジャムを食べながら、満足そうにイッポリート・パーヴロヴィチの話を聞いていた。

「小説に出てくるあの南国の暑い夜の芳香を残らず戯曲に移すことが、あなたにはうまくできなかったように思われます。登場人物たちの心理の掘り下げは不充分で、とりわけバフチンの役のなかにその欠点が強く現われているようです……」そのとき、弁士はなぜか急に腹を立て、口で大きく呼吸しはじめた。「ぷ……ぷ……わたしも……え……わたしにはわかりません」弁士は片眼鏡の縁で台本をたたいたが、それが自分の戯曲であることにわたしは気づいた。「これを上演することはできません……失礼」すでにすっかり腹を立てたようすで、彼は結んだ。「失礼しました！」

そのとき、わたしと彼は視線を交錯させた。おそらく彼は、わたしの目に憎悪と驚きを読みとったものと思う。

実際、わたしの小説には、アカシアも、ポプラも、ざわめくドニエプルも……要するに、そんなものはなにもなかったのである。

《彼は読んでいないのだ！　彼はわたしの小説を読んでいなかったのだ！》わたしの頭のなかでこんな言葉が低くうなりはじめた。《それにしても、よくもこんなことが言えたものだな？　ウクライナの夜についてさんざんでたらめを並べたてて……どうして彼らはわたしを呼んだのだろう?!》

「ほかにどなたかお話ししたい人は？」みんなを見まわしながら、イワン・ワシーリエヴィチは元気よくたずねた。

緊迫した沈黙が訪れた。発言を希望する者はひとりもいなかった。部屋のすみから、「えっへん」という声が聞こえただけだった。

わたしがふり返ったとき、すみのほうに、黒っぽい上着を着た、よくふとった年配の男が見えた。

その顔はたしか肖像画で見た記憶があった……目は穏やかで、顔には退屈さ、だいぶ以前からの退屈さが表現されていた。わたしが彼のほうを見ると、彼は目をそらした。

「話したいのですか、フョードル・ウラジーミロヴィチ？」イワン・ワシーリエヴィチがたずねた。

「いいえ」男は答えた。

沈黙は奇妙な性格をおびはじめた。

「それじゃ、あなた、なにかお話になりますか？」イワン・ワシーリエヴィチはわたしにたずねた。

わたしは自分でも気づいていたのだが、まったく響きのない、まったく元気がなく、まったく不明瞭な声でこう言った。

「わたしの理解したかぎりでは、わたしの戯曲は不適当なもののようです、戯曲をわたしに返していただくようお願いします」

この言葉はなぜかはげしい動揺を呼び起こした。肘掛いすが動き、だれかが背後からわたしのほうに屈みこむようにして言った。

「だめですよ、どうしてそんなことをおっしゃるのです！　いけませんよ！」

イワン・ワシーリエヴィチはジャムを見、それから驚いたように周囲の人々を見まわした。

「ふむ……ふむ……」彼は指でテーブルをたたいた。「わたしたちはあなたのことを思って言っているのです、あなたの戯曲を上演するのは、あなたに恐ろしい損害を与えることになるのです！恐ろしい損害です。とくに、フォマ・ストリジに演出をまかせたら、たいへんです。あなたは一生つらい目に合って、わたしたちを呪いつづけるようになるでしょう……」

しばらく間をおいて、わたしは言った。

「そういうことでしたら、あれをわたしに返していただきましょう」

そのとき、わたしはイワン・ワシーリエヴィチの目のなかに敵意をはっきりと読みとった。

「契約があります」突然、どこからか声が聞こえ、すぐに医師の背後からガヴリイル・ステパーノヴィチの顔が現われた。

「しかし、あなたの劇場がわたしの戯曲を上演したくないのでしたら、あなたがたはそれをどうしようというのです？」

そのとき、鼻眼鏡の奥にひじょうに生き生きとした目をした顔がわたしのほうに近づき、かん高いテノールで言った。

「まさかシュリッペ劇場に持ちこむのじゃないでしょうね？　あの劇場では、どんな舞台になるというのです？　そう、勇ましい将校たちが舞台を歩きまわることでしょう。そんなものがだれに必要なのです？」

「現行法律の規定と解釈によりますと、あなたの戯曲をシュリッペ劇場に渡すことはできません。契約がありますから！」ガヴリイル・ステパーノヴィチは言い、医者の背後から出てきた。

《ここではなにが起こっているのだろうか？　彼らは何を望んでいるのだろうか？》とわたしは思い、突然、生まれてはじめて恐ろしい呼吸困難を覚えた。

「失礼ですが」わたしは低い声で言った。「わたしには理解できません。あなたがたはあの戯曲の上演を望んでいらっしゃらない、それなのに、ほかの劇場にわたしが提供してはいけないとおっしゃられる。いったいどうすればよいのです？」

この言葉は驚くべき効果を引き起こした。黒貂の毛皮の婦人は侮辱されたような視線でソファにすわっていた低音の男に目配せした。しかしなによりも恐ろしかったのはイワン・ワシーリエヴィチの顔だった。微笑は消え、怒りに燃えた目がじっとわたしをみつめていた。

「わたしたちはあなたを恐ろしい禍から救いたいと望んでいるのです！」イワン・ワシーリエヴィチは言った。「片すみで待ち受けている避けがたい危険からあなたを守ろうとしているのです」

ふたたび沈黙が訪れ、それがあまりにも重苦しいものであったので、わたしはもうこれ以上それに耐えられなくなった。

肘掛いすの覆いを指でしばらくほじくってから、わたしは立ちあがり、別れの挨拶をした。驚いた目付きでわたしを凝視していたイワン・ワシーリエヴィチを除くすべての者がわたしにお辞儀を返した。わたしはドアのところまで横向きに歩き、そこでつまずいて部屋を出、片方の目で『イズヴェスチヤ』を読み、もう一方の目でわたしを見ていたポリクセーナにお辞儀をし、アヴグスタ・アヴデーエヴナにもお辞儀をして廊下に出たが、アヴグスタ・アヴデーエヴナはわたしの挨拶を冷やかに眺めているだけだった。

劇場は薄闇のなかに沈んでいた。食堂のなかには白いものがちらついていたが、開演を前にして、テーブルの用意が整っていたのである。

観客席のドアが開いていたので、わたしはしばらく立ちどまって、なかをのぞいていた。舞台は奥の壁の煉瓦のところまですっかり見とおせた。上方からは蔦（つた）のからまる緑色の園亭が吊るされ、横手の開け放たれた大きな門からは、蟻のように見える作業員たちが白くてふとい円柱を舞台に運びこんでいた。

一分後には、わたしはすでに劇場の外に出ていた。

ボムバルドフのところには電話がなかったので、わたしはその日の晩に、こんな内容の電報を彼に打った。

《葬儀に来てください。あなたがいなければ気が狂いそうです、なにもわかりません。》

わたしのこの電報を、最初、電報局は受けつけようとしなかったが、わたしが『船舶通信』に投書すると嚇（おど）かしたあと、ようやく受けつけてくれた。

翌日の晩、わたしとボムバルドフは食卓に向かい合ってすわっていた。すでに述べたことのある隣家の職人の妻がブリンを持ってきてくれた。

ボムバルドフは葬儀を行なおうとするわたしの思いつきが気に入り、整然と片づけられた部屋が気に入ったようだった。

「これでほっとしましたよ」わたしは客が食べはじめたのを見てから言った。「ただ一つ、知りたいことがあるのですが、これはいったいどういうことなのです？　わたしはただ好奇心にかられてならないのですが。あんな不思議なことは、これまで一度も見たことがありませんよ」

ボムバルドフは返事のかわりにブリンを褒め、部屋を見まわして言った。

「あなたは結婚されるべきですね、セルゲイ・レオンチエヴィチ。だれか感じのよいやさしいご婦人か娘さんと」

「そのセリフはもうゴーゴリが書いていますよ」とわたしは答えた。「真似をするのはやめましょう。それよりも、言ってください、あれはなんだったのです？」

ボムバルドフは肩をすくめた。

「なにも変わったことではありません、イワン・ワシーリエヴィチが劇団の幹部会を開いたのです」

「なるほど。あの黒貂のご婦人はどなたです？」

「マルガリータ・ペトローヴナ・タヴリーチェスカヤ、われわれの劇団でもっとも年をとったといおうか、創設メンバーのひとりにかぞえられる女優です。一八八〇年代に初舞台を踏んだマルガリータ・ペトローヴナの演技を見て、いまは亡きオストロフスキイに『たいへんすばらしい』と言わせたということで有名です」

その後、わたしはボムバルドフから、あの部屋にいたのはわたしの戯曲についての緊急会議に召集された劇団の創立メンバーであること、駅者のドゥイルキンが知らせを受けたのは前夜のことで、彼は長いことかかって馬の手入れをし、馬車の箱を石炭酸で洗ったということを知った。

マクシミリアン・ペトローヴィチ大公や大食漢の総督のことを話していた男のことをたずねると、彼は創立メンバーのうちの最年少であることがわかった。

ここで言っておかなければならないが、ボムバルドフの答えかたはひどく控え目で、慎重だった。そのことに気づいたわたしは、彼から、「生まれたのは何年で、名前と父称はかくかくしかじか」といったような決まりきったそっけない返事だけではなくて、どういう性格の持主であるかというようなことまで聞きだそうと、いろいろな質問を試みようとつとめた。わたしはあのとき理事室に集まった人々に心の底からの興味を抱いた。彼らの性格づけから、わたしはあの謎めいた会議での彼らの言動を説明したいと思っていたのである。

「それじゃ、あのゴルノスターエフ（総督のことを語っていた男）はいい俳優ですか？」わたしはボムバルドフのグラスに葡萄酒を注ぎながらたずねた。

「うーむ」ボムバルドフは答えた。

「いや、うーむじゃわかりませんね。そう、たとえばマルガリータ・ペトローヴナのことなら、『たいへんすばらしい』とオストロフスキイが語ったのは有名じゃありませんか。これだって立派な意見です。それなのに、あなたときたら、『うーむ』としかおっしゃらない。ゴルノスターエフだって、なにかで有名なのじゃありませんか?」

ボムバルドフは緊張した視線をそっとわたしに投げかけ、なぜか歯切れの悪い言い方で言った。

「そのことについてなんと言ったらいいでしょうかね? ふむ、ふむ……」グラスを飲みほし、言った。「そう、つい最近、ゴルノスターエフにはまったく奇蹟的なことが起こって、みんなを驚かせました……」と言いかけて、彼はブリンにバターを塗りはじめ、ゆっくりと時間をかけて塗りつづけていたので、わたしは叫んだ。

「お願いだから、じらさないでください!」

「この葡萄酒はじつにすばらしい」相変わらずボムバルドフはわたしの忍耐力を試すかのようにして言葉をはさみ、つづけた。「いまから四年前のことでした。早春で、いまでも覚えていますが、あのときゲラシム・ニコラエヴィチはなんだか格別に機嫌がよくて、興奮していました。あの人が上機嫌なときというのは、なにかよくないことの前兆のようなものでした。どこかへ出かけようと計画を立て、すっかり興奮して、そのために若返ったような感じすらありました。言っておかなければなりませんが、彼はものすごく演劇が好きな人でした。よく覚えていますが、あのころ、彼はこんなことをよく言っていました。『ああ、自分は少し時代遅れになってしまった、以前はヨーロッパの演劇活動に注意をはらい、毎年、外国に旅行して、もちろん、ドイツやフランスの劇場で行なわれているものを見てまわったものだった。フランスばかりではない、考えてもみてください、アメリカにも、最近の演劇の成果を勉強するために出かけて行ったのだから』そこでみんなは、『それなら、外国旅行の申請を出して、お出かけになればいいじゃありませんか』と言ったのです。すると彼は、ひじょうに穏やかな微笑を浮かべて、『いまは、旅行の申請を出せるような時代じゃない！　わたし個人のために国家の貴重な外貨を使ったりしていいものかね？　それくらいなら、技師か経営担当者にでも旅行してもらったほうがよい！』と答えました。ひじょうに意志の強い、立派な人です！　そこで（ボムバルドフは葡萄酒を電燈に透かして見て、もう一度、葡萄酒を褒めた。）……そう、一か月ほど経って、すでに本物の春が訪れました。そこに災難が降りかかったのです。あるとき、ゲラシム・ニコラエヴィチがアヴグスタ・アヴデーエヴナの事務室にやってきました。彼はなにも話そうとしません。彼女が彼の顔を見ると、その顔はまっさおで、悲しげな目つきをしていました。『どうなさったのです、ゲラシム・ニコラエヴィチ？』と彼女がきくと、『いや、べつに、気にしないでください』と答えました。それから彼は、窓のそばに歩み寄り、指でガラスをたたきながら、ひじょうに悲しみをおびた、そしてだれもが聞いたことのあるメロディを口笛で吹きはじめました。それはショパンの葬送行進曲でした。彼女は人間的な感情にかきむしられ、耐えられなくなって、『どうなさったのです？　なにかあったのですか？』とたずねました。ゲラシム・ニコラエヴィチは彼女のそばに戻り、歪んだ笑いを浮かべて、『ほかの人にはけっして話さないと誓ってください！』と言いました。もちろん、彼女はすぐに誓いました。『たったいま医者に診てもらったのだけど、肺に癌腫（がんしゅ）があったそうです』と言って、彼は部屋を出ました」

「うん、それは気の毒に……」わたしは低い声で言ったが、急に気分が悪くなってきた。

「まったくです！」ボムバルドフは言った。「ところが、どうでしょう、アヴグスタ・アヴデーエヴナはすぐに、他言しないようにと誓わせて、そのことをガヴリイル・ステパーノヴィチに話し、ガヴリイル・ステパーノヴィチはイッポリート・パーヴロヴィチに、イッポリート・パーヴロヴィチは妻に、妻はエヴラムピヤ・ペトローヴナに話すといった具合で、要するに、二時間後には、衣装室にいた見習までも、ゲラシム・ニコラエヴィチの芸術活動が終わってしまったことを知り、今にも葬儀の花輪が注文されるのではないかと思ったほどでした。三時間後には、俳優たちは早くも食堂でゲラシム・ニコラエヴィチの役を引き継ぐのはだれかと話し合っていました。そのあいだに、アヴグスタ・アヴデーエヴナは受話器を取り、イワン・ワシーリエヴィチに報告しました。ちょうど三日後に、アヴグスタ・アヴデーエヴナはゲラシム・ニコラエヴィチに、『これからすぐにおうかがいします』と電話をかけました。そして、すぐに彼のもとに着いたのです。ゲラシム・ニコラエヴィチは中国風の部屋着を着てソファに横になり、死人のようにまっさおな顔をしていましたが、しかし誇りを失わず、落ちついていました。アヴグスタ・アヴデーエヴナはてきぱきした女性でしたので、さっそく、パスポートと小切手をテーブルの上にぽんと置きました。ゲラシム・ニコラエヴィチは身震いして言いました。『あんたたちはなんて薄情な人たちだろう。わたしはこんなことはいやですよ。外国で死ぬなんて、なんの意味があるのです?』アヴグスタ・アヴデーエヴナは意志強固な女性で、完璧な秘書でした。彼女は死に瀕した男の言葉を聞き流して、『ファッデイ!』と叫んだのです。ファッデイというのはゲラシム・ニコラエヴィチの忠実な下男です。すぐにファッデイが現われました。『汽車は二時間後に出発します。ゲラシム・ニコラエヴィチに用意してちょうだい、毛布を! 下着。トランク。旅行用洗面セット、四十分後に自動車が迎えにきます』破滅を運命づけられた男はため息をもらし、手を振ることしかできませんでした。スイスの国境内ではなく、そうかといって、スイスでないというわけではなく、要するにアルプス山中のどこかなのですが……」ボムバルドフは額を拭った。「要するに、そんなことは重要なことではありません。海抜三千メートルの高原に、世界的に有名なクレー教授のサナトリウムがあります。そこにはいる人というのはもっとも絶望的な状態にある患者ばかりでした。生きるか死ぬかの瀬戸際に立たされたような患者ですね。これ以上悪化することもなく、ときには奇蹟が起こるかもしれないという病状の人です。そのような絶望的な患者を、クレー教授は雪をかぶった山頂を望めるヴェランダに出し、なにかの注射を打ち、酸素吸入を行なうのですが、そうして、クレー教授は一年ほど死を引き延ばすことに成功するのです。五十分後に、ゲラシム・ニコエラヴィチは彼の希望で劇場のそばに連れてこられましたが、あとでデミヤン・クジミチの語ったことによりますと、彼は片手をあげて、劇場に向かって十字を切り、それから白ロシア・バルチック駅のほうに自動車で運ばれたそうです。夏が近づき、ゲラシム・ニコラエヴィチが死んだという噂が伝わりました。無論、みんなは彼のことを取沙汰し、彼に同情しました……しかし、夏のことです……俳優たちはすでにモスクワを離れようとしていましたし、旅行に出ている者も大勢おりました……そのため、深い悲しみというようなものはあまり見られませんでした……人々は、いまにもゲラシム・ニコラエヴィチの遺体が運ばれてくるのではないかと待っていました……そのうちに、俳優たちはそれぞれモスクワを離れ、シーズンも終わりに近づきました。ここでお話ししておかなければなりませんが、プリーソフは……」

「口ひげを伸ばしたあの感じのよさそうな人ですね？」わたしはたずねた。「あの肖像画が出ていた人でしょう？」

「そうです」ボムバルドフは相槌を打って、つづけた。「その彼が、劇場の機構を研究するためにパリに出張旅行に行かされたのです。もちろん、すぐにパスポートを受けとって、出発しました。

プリーソフという人はとにかく仕事熱心で、文字通り、自分の回転舞台を愛しているのですね。みんなはとても彼をうらやましがりました。だれだってパリには行きたいじゃありませんか……『なんとしあわせな男だろう！』とみんなは語り合ったものです。彼が幸福であったか不幸であったかは知りませんが、パスポートをもらうとすぐにパリに出かけました。ちょうどゲラシム・ニコラエヴィチの死が伝えられたばかりのときです。プリーソフはひどく変わった人で、パリ滞在中にエッフェル塔も見まいと心に誓ったのです。熱中する性質(たち)なのですね。パリにいたあいだじゅう、いつでも、買い求めた懐中電燈を手に持って、舞台の暗い奈落にしゃがみこみ、必要なことといっさいを熱心に勉強し、任務をみごとに遂行しました。そこで、帰国する前に、パリを歩きまわり、せめて外見だけでも見ておこうと決心しました。彼は主としてうめくような声でぶつぶつ自分に説明しながらさんざん歩きまわり、バスに乗ったりしましたが、しまいには空腹を覚え、まるで獣のように当てもなくほっつき歩きました。《小さなレストランにでもちょっと寄って、なにか食べていこう》と考えたのです。ちょうど明かりが目にとまりました。パリの中心から離れていると、そう高くもなさそうだと考えたのでしょう。その店にはいりました。たしかに、その小さなレストランは値段も手頃な店でした。なかにはいって、ふと見ると、彼は凍てついたみたいにじっと立ちすくんでしまいました。テーブルに向かって、タキシードを着こみ、ボタン穴に花を挿し、ふたりのフランス人の女性といっしょに死んだはずのゲラシム・ニコラエヴィチがすわっていたのです、しかも、女性たちは大きな笑い声をあげていたところなのです。彼らの前のテーブルには、氷入れのなかに突っこんだシャンペンの瓶があり、果物なども置かれてありました。プリーソフはドアの側柱に倒れそうになりました。《まさか、こんなはずはない！》と彼は考えたのです。《他人の空似だろう。ゲラシム・ニコラエヴィチがここにいて笑っているなんてありえない。彼はおそらく、ノヴォ・ジェヴィチイ墓地に眠っているはずなのだ！》目を大きく見開いて、故人にひどくよく似たこの男をじっとみつめて立っていると、相手は立ちあがり、しかもそのとき、彼の顔にはまず不安そうな表情が浮かび、プリーソフは自分がここに現われたのに彼は不満なのではないかと思えたほどだったそうですが、あとでわかったことによりますと、ゲラシム・ニコラエヴィチはただ驚いただけだったということです。たしかにそれは本人だったのですが、ゲラシム・ニコラエヴィチが連れのフランス人の女性たちになにやらささやき、その女性たちは急に姿を消しました。ゲラシム・ニコラエヴィチに接吻されて、はじめてプリーソフはわれに返ったのだそうです。そしてすぐにいっさいは説明されました。ゲラシム・ニコラエヴィチの話を聞きながら、プリーソフはただ、『ああ、そう！』と叫ぶことしかできませんでした。たしかに、それは奇蹟だったのです。ゲラシム・ニコラエヴィチがアルプス山中に連れてこられたときにはきわめて絶望的な状態になっていましたので、クレー教授は頭を振り、『ふむ……』と言っただけでした。そこで、ゲラシム・ニコラエヴィチは例のヴェランダに出されました。注射を打たれ、酸素吸入器があてがわれました。最初のうち、容態は徐々に悪化し、あとでゲラシム・ニコラエヴィチの聞かされたところによると、明日には最悪の事態が訪れるのではないかとクレーが予想したほど悪化したそうです。心臓が弱っていたからです。ところが、翌日はなにごともなく過ぎました。注射がくり返されました。その翌日にはさらによくなりました。その後は、ほんとうに信じられないくらいです。ゲラシム・ニコラエヴィチは寝いすに腰をおろしていましたが、やがて、『ちょっと散歩させてほしい』と言いました。これには、助手たちばかりか、クレー自身も目を丸くしました。手短に言いますと、さらに一日経つと、ゲラシム・ニコラエヴィチはヴェランダを歩きまわり、顔はいくぶんばら色になり、食欲も出てきました……体温は三十六度八分、脈搏も正常で、衰弱の跡も見えなくなりました。ゲラシム・ニコラエヴィチは近くの村から自分を見に人々がやってきたと話していました。医者たちはさまざまな都市からやってき、クレーは報告を行ない、このような例は千年に一度しかないと叫んだそうです。医学雑誌はゲラシム・ニコラエヴィチの写真を掲載したいと申し込みましたが、しかし彼は、『騒ぎは好きでないから』と言ってきっぱりと断わったそうです。それから、クレーはゲラシム・ニコラエヴィチに、もうこれ以上アルプスにいる必要はない、衝撃的な体験をしたあとだからパリに行って静養するようにと言いました。そういうわけで、ゲラシム・ニコラエヴィチはパリに滞在していたのです。それで、ふたりのフランス女性というのは、パリで医者になったばかりの若い女性で、彼女たちは彼に関する論文を書こうといっているのだとゲラシム・ニコラエヴィチは説明していたそうです。たいへんな話でしょう」

「ええ、まったく驚くべき話です！」とわたしは意見を述べた。「それでも、わたしには理解できないのですが、彼はいったいどうして助かったのですか？」

「それがまさに奇蹟なのです」ボムバルドフが答えた。「最初の注射のせいで、ゲラシム・ニコラエヴィチの癌腫が散りはじめ、なくなってしまったそうです！」

わたしは両手を打ち鳴らした。

「なにをおっしゃるのです！」わたしは叫んだ。「そんなことはけっして起こるはずありません！」

「千年に一度のことだそうです」ボムバルドフは答えて、つづけた。「しかし、ちょっと待ってください、まだあるのです。秋に、ゲラシム・ニコラエヴィチは新しい服を着、すっかり回復し、日焼けして帰ってきましたが、パリ滞在中の彼の医者は、パリのあと、さらに海岸に行かせたのです。食堂には劇団員たちがそれこそ鈴なりになって彼をとり囲み、海のこと、パリのこと、アルプスの医者たちのことなどについての彼の話に耳を傾けたものです。そこで、いつものようにシーズンがはじまり、ゲラシム・ニコラエヴィチは役を演じ、しかもその演技はしっかりしたもので、芝居は三月までつづきました……ところが三月に、突然、ゲラシム・ニコラエヴィチは『ムツェンスク郡のマクベス夫人』の稽古にステッキをついてやってきました。『どうしたのです？』とたずねると、

『いや、ちょっと腰のあたりがずきずき痛むので』と彼は答えました。まあ、痛みは痛みにちがいありません。それはやがておさまることだろうとわたしたちは思っていました。しかし、その痛みはいっこうにおさまる気配がありません。日が経つにつれて、ますます痛みはひどくなってゆくのです……紫外線に当てたりしましたが、なんの効果もありません。仰向きに寝ることができないので、不眠がつづきます。目に見えて悪化してゆきました。鎮痛剤を用いました。それも効きません！　医者にいっても、もちろんだめです。それに、考えてもみてください……」

ボムバルドフはちょっと間を置いて、わたしの背筋に寒気が走るほど、鋭く目を光らせた。

「考えてもみてください……彼を診察すると、医者はためらい、またたきしました……ゲラシム・ニコラエヴィチは、『先生、早くおっしゃってください、わたしは女ではありません、これまでにもいろんな体験をしてきた者です……おっしゃってください、あれですか？』と言いました。あれです!!」ボムバルドフはしわがれた声で叫ぶと、一気にグラスをあけた。「癌が再発したのです！　腎臓に移動し、ゲラシム・ニコラエヴィチを侵蝕しはじめていたのです。当然、大きな騒ぎとなりました。芝居の稽古どころではありません、ゲラシム・ニコラエヴィチはすぐに家に帰りました。それでも、今回は前よりはひどくはありません。いまやすでに希望があったのです。ふたたび、三日後には、パスポートと旅券を手に入れ、アルプスのクレー教授のもとに行きました。そこでは、ゲラシム・ニコラエヴィチはまるで身内の者のように歓迎されました。なにしろ、ゲラシム・ニコラエヴィチの癌は教授に世界的な名声を与えたからです！　ふたたびヴェランダ、ふたたび注射、それは前回と同じです！　一昼夜経つと、痛みはおさまり、二日後にゲラシム・ニコラエヴィチはヴェランダを散歩し、三日後には、彼はテニスをさせてほしいとクレー教授に頼んだほどです！　診療所に何が起こったか、とても想像できないくらいです。病人たちは列車を借切ってクレー教授のもとに殺到します！　ゲラシム・ニコラエヴィチの話によりますと、彼が二回目の治療を受けたあと間もなく、病棟が新しく増築されたそうです。クレーはひじょうに控え目な外国人でしたが、ロシア式にゲラシム・ニコラエヴィチに三度キスをし、前回同様、静養させるようにしましたが、今回は、ニースに、それからパリ、それからシシリヤに彼を行かせました。それからふたたび秋に、わたしたちがちょうどドンバスでの公演旅行から帰ってきたばかりのときに、彼は健康を回復し、元気いっぱいでさっそうとして帰ってきましたが、変わっている点といえば洋服ぐらいのもので、昨年の秋にはチョコレート色の服でしたのに、今度は細い格子縞のグレーの背広でした。彼は三日にわたって、シシリヤのこと、モンテカルロでルーレットに打ち興じているブルジョアの話を聞かせてくれました。ルーレット場の光景はひどく嫌らしいものだったそうです。ふたたびシーズンがめぐってき、ふたたび春になると、同じことがくり返されましたが、ただし、今度はべつの個所が痛むのでした。また再発したのですが、そのときは左膝の下でした。ふたたびクレー教授のもとに行き、それからマデーラに、それから最後にはパリに行きました。しかし、そのときはいくら癌が起こってもほとんど心配はありませんでした。クレーが助けてくれる方法を発見していたことはだれにもはっきりしていたからです。注射の影響で執拗な癌腫は年とともに下に移動しつつあることがわかり、あと三、四年もすると、ゲラシム・ニコラエヴィチの肉体は、癌腫がどこで痛んでもそれを自分でおさえることができるようになるだろうとクレー教授は期待し、確信していたのです。実際、一昨年には、癌腫はハイモア腔でかすかに痛んだだけでしたが、すぐにクレーのところで治療できました。しかしそれからは、ゲラシム・ニコラエヴィチには厳重で間断ない検査がつづけられ、痛みがあろうがなかろうが、とにかく四月には彼はクレー教授のところに行かせるようにしたのです」

「奇蹟だ！」わたしはなぜかため息をついて言った。

そのあいだにも、わたしたちのささやかな酒宴も最高潮に達した。葡萄酒の酔いで頭がぼんやりとし、話もはずんだが、しかしなによりも肝心なことは、おたがいが心の底から打ちとけて、ざっくばらんになったことである。《おまえさんはなかなかおもしろいやつだ、観察力もあって、意地の悪い男だ》とわたしはボムバルフのことを考えた。《それに、おれはおまえがひどく気に入ったが、それでも、ずるいやつで、まだ隠していることがある、劇場で生活しているうちに、そういう人間になったのだろうか……》

「はっきりさせてくれませんか！」突然、わたしはボムバルドフにたずねた。「話してください、実際、わたしはつらいので……ほんとうにわたしの戯曲はそんなに悪いのですか？」

「あなたの戯曲は」ボムバルドフは言った。「すばらしい戯曲です。それですべてです」

「いったいなぜ、どうして、わたしにとってはあんなにも奇妙で恐ろしいことが理事室で起こったのでしょうか？　戯曲が彼らの気に入らなかったのですか？」

「いいえ」ボムバルドフはしっかりした声で言った。「その反対です。戯曲が気に入ったからこそ、ああいうことが起こったのです。それも、気に入りようといったら、並大抵のものではありません」

「しかし、イッポリート・パーヴロヴィチは……」

「だれよりもあの戯曲が気に入っていたのは、ほかならぬイッポリート・パーヴロヴィチです」

低い声で、とはいえ一つ一つの言葉に重みをかけるように区切ってボムバルドフは話したが、そのときわたしは、彼の目のなかに同情の色を見たような気がした。

「これじゃ、気が狂いそうですよ……」わたしはつぶやいた。

「いや、そんなことはいけません……あなたは劇場がどういうものかということを全然わかっていないのです。世のなかにはひじょうに複雑な機械がありますが、劇場はいかなる機械よりももっと複雑なのです……」

「話してください！　話してください！」わたしは叫んで、頭を抱えた。

「あの戯曲はそれこそ恐慌をきたすほど気に入られました」ボムバルドフは話しはじめた。「そのために、いろんな事態が発生したのです。戯曲が朗読され、長老たちがその内容を知るとすぐに、配役の選定まで進みました。バフチンの役はイッポリート・パーヴロヴィチ、ペトロフの役はワレンチン・コンラドヴィチが予定されました」

「だれですって……ワレ……あの人ですか……」

「ええ、そうです……彼です」

「しかし、待ってください！」わたしは叫ぶというよりも、大声でわめいた。「だって……」

「ええ、そう、そうですよ……」どうやらわたしの言いたいことをすぐに察したものらしく、ボムバルドフは言った。「イッポリート・パーヴロヴィチは六十一歳、ワレンチン・コンラドヴィチは七十二歳です……ところで、あなたの戯曲に登場する最年長のバフチンはいくつです？」

「二十八歳！」

「そうでしたね。ところで、戯曲の台本が長老たちに送付されたとたん、いったいなにが起こったか、それをあなたにお伝えすることはとてもできません。あのようなことは、劇団が設立されて以来の五十年間に一度もありませんでした。彼らはみんなすっかり腹を立ててしまったのです」

「だれにたいして？　役を振り当てた人にたいしてですか？」

「いいえ。作者にたいしてです」

そのとき、わたしにできることといったら目を見はることだけだったが、ボムバルドフはつづけた。

「作者にたいして腹を立てたのです。実際、年をとった人たちはこんなふうに考えていたのです、われわれは俳優で、よい役を捜し求めている、われわれは劇団の創設メンバーだ、現代の戯曲で自分たちのすぐれた演技を見せることができたら嬉しいものだ……そこでなにが起こったのでしょう！　グレーの背広を着た男がやってきて、戯曲を持ってきたが、そこに登場するのは若い連中ばかり！　つまり、われわれはその戯曲を上演できないではないか?!　これはいったいどういうことか、彼は冗談半分に戯曲を持ってきたのか?!　創設メンバーのうちでもっとも若いゲラシム・ニコラエヴィチだって五十七歳です」

「わたしは自分の戯曲を創設メンバーに上演してもらいたいなんてまったく思っていません！」わたしはどなりはじめた。「あれは若い人たちが上演すればいいじゃありませんか！」

「たいへんな名案を考えだしたものです！」ボムバルドフが叫び、悪魔のような表情を作った。「つまり、アルグーニン、ガーリン、エラーギン、ブラゴスヴェトロフ、ストレンコフスキイに上演させ、最後に観客にお辞儀をさせる。ブラボー！　アンコール！　ウラー！　善良なみなさん、わたしたちのすばらしい演技をご覧ください！　そこで、創設メンバーは客席にすわって困惑した微笑を浮かべ、われわれはもう無用の存在なのでしょうかと言わせるわけですか？　つまり、われわれは養老院行きですなと言わせるのですか？　ひ、ひ、ひ！　名案！　名案！」

「わかってますよ！」わたしも悪魔のような声で叫ぼうと努めながらどなった。「よくわかっています！」

「わかっているはずです！」ボムバルドフは荒々しく答えた。「だって、イワン・ワシーリエヴィチがあなたに言ったじゃありませんか、若い娘を母親に作り変えるようにと、そうすれば、マルガリータ・パーヴロヴナかナスターシヤ・イワーノヴナが演じられるでしょう……」

「ナスターシヤ・イワーノヴナ?!」

「あなたは劇場のことを知らない人です」ボムバルドフは侮辱されたような微笑を浮かべたが、なんのために腹を立てているのかは説明しなかった。

「一つだけおききしたいのですが」かっとなってわたしはたずねた。「アンナの役はだれに振り当てたいと考えていたのでしょうか?」

「当然、リュドミラ・シリヴェストロヴナ・プリャヒナです」

そのとき、わたしは激しい怒りにかられた。

「なんですって？　それはいったいどういうことです？　リュドミラ・シリヴェストロヴナ?!」

わたしは席からとびあがった。「それは冗談でしょう！」

「どういうことですって?」ボムバルドフは愉快そうな好奇心をもってたずねた。

「彼女はいくつです?」

「失礼、だれも彼女の年齢を知らないのです」

「アンナは十九歳ですよ! 十九歳! わかりますか? しかし、それだってもっとも重要なことではありません。重要なことは、彼女が演技をできないということです!」

「アンナの役をですか?」

「アンナばかりでなく、だいたいどんな役も演じられないでしょう」

「ちょっと待ってください!」

「いや、言わせてください! 侮辱され、抑鬱(よくうつ)状態にある者の悲しみを演じたいと思って、猫が逃げ出し、カーテンを引き裂くほどの演技をしてしまうような女優はどんな役だってできはしませんよ」

「あの猫はばかなんですよ」わたしが怒っているのを楽しむかのようにボムバルドフは答えた。「あの猫は心臓肥大で心筋炎で、神経衰弱なのです。なにしろ、あの猫はくる日もくる日も一日じゅうベッドにすわりこみ、だれとも会わないので、それで自然、驚いてしまったのですよ」

「あの猫が神経衰弱だということにはわたしも賛成です!」わたしは叫んだ。「しかし猫の本能は正確で、ひじょうによくあの場面を理解しています。あの猫は不自然な偽善を感じとったのです! おわかりでしょう、いまわしい偽善を。それには猫でさえ衝撃を受けたのです! それにだいたい、あんなばかばかしいお芝居に何の意味があるのです？」

「とちったのですよ」ボムバルドフは説明した。

「それはどういう意味です？」

「わたしたちのあいだでは、舞台の上で起こるあらゆる失敗をとちると言っているのですが。たとえば、俳優が突然セリフを言いまちがえたり、幕がタイミング悪く降りてしまったり、あるいは……」

「わかりました、わかりました……」

「あのとき、とちったのはアヴグスタ・アヴデーエヴナとナスターシヤ・イワーノヴナのふたりです。アヴグスタ・アヴデーエヴナはあらかじめナスターシヤ・イワーノヴナにあなたが行くことを言っておかずにあなたをイワン・ワシーリエヴィチのところに行かせました。それからナスターシヤ・イワーノヴナはリュドミラ・シリヴェストロヴナを登場させる前に、イワン・ワシーリエヴィチのところにだれかが来ているかどうかを確かめませんでした。もちろん、アヴグスタ・アヴデーエヴナのほうが罪は軽いのですが、なにしろナスターシヤ・イワーノヴナは店にきのこを買いに行っていたのですから……」

「わかります、わかります」わたしはメフィストフェレスの笑いをこらえようと努力しながら言った。「すべてはっきりとわかります！　それでもやはり、リュドミラ・シリヴェストロヴナが演ずることはできません」

「ちょっと待ってください！　モスクワの人々は彼女がかつてすばらしい演技を見せたと主張しています……」

「あなたのモスクワの人々がいいかげんなことを言っているだけです！」わたしは叫んだ。「なげきと悲しみを表現しながら、彼女の目は怒りに充ちています！　踊りながら『小春日和！』と彼女は叫びつつ、彼女の目は不安に充ちています！　彼女が笑い声を立てると、それを聞いた者は炭酸水をシャツのなかに注がれたみたいに背中がぞくぞくしてくるのです！　彼女は女優なんかじゃありません！」

「しかし、彼女はもう三十年間も、イワン・ワシーリエヴィチのあの有名な演技論を研究しているのですが……」

「わたしはその理論を知りません！　それでも、わたしに言わせれば、その理論も彼女にはなんの役にも立っていません！」

「あなたはまさか、イワン・ワシーリエヴィチも俳優じゃないとおっしゃるのではないでしょうね？」

「いや、とんでもない！　そんなことはありません！　バフチンがどんなふうに自殺するかを彼が示してくれたのを見ただけで、わたしは驚嘆しました、彼の目は死んだようになっていたのです！　彼はソファに倒れましたが、そのときわたしはほんとうに自殺した人を見たのです。この短い場面から判断しても、そう、偉大な歌手は一節を歌わせただけで判断できるように、彼が偉大な俳優であるということがわかります！　ただ、わたしには彼がわたしの戯曲の内容について言っていることだけは、どうしても理解できないのです」

「彼の言っていることはすべて賢明なものです！」

「でも、短剣のことは‼」

「いいですか、あなたがいすに腰をおろし、台本を開いたそのときから、彼はもうあなたの読むのを聞くことをやめていたのですよ。ええ、確かに。彼はどのように配役を決めるかとか、創設メンバーをどんなふうに割り振りしようかとか、彼らがうまくあなたの戯曲を演ずるためにはどうすればよいかを考えていたのです……そこに、あなたはピストルの発射の場面をお読みになった。わたしはこの劇団に十年もおりますが、この劇団で銃声が轟いたのは一九〇一年に一回だけ、それもひどい失敗だったという話を聞かされました。その戯曲では……題名は忘れましたが……有名な作家の作品です……まあ、それはどうでもいいことですが……つまり、ふたりの神経質な主人公が遺産のことから口論になり、さんざん相手を罵倒しているうちに、ひとりがピストルを相手に向かって発砲するのです、銃弾は命中しないのですが……そう、稽古のときは、演出助手が掌(てのひら)をぽんと打ち鳴らして銃声を表現していたのですが、舞台稽古のときには、実際に舞台裏で銃声を鳴らしたのです。すると、ナスターシヤ・イワーノヴナは、それまで一度も銃声を聞いたことがなかったので急に気分が悪くなり、リュドミラ・シリヴェストロヴナはヒステリーを起こしたのです。それ以来、銃声は廃止されました。戯曲には手を加えられ、主人公はピストルを射たず、そのかわりに如雨露をつかんで振りまわして、『おまえを殺してやる、悪党！』と叫んで、地団太を踏むことになったのですが、イワン・ワシーリエヴィチの意見によりますと、戯曲が成功したのはひとえにこのためであったというのだそうです。作者は劇団にたいしてひどく腹を立て、三年間というもの、劇団の指導者たちと口もきかなかったくらいですが、それでもイワン・ワシーリエヴィチは自説を曲げようとはしなかったのです……」

酔いとともに夜の時間が流れるにつれて、わたしの怒りの発作もやわらいでゆき、わたしはもう強い調子でボムバルドフに反対を唱えはしなくなったが、その後もさまざまな質問を浴びせつづけた。塩からい赤いキャビアと鮭の燻製をたくさん食べたので口のなかがひりひり焼けるようで、わたしたちはお茶を飲んで咽喉の渇きをいやした。部屋は煙草の煙がミルクのように濃く立ちこめ、開いた通風窓からは冷たい空気が流れこんでいたが、しかしそれは部屋の空気をきれいにすることはなく、ただ寒いばかりであった。

「わたしに話してください、話してください」わたしはうつろな弱々しい声で頼んだ。「あの戯曲がどうしても彼らの気に入らないというのなら、どうして彼らは、わたしがあれをほかの劇団に渡すことを望まないのです？　それはいったいなぜです？　どうしてですか？」

「わかりきったことです！　理由のあることじゃないですか？　わたしたちの劇場は、今度、成功すると思われるような新しい戯曲を上演したがっています！　どうしてだとおっしゃるのですか！　だってあなたは、ほかの劇場に戯曲を渡さないという契約書に署名されたではありませんか？」

そのとき、わたしの目の前に、《作者は権利を有さず》という炎のような緑色の文字と、《……の理由により》という言葉、それに巧妙な文章が跳びはね、革張りの壁のある事務室が思い出され、香水の匂いがただようように思われた。

「あんなやつ、呪われるがいい！」わたしはかすれ声で叫んだ。

「だれのことです?!」

「あんなやつ、呪われるがいい！　ガヴリイル・ステパーノヴィチ！」

「強欲な禿鷹ですよ！」燃えるような目を光らせてボムバルドフは叫んだ。

「それでも、あんなにおとなしい物腰で、いつも魂のことなんか話しているじゃありませんか！」

「誤解です、たわごとです、ばかげたことです、観察力がないのです！」ボムバルドフは叫び、彼の目は燃え、煙草が燃え、煙が鼻の孔から吐き出された。「禿鷹です、コンドルです。彼は岩の頂きにとまり、四十キロ四方を見まわしている。そしてある一点でも見つけると、翼を震わせて舞いあがり、そしていきなり石を下に落とすのです！　悲しげな叫び声、かすれた声……そのときすでに、彼は生贄（いけにえ）をつかんで空高く舞いあがっている！」

「あなたは詩人です、畜生！」わたしはしわがれ声をはりあげた。

「そしてあなたは」かすかに微笑を浮かべて、ボムバルドフはささやいた。「意地の悪い人です！ええ、セルゲイ・レオンチエヴィチ、あなたに予言しておきますが、あなたはこれからいろいろとつらい目に合わされることでしょう……」

彼の言葉は刺（とげ）のようにわたしを突き刺した。わたしは自分のことを少しも意地の悪い人間だとは思っていないが、しかしそれでも、狼の微笑について語ったリコスパストフの言葉も思い出した。

「つまり」わたしはあくびをしながら言った。「つまりわたしの戯曲は上演されないだろうというわけですか？　いっさいは灰と化したというわけですか？」

ボムバルドフはじっとわたしの顔をみつめ、そして彼にしては思いがけないほどの暖かみのある声で言った。

「最悪の事態を覚悟しなければならないでしょう。あなたに嘘を言いたくはありません。おそらく、あの戯曲は上演されないでしょう。よほどの奇蹟が起こらないかぎり……」

窓の外には、霧につつまれたいまわしい秋の夜明けが近づいていた。見るのもいやな食べ残しがテーブルの上にあり、皿には吸殻が山のようにうず高く積まれてあったというのに、こういった混乱のただなかで、わたしはもう一度、これが最後の波かと思われるようなものに心の昂揚を覚え、黄金の馬についてのモノローグを心のなかでつぶやきはじめた。

わたしは話し相手のボムバルドフに、黄金の馬の臀がどれほど燦然と光り輝いているか、あの馬が舞台の特有な匂いと冷えた空気をどのように吸いこんでいるか、観客席に笑いがどのようにひろまってゆくかを伝えたいと望んだ。しかし重要なのはそのことではなかった。わたしは夢中になって小皿をたたき割って、自分があの馬を見たとたん、ただちに舞台を、舞台にあるごく些細な秘密のいっさいを理解したのだということを、情熱をこめてボムバルドフに説得しようと努力していた。それはつまり、ずっと以前、もしかしたら幼い日々に、あるいは生まれる以前から、わたしがすでに夢み、わたしが無意識のうちに憧れていた世界にほかならなかったのである。そしてついに、わたしはそこにたどり着いたのではなかったか。

「わたしはなにも知りません」とわたしは叫んだ。「わたしは演劇の世界にはじめて足を踏み入れたばかりの人間です！　それでも、わたしを押しとどめることはできません、ここまでやっとたどり着いたのです！」

そのとき、燃えるような頭のなかで、なにか車輪のようなものが回転しはじめ、リュドミラ・シリヴェストロヴナが跳び出してき、泣きわめき、レースのハンカチを振った。

「いや、彼女は演ずることなどできない！」わたしは憎悪にかられ、われを忘れ、声をからして叫んだ。

「しかし、待ってください！……あなたにはできないのです……」

「どうかわたしに反対しないでください」わたしは冷やかに言った。「あなたはもう慣れてしまっているのですが、わたしはまだ来たばかりの人間です、わたしの見方は鋭く、新鮮なのです！　わたしは彼女を透して見ているのです……」

「しかし！」

「そしていかなる理論も……なんの役にも立ちません！　そう、小柄で鷲鼻の俳優が下級官吏の役を演じています、彼の手は白く、声はかすれていますが、彼にも理論は必要ではありません、それに黒い手袋をはめた殺人者を演じている俳優……彼にも理論なんて要りません！」

「アルグーニン……」立ちこめた煙の向こうから、わたしの耳にうつろな声が届いた。

「いかなる理論も存在していません！」わたしは最終的に確信をもって絶叫し、歯ぎしりまでしたほどだったが、そのときまったく思いがけずに、わたしの灰色の背広に玉ねぎのかけらのついた大きな油の染みを見た。わたしは途方に暮れて、あたりを見まわした。もはや夜は跡かたもなく消え去っていた。ボムバルドフが電燈を消すと、部屋のなかにあるすべてのものが淡い青い光に照らされて不格好な姿を現わした。

夜は滅ぼされ、夜は去った。

## 14　神秘にみちた奇蹟を行なう人

人間の記憶というのは不思議なものである。たとえば、こういったいっさいのことはつい最近の出来事のように思われるのに、実際にそれらの出来事を秩序立てて順を追って思い出すことはどうしても不可能なのだ。環が鎖からはずれてしまっているのである。なにかを思い出そうとすると、きわめて鮮明に目の前に浮かびあがるものもあれば、粉々に打ち砕かれて、屑と雨のようなものしか記憶に残らないものもある。そう、もっとも屑は確かに存在している。雨は、雨はどうだろうか。ところでいまは、ボムバルドフと飲み明かしたあの夜から一か月が過ぎて、十一月になっている。それで当然のことながら、雨は粘(ねば)つく雪に混じって降っている。そう、あなたがたはモスクワをご存知だと考えるべきではないだろうか。つまり、それを描写する必要はないのである。十一月にモスクワの通りにいるのはひじょうにいやなことである。建物のなかにいるのも、やはりいやなことである。それでもそれはまだよいくらいであって、なによりもいやなのは、不愉快な気分で家にいるときである。服の染(し)みをどのようにして取ったらよいか、教えていただけないだろうか。わたしはありとあらゆるやり方を試みてみた。それも驚くべきやり方で、たとえば、ベンジンをつけると、染みは溶け、溶けて消えるという奇蹟的な結果が得られた。服についた染みほどいらだたしいものはほかにないなんて、人間はなんと幸福なのだろう。それは不潔でだらしがなく、神経をいらだたせる。上着を釘に掛け、翌朝、起きだして見ると、染みはもとのまま残っていて、かすかなベンジンの匂いがする。そのあと、お湯や出がらしの茶やオーデコロンで染みとりをしようと試みてはみたが、結果はいずれも同じだった。まったく厄介なことである。癇癪（かんしゃく）を起こし、あちこちを引っぱってみたが、どうにもならない。いや、どうやら、服に染みをつけてしまった人は、それをつけたまま、その服が使えなくなるまで、永久に投げ捨ててしまうときまで、着て歩くもののようである。わたしにしてみれば、いまはもうどうでもよいことではあるが、ほかの人々のために、染みができるだけ小さくなるように望んでいるのである。

そういうふうにして、わたしは染みを取ろうとして、結局それに成功しなかったが、それからあと、いまでも覚えているが、靴の紐がみんな切れてしまい、毎日、咳をしながら『船舶通信』に通い、湿気と不眠に悩まされ、手当たりしだいになんでも読んでいたものだった。いろんな事情から、わたしのそばにいた人々がみんないなくなった。リコスパストフはなぜかカフカーズに行ってしまい、わたしがピストルを盗んだあの友人もレニングラードに転勤となり、ボムバルドフは腎臓炎をわずらい、病院に入院した。ときおり、わたしは彼を見舞ったが、もちろん、彼は劇場の話をしたくはなさそうなようすだった。それに無論、彼は、『黒い雪』の一件があったあとだっただけに、そのテーマには触れないほうがよいということを理解していたのだが、腎臓のことなら、やはり慰めになるので話題にしてもかまわなかった。そこで、わたしたちは腎臓のことを話し合い、冗談めかしてクレー教授のことを思い出したりもしたが、しかし、なぜか心は晴れなかった。

そうはいっても、ボムバルドフに会うたびに、わたしはいつでも、劇場のことを思い出さずにはいられなかったが、しかし彼になにもきくまいとする意志の力は充分に持ち合わせていた。わたしは劇場のことはけっして考えるまいと自分に誓ったが、しかしその誓いはもちろん無意味なことであった。考えるのを禁じることはできない。しかし劇場について質問するのを禁じることは可能である。そしてわたしはそれを自分に禁じたのだった。

劇場はまるで死んでしまったかのように、完全に消息を絶った。劇場からはいかなる知らせもこなかった。わたしはふたたび人々から自分を隔離するようにして生きはじめた。古本屋に行き、ときどき、薄暗がりのなかにしゃがみこんで埃(ほこり)をかぶった雑誌を引っかきまわしていたが、あるとき、凱旋門(がいせんもん)のすばらしい写真を雑誌のなかに見いだしたことを記憶している。

そうこうしているうちに雨の季節は終わり、まったく思いがけずに寒波が襲来した。わたしの屋根裏部屋の窓は凍てつく霜の模様がつき、わたしは窓ぎわにすわって、二十コペイカ硬貨に息を吐きかけ、それを凍った窓に押して型をつくったりしながら、上演されない戯曲を書くのはまったくやりきれないことだと悟った。

しかし、夜になると床の下からいつも同じワルツが聞こえてき（だれかがピアノの練習をしているのだ）、そのワルツがわたしの想像の小箱のなかにかなり奇妙で珍しい光景を生みだしたのだった。こうして、たとえばわたしには、階下は阿片常用者たちの巣窟ではないかと思われ、そしてわたしが漠然と心のなかで《第三幕》と名づけたものが組み立てられたほどであった。それをもっと具体的に言うと、そこには灰青色の煙が立ちこめ、顔の左右がアンバランスな女性、阿片中毒にかかった燕尾服を着た男、研ぎあげたフィンランド製のナイフを手に持ってその男に忍び寄ってゆく、レモンのような顔とやぶにらみの目をした男が登場する。ナイフの一撃、血の流れ。このとおり、たわごとである。ばかばかしいことである。このような第三幕をもった戯曲をどこに持って行ったらよいのだろうか。

それに、わたしは思いついたことをけっして書きはしなかった。無論、不思議に思っておられるでしょう、それはなによりもまず、わたし自身にも疑問に思えてならなかったのだが、屋根裏部屋に引きこもり、大失敗をしでかし、さらに憂鬱症にとりつかれた（そのことはわたしも理解しているので、どうかご心配なく）男が、二度目の自殺を試みなかったのはいったいなぜだろうか。

率直に告白するならば、未遂に終わった最初の自殺が、あの強制的な行為にたいする嫌悪をわたしに惹き起こしていたのである。それは、わたしの場合にかぎられることかもしれない。しかし真の原因はもちろんそこにはない。あらゆるものには時機というものがあるのだ。とはいえ、このテーマに深入りするのはやめておこう。

外界に関して言うなら、完全に外界と遮断することは不可能で、外界で起きる出来事をすべてわたしは知っていたが、それは、わたしがガヴリイル・ステパーノヴィチから五十ルーブル、百ルーブルと受けとっていたときに、三種の演劇雑誌と『夕刊モスクワ』の予約購読を申し込んでいたからである。

そしてこれらの雑誌は多かれ少なかれ定期的に届けられていた。『演劇ニュース』欄を眺めていると、ときどき、知人についての記事に出会うことがあった。

たとえば、十二月十五日号ではつぎのような記事を読んだ。

《有名な作家イズマイル・アレクサンドロヴィチ・ボンダレフスキイ氏は亡命者の生活を題材にした戯曲『モンマルトルのナイフ』を近く完成する予定である。この戯曲はスタールイ劇場に提供されるとの噂である。》

十七日付の新聞を読んでいると、つぎのような記事に出会った。

《有名な作家Ｅ・アガピョーノフ氏は仲間劇場の依頼による喜劇『義兄』の執筆に専念している。》

二十二日号にはつぎのような記事が掲載されていた。

《劇作家クリンケル氏はわが社の記者とのインタビューで、独立劇場に提供する予定の戯曲について語った。クリンケル氏は、この戯曲はカシモフ近郊での市民戦争を雄大なスケールのもとに描きだした壁画となると語っていた。この戯曲は『突撃』と題される予定である。》

その後も、二十一日、二十四日、二十六日と、つぎからつぎと記事が出ていた。ある日の新聞の第三面には、若い男のぼやけた写真が出ていて、その男は異常に憂鬱そうな顔をし、頭でだれかを突こうとでもしているかのようだったが、それがI・S・プロークであると説明されていた。悲劇を書いている。第三幕を書き終えるところだそうである。

ジヴェンコ・オニシム。アンバコモフ。四、五幕。

一月二日の新聞に、わたしは憤慨した。

それにはつぎのような記事が掲載されていた。

《文芸顧問M・パーニン氏は独立劇場で劇作家グループの会議を召集した。この会議の議題は独立劇場のための現代戯曲をいかに書くかということであった。》

その記事は『いまは潮時だ!』と題されていて、そこでは、これまで、今日の時代を描いた現代戯曲を一度も上演してこなかったのは、あらゆる劇団のなかで独立劇場だけであるという事実にたいして遺憾の意が表明され、独立劇場が非難されていた。《しかしながら、独立劇場は、ほかの劇場ではなくてまさに独立劇場こそは、もっともすぐれた現代劇の戯曲を発見できるのである、もしもイワン・ワシーリエヴィチやアリスタルフ・プラトーノヴィチのような巨匠がそれを発見しようとするならば》と新聞は書いていた。

そのあとには、独立劇場で上演するに価するような作品をこれまで書いてこなかった劇作家にたいする正当な非難がつづいていた。

わたしはいつもの癖で、自分自身との会話をはじめた。

「ちょっと待ってくれ」腹立たしげに唇を尖らせて、わたしはつぶやいた。「だれも現代の戯曲を書かなかったとはどういうことだ？　あの橋は？　アコーデオンは？　降り積もった雪の上の血は？」

窓の外では吹雪がひゅうひゅうと音を立てて吹きすさび、窓の外の吹雪が戯曲のなかのあの呪われた橋の上を吹きまくり、アコーデオンが歌い、乾いた銃声までが聞こえてくるようにわたしには思われた。

コップのなかの茶は冷え、新聞からは頬ひげを生やした顔がこちらを眺めていた。その下には、アリスタルフ・プラトーノヴィチから劇作家会議に宛てて送られた電報が掲載されていたが、それはこのような内容のものであった。

《たとえカルカッタにいても、身や心はあなたたちと共におります。》

「あそこでは、生活がわき返り、ダムのように轟音を立てている」わたしはあくびをしながらつぶやいた。「それにたいして、自分は生きながら埋葬されたようなものだ」

夜は過ぎ去ろうとし、明日もまた過ぎ去ることだろうし、このさきのすべての時間も同じようにして過ぎて、失敗以外のなにものも残らないことであろう。

わたしは痛い膝を撫でながら足を引きずるようにしてソファのところまで行き、上着を脱ぎ、寒さに身を縮めて、時計を巻いた。

こんなふうにして、たくさんの夜が過ぎ、夜が過ぎていったことをわたしは記憶しているが、それはなぜかみんな一つになっていたようで、とにかく、寒くて眠られぬ夜であった。昼間はことごとく記憶から消え去って、なに一つ覚えていない。

こうして一月の末まで日が流れていったが、二十日から二十一日にかけての夜に見た夢を、わたしははっきりと記憶している。

宮殿の広大なホールがあり、そのホールをわたしは歩いているようだった。燭台では、大きくて重そうな金色の蠟燭が煙をあげて燃えていた。わたしが身に着けていたものは奇妙なもので、足にタイツをはき、要するに、現代のではなくて十五世紀の身なりであった。わたしはホールを歩き、腰には短剣を吊るしていた。この夢の魅力のすべては、わたしが公然たる統治者であったということにあるのではなくて、ほかならぬその短剣にあったのだが、その短剣を、ドアのところに立っていた宮臣たちは恐れていた。葡萄酒さえもこの短剣ほど人を酔わせることはできないくらいで、そこでわたしは、微笑を浮かべながら、いや、夢のなかで笑いながら、音も立てずにドアのほうに歩いて行った。

その夢はひじょうにすばらしかったので、目が覚めてからも、わたしはしばらく笑いを浮かべていた。

そのときドアがノックされたので、わたしは毛布にくるまり、ぼろぼろのスリッパをひっかけてドアに近づくと、隣の主婦が隙間から手を突っこんで、わたしに封書を手渡した。封筒には《独立劇場》という金文字がはいっていた。

わたしはその金文字を目にすると、すぐに斜めに封を切り、目の前に置いた。（あとでそれを持ってゆくであろうが。）封筒のなかには、やはり金文字のゴシック活字で印刷された便箋がはいっていて、それには、大きくてふといフォマ・ストリジの筆蹟でつぎのように書かれていた。

《親愛なるセルゲイ・レオンチエヴィチ！

すぐに劇場に来てください！　明日、正午から『黒い雪』の稽古を開始します。

F・ストリジ》

わたしは歪んだ笑いを浮かべてソファに腰をおろし、きょとんとした目で手紙を眺め、短剣のこと、それからどうしてだかリュドミラ・シリヴェストロヴナのことを考えながら、むきだしになった膝をみつめていた。

そのとき、力強く、また楽しげにドアをノックする音がした。

「はい」とわたしは言った。

部屋のなかにはいってきたのはボムバルドフだった。黄色みをおびた蒼白な顔をし、病気のあと少し背が高くなったように思えた彼は、これも病気のために以前とはちがう声で言った。

「もうご存知ですか？　それを知らせようと思って来たのですけど」

そこでわたしは、裸同然で、粗末な下着の上から古い毛布をはおっただけで彼の前に立ち、毛布の裾（すそ）を引きずりながら彼に接吻し、手紙を取り落とした。

「いったい、どうしてこんなことが起こりえたのでしょう？」わたしは身を屈めて手紙を拾いあげながらたずねた。

「わたしにもわかりません」親しい客はわたしに答えた。「だれにもわからないことでしょうし、それに今後もけっしてその理由を知りえないことでしょう。これをなしえたのはパーニンとストリジだとは思います。しかしふたりがどういうふうにやったのかはわかりません、なぜって、これは人間の力にあまることだからです。手短に言えば、これは奇蹟です」

# 第二部

# 15

電線が細い灰色の蛇のようになって一階観客席を突っ切り、どこかへ長く伸びて、客席の床の上に横たわっていた。電線は客席の中央通路に置かれた机の上の小さな電球につながっていた。その電球はちょうど机の上の紙とインク壺を照らせるだけの光を放っていた。紙には獅子鼻の顔が描かれ、その顔の隣には、むいたばかりのみかんの皮があり、吸殻のいっぱい捨てられた灰皿があった。水のはいった水差しが鈍く光を反射していたが、それは光の輪の外側にあった。

一階観客席は薄闇につつまれていたので、明るいところからそこにはいると、目が慣れるまでは、座席の背につかまりながら手探りで歩かなければならなかったほどである。

幕があがっていて、舞台は上から吊るした照明に淡く照らしだされていた。舞台には装置が組まれていたが、観客席からは見えない装置の裏側には、《狼と羊――2》と書かれてあった。肘掛いす、机、二つの長い腰掛。肘掛いすには開襟シャツに上着という服装の労働者がすわり、腰掛の一つには上着とズボン、革ベルトを締め、それにゲオルギイ勲章のリボンのついた剣を吊るした若い男がすわっている。

　観客席はむし暑く、外はすでにだいぶ前から暖かくなっていて、いまは五月である、これは稽古の休憩のときのことであって、俳優たちは食事をしに食堂に行っていた。わたしは残っていた。ここ数か月のあいだに相次いで起こった事件のために、わたしは激しい疲労感を覚え、いつでも腰をおろして、いつまでもじっとすわっていたいという気持になるのだった。もっとも、そういう状態も、動きまわり、説明したり、話したり、議論したりしたいという神経のエネルギーの高揚にとってかわることもまれではなかった。そしていまは、わたしはなにもせずにじっとすわっていたいという精神状態にあったのである。電燈の笠の下に煙が濃い層をなしてただよい、笠に吸いこまれて、それからどこか上のほうに消えていった。

　わたしの思いはただ一つ、自分の戯曲のまわりを回転していた。決定的な手紙をフォマ・ストリジからもらったあの日以来、わたしの生活は見違えるほど変わった。わたしはまるで新しく誕生した人間のようになり、わたしの部屋も実際には依然として同じ部屋であったのに別の部屋のようになり、わたしの周囲の人々もすっかり変わり、わたしはモスクワという都会のなかに存在する権利を突如として獲得し、存在の意味と重要な意義すらも獲得したかのようであった。

　それでも、わたしは自分の戯曲以外のことはなにも考えられず、絶えず、それこそ眠っているときでさえも、それが念頭から去らなかったが、眠っているときでさえもというのは、なにか信じがたいような舞台装置のなかですでに上演された夢を見たり、レパートリイからはずされた夢を見たり、失敗した夢や大きな成功を収めた夢を見たりしていたからである。戯曲が成功した夢というのはいまでも記憶しているが、それは森の斜面で上演され、そこには俳優たちが漆喰を塗りたくって散在し、手に角燈を持ち、ひっきりなしに歌を歌いながら演じているのだった。作者もなぜかそこにいて、古い横桁を、まるで壁の上を動きまわる蠅のように自由に歩きまわり、下のほうには菩提樹やりんごの木が見え、興奮した観客が大勢詰めかけた庭でわたしの戯曲は上演されていたのである。

戯曲が失敗する夢でもっとも頻繁に見たのは、作者がズボンをはくのを忘れて舞台稽古に出かけるという夢だった。通りに一歩踏みだしたとき、わたしはどうすればよいかわからなかったが、すぐに、だれからも気づかれずに劇場まで行きつけるのではないかと期待し、通りがかりの人にたいしては、自分はたったいま入浴したばかりで、ズボンは劇場の楽屋に置いてきたのだと言いわけまで準備したのだった。しかし、さきに行くにつれて事態はますます悪化し、哀れな作者であるわたしは舗道に釘付けにされ、新聞配達人を捜したが彼の姿は見当たらず、外套を買いたいと思っても金がなく、劇場の車寄せのところに身を隠しているうちに、舞台稽古に遅刻してしまったことを理解するのだった。

「ワーニャ！」舞台から弱々しい声が聞こえてきた。「こちらに黄色をくれ！」

舞台にいちばん近い二階のボックス席のなかでなにかが燃え、そこから光が漏斗状に斜めに射し、舞台の床に黄色い光の円型ができ、それは這うように移動して、カバーが擦り切れ、肘掛の金メッキの剝げかかった肘掛いすと、木製の枝付き燭台を手に持ち、髪の毛をぼさぼさにした小道具方を照らしだす。

休憩時間が終わりに近づくにつれて、舞台の動きはあわただしくなった。舞台の天井に吊るし、上のほうに巻きあげられた無数の幕が活気をおびはじめた。幕の一つが上にあがると、すぐに千ワットの電球の列が露わになり、まぶしく光りはじめた。どうしたわけか、別の幕は反対にするするとおりてきたが、床に届きそうになって、ふたたび上にあがった。舞台袖に黒い影がいくつも現われ、黄色い光はボックス席に吸いこまれるみたいにして消えた。どこかで金づちを打つ音が聞こえた。普通のズボンに拍車をつけた若い男が現われ、拍車を鳴らしながら舞台を横切って行った。それから、だれかが舞台の床に身を屈め、メガフォンのような形を作った手を口に当てて下に向かって叫んだ。

「グノビン！　頼むぞ！」

そのとき、ほとんど音も立てずに舞台の上のものはすべて横のほうに移されはじめた。いま小道具方が姿を消し、彼は枝付き燭台を持ち去り、肘掛いすと机が片づけられた。だれかが動きはじめた回転舞台の上で回転舞台とは逆方向に走りだし、走る速度と舞台の回転する速度が同じになり、足踏みするようになったときに跳びおりた。機械の音が高くなり、さきほどまでほかの装置のあった場所に、ペンキを塗っていない急な階段、横桁、板張りから成る奇妙で複雑な木の装置が現われた。《橋だな》とわたしは思ったが、橋が設置されるたびに、いつでも、なぜか興奮を覚えるのだった。

「グノビン！　ストップ！」舞台で人々が叫んだ。「グノビン、ちょっと元に戻せ！」

橋が設置された。それから、舞台の天井から、まぶしいほどの強い光が降り注ぎ、大きな電球の覆いがはずされ、そしてふたたび覆いがかぶせられ、そしてぞんざいに色を塗りたくった幕が上から斜めにおりてきて静止した。《見張小屋だ……》とわたしは考え、舞台の設計の仕方にとまどい、いらいらしながら、ほかの戯曲で用いた物を手当たりしだいに集めて作られた装置が、最後に本物の橋になったときにはどういうふうに見えるかを考えようと努めた。舞台袖に庇（ひさし）のついた大きな投光器が点（とも）り、暖かい感じのする生き生きとした光の波が下から舞台に注がれた。《フットライトだ……》

わたしは闇のなかで、演出者用の机に向かって決然とした足どりで近づいてきた人影に目を凝らした。

《ロマヌスだな、間もなく、なにかがはじまるというわけだ……》わたしは照明の光を片手で遮ぎりながら考えた。

そして実際、間もなく、わたしの上のほうに二つに分けたひげが現われ、薄闇のなかに、指揮者ロマヌスの興奮した目が輝いた。ロマヌスの上着の襟には、《独立劇場》と文字のはいった記念バッジが光っていた。

「Se non è vero, è ben trovato（セ ノン エ ヴエーロ エ ベン トロヴアート）（これが間違っていたとしても、うまいことをやったものだ）だが、もっとひどいことになるかもしれない！」いつもと同じようにロマヌスは口を切り、曠野（こうや）の狼のように目をくるくるまわしながら輝かせた。ロマヌスは生贄（いけにえ）を捜したが見つけられなかったので、わたしの隣に腰をおろした。

「これがお気に入りましたか？　どうです？」ロマヌスは目を細くしながらわたしにたずねた。

《おお、今度はおれにつっかかろうとする気だな……》わたしは電燈のそばで顔をしかめて思った。

「いや、あなた、どうかあなたの意見を聞かせてください」わたしをまじまじとみつめながら、ロマヌスは言った。「きっと興味がおありのことと思います、なにしろあなたは作家ですし、われわれのところで起こっているスキャンダルにたいして無関心ではいられないことでしょうから」

《なかなか抜け目のない男だ……》わたしは憂鬱になり、身体のうずくような感じに襲われながら考えた。

「コンサートマスターの、しかも女性の背中をトロンボーンで殴るなんて」ロマヌスは興奮して言った。「いけませんよ。こんなばかなことってありますか！　わたしは三十五年間、舞台の仕事をしていますが、こんなことを見るのはこれがはじめてですよ。ストリジは音楽家を豚のように思って、音楽家を小屋に追いこめばよいとでも考えているのではないでしょうか？　おききしたいのですが、作家の立場からご覧になると、これはどういうことですか？」

もうこれ以上黙っているわけにはゆかなかった。

「それはなんのことです？」

ロマヌスはこの質問を待っていたといわんばかりだった。ロマヌスは興味深げにフットライトのそばに集まっていた大道具方たちにも聞かせようと努めながら、よく響く声で語りだし、ストリジは演奏家を舞台のポケットに押しこんだがそこではどうしても演奏できない、その理由というのは、まず第一に、狭すぎるし、第二に、暗いし、第三に、客席まで音楽がまったく聞こえないし、第四に、指揮者の立つところがなく、演奏家が指揮者である自分を見ることができないのだと言った。

「たしかに、人々のなかには」ロマヌスはよく響く声でつづけた。「動物と同じ程度にしか音楽を理解できない者もいますが……」

《とんでもないことになったぞ！》とわたしは考えた。

「……音楽を果物と同じように考えているのだ！」

ロマヌスの努力は成功を収め、電気室のなかから低い笑い声が聞こえ、そこから頭を突き出して見る者もいた。

「たしかに、そういう連中は演出の仕事なんかに手を出さずに、ノヴォ・ジェヴィチイ墓地で果実酒でも売っていればいいんだ！」ロマヌスは大声でわめいた。

低い笑い声がふたたび聞こえた。

それから、ストリジの行なったスキャンダルは具体的な結果を生んでいることが説明された。トロンボーン奏者が暗がりのなかで、コンサートマスターのアンナ・アヌフリエヴナ・デニジナの背中をトロンボーンで強く突っついたというのである。

「レントゲンを撮ってみれば、それがどうなっているかが証明されるでしょう！」

ロマヌスは、居酒屋でならともかく、劇場で肋骨を折るなんて前代未聞だ、もっとも居酒屋で俳優の修業を積む者だっていないわけでもないがとつけ加えた。

電気技師の嬉しそうな顔が電気室の隙間から現われたが、彼の口は笑いに張り裂けんばかりだった。

しかしロマヌスは、この一件をこのまま済ませるわけにはゆかないと主張した。彼はアンナ・アヌフリエヴナになにをなすべきかを教えこんだ。われわれはさいわいソビエト国家に住んでいる、労働組合員が肋骨を折られるのは許されない、とロマヌスは言った。彼は委員会に提訴するようにアンナ・アヌフリエヴナに教えこんだというのである。

「たしかに、あなたの目から判断しますと」ロマヌスはわたしをじっとみつめ、円形の光線のなかでわたしの表情をとらえようと努めながらつづけた。「どうもあなたは、われわれの有名な委員会議長が、リムスキイ・コルサコフやシューベルトと同じように音楽をよく理解しているということを確信されていないようですね」

《なんという男だ！》とわたしは考えた。

「待ってください！」わたしはそっけなく言おうと努力しながら口をはさんだ。

「いや、おたがい、率直になろうではありませんか！」ロマヌスはわたしの手を握りながら叫んだ。「あなたは作家です！　ですから、ミーチャ・マロクロシェチヌイなら、二十回も議長を勤めたとしても、オーボエとチェロの区別もつかず、バッハのフーガと『ハレルヤ』のフォックス・トロットとの区別もつかないだろうということをよくご存知でしょう」

そこでロマヌスは嬉しそうな表情を浮かべ、いまの議長はもっとよく音楽を理解できるし、自分とは親しい友人で、飲み友だちであると語った。

電気室ではテノールの低い笑い声にしわがれた低音の笑い声が加わった。いまは、電気室からは二つの顔が嬉しそうにこちらを向いていた。

「……アントン・カローシンはマロクロシェチヌイが音楽の問題を理解するのを助けられます。もっとも、それはべつに不思議なことではありませんが、なぜって、アントンは劇場での仕事をする前は消防署に勤めていて、そこでラッパを吹いていたのですから。アントンがいなかったら」ロマヌスは断言した。「どんな演出家だって、ひじょうに簡単なもの、それこそ、『ルスランとリュドミラ』序曲を『聖者とともに安らけく』といったごくありきたりの聖歌ととりちがえてしまうことでしょう！」

《この人物は危険だ》ロマヌスを見ながらわたしは思った。《まったく危険人物だ。この男と闘う方法はない！》

「もちろん、アントンがいなくても、イワン・ワシーリエヴィチが劇場にやってこないことをよいことに、われわれ音楽家を天井から逆さまに吊るして、演奏させることだってできるでしょう、しかしいずれにしても、劇場はアンナ・アヌフリエヴナに肋骨を負傷させたことにたいして金を支払わなければなりません。それに、このような事態を労働組合がどう見ているかを問い合わせて知るようにと彼女に忠告したのはこのわたしなのですが、この事態にたいしては、まったく、Se non（セ ノン） è vero, è ben trovato（エ ヴェーロ エ ベン トロヴァート）（これが間違っていたとしても、うまいことをやったものだ）、もっとひどいことになるかもしれません！　としか言えませんよ」

背後から軽やかな足音が聞こえ、この窮地からわたしを救ってくれる者が近づいてきた。

机のそばで立ちどまったのはアンドレイ・アンドレーエヴィチだった。アンドレイ・アンドレーエヴィチはこの劇場の第一演出助手で、戯曲『黒い雪』の演出に当たっていた。

よくふとり、頑丈な体格で、金髪、年齢は四十歳ぐらい、多くのことを見てきた生き生きとした目の持主であったアンドレイ・アンドレーエヴィチは自分の仕事をたいへんよく知っていた。その仕事は難しいものであった。

アンドレイ・アンドレーエヴィチは、五月になると、いつもの黒い上着に黄色い短靴といういでたちではなくて、青いサテンのシャツを着、ズックの黄色がかったスリッパをはくようにしていたが、その彼がいつもと変わらず書類挟みを脇に抱えて机のそばに歩み寄った。

ロマヌスの目はいっそう強く輝き、アンドレイ・アンドレーエヴィチが書類挟みを電燈のそばに置くか置かないうちに、騒ぎがはじまった。

その騒ぎは、ロマヌスがこう言ったことからはじまったのである。

「わたしは音楽家たちにたいする暴行にたいして断固として抗議します、そしてなにが起こったかを文書にして提出していただくようお願いします！」

「暴行とは何のことです？」アンドレイ・アンドレーエヴィチは事務的な声でたずね、かすかに眉を動かした。

「もしも、われわれの劇団がどちらかといえばオペラに似たような戯曲を上演するのでしたら……」とロマヌスは言いかけたが、作者がそばにすわっているのに気がついて、ふと口をつぐみ、わたしのほうを見て歪んだ微笑を顔に浮かべて話をつづけた。「それもいいじゃありませんか！

この作者はドラマのなかの音楽のもっているあらゆる意義を理解していらっしゃるのですから！……それでしたら……オーケストラを演奏できるような場所に移してくれるようにお願いします！」

「オーケストラにはポケットが与えられています」アンドレイ・アンドレーエヴィチは急ぎの用に関して書類挟みを開けようとしているふりをしながら言った。

「ポケットですって？　それぐらいならプロンプター・ボックスのほうがまだましでしょう？それとも小道具方の部屋ででも？」

「あなたは奈落では演奏できないとおっしゃいました」

「奈落で？」ロマヌスはかん高い声をあげた。「くり返して言いますが、できません。あなたもご承知のとおり、食堂でも演奏できません」

「あなたもご承知のとおり、わたしも食堂では演奏できないことは知っています」アンドレイ・アンドレーエヴィチは言い、もう一方の眉をひくつかせた。

「あなたはご存知です」ロマヌスは答え、そしてストリジがまだ客席には来ていないのを確かめて、つづけた。「なぜって、あなたはこの道にかけては年季がはいっていますし、音楽のことも理解されていますから、ところが、ある舞台監督の場合は、そうとは言えませんね……」

「それなら舞台監督に言ってください。彼は音響のテストをしていましたから……」

「音響テストをするためにはなんらかの器官を持っていなければなりません、それでテストできるようなもの、たとえば耳ですよ！　しかし、もしも幼年時代に……」

「わたしはこんな調子で話をつづけるのをお断わりします」アンドレイ・アンドレーエヴィチは言って、紙挟みを閉じた。

「こんな調子とはどういうことです⁈　どんな調子です？」ロマヌスはひどく驚いた表情を浮かべた。「わたしはこの作家のかたと話をしているのです、われわれのところで音楽家たちが虐待されていることについて、この人がどれほど憤慨しておられたか、きいてみるといいですよ‼」

「ちょっと待ってください……」驚いたようなアンドレイ・アンドレーエヴィチのまなざしを見て、わたしは言いはじめた。

「いや、失礼！」ロマヌスはアンドレイ・アンドレーエヴィチに向かって叫んだ。「もしも自分の五本の指のように舞台のことを知っておかなければならない演出助手が……」

「いかに舞台を知るかなどと、お願いだからわたしに教えようとはなさらないでください」アンドレイ・アンドレーエヴィチは言って、書類挟みの紐を引きちぎった。

「知らなければならないのだ！　知る必要がある」意地悪そうに歯を剝き出しながら、ロマヌスはしわがれ声をはりあげた。

「あなたがなにを言っているか、それをわたしは文書にします！」アンドレイ・アンドレーエヴイチは言った。

「文書にしていただければ、わたしも嬉しいです！」

「わたしをほっといてください！　稽古の妨害になります！」

「その言葉も書いておくようにお願いします！」ロマヌスは裏声で叫んだ。

「どならないでください！」

「あなたこそどならないでください！」

「どならないようお願いします！」アンドレイ・アンドレーエヴィチは目を光らせて答え、それから不意に腹立たしげにどなった。「おうい、照明！　そこでなにをしているのだ?!」それから、階段をつたって舞台に駆け昇った。

フォマ・ストリジがすでに通路を急ぎ足で歩いてき、そのあとから黒い影となって俳優たちが現われた。

ストリジとの騒ぎの発端をわたしは記憶している。

ロマヌスはせかせかとストリジのほうに歩み寄ると、腕を取って言った。

「フォマ！　きみが音楽の価値を認めていることも、これがきみのせいではないということもぼくは知っているのだけど、助手に音楽家たちを愚弄させないようにお願いする、要求する！」

「照明！」アンドレイ・アンドレーエヴィチは舞台の上で叫んだ。「ボブイリョフはどこにいる⁈」

「ボブイリョフは食事です」低い声が上のほうから聞こえた。

俳優たちは輪を作ってロマヌスとストリジをとり巻いた。

暑かった、五月だった。笠のついた電燈のために薄闇になったところでは謎めいた顔に見えるこれらの俳優たちは、すでに何百回となくドーランを塗り、役になりきって変身し、胸を高ぶらせ、消耗しきっていた……シーズンが終わったばかりで彼らは疲れ、神経がいらだち、わがままになり、たがいに罵り合っていた。ロマヌスは楽しい大きな気晴らしを提供したわけだった。

背が高く青い目をしたスカヴロンスキイは嬉しそうに両手をこすり合わせてつぶやいた。

「そう、そう、そう……やれよ！　ほんとうに！　彼になにもかも話してしまえよ、オスカー！」

この言葉はすぐさま効果を現わした。

「どならないでくれたまえ！」突然、ストリジがわめき、台本で机をたたいた。

「どなっているのはきみじゃないか‼」ロマヌスがかん高い声をあげた。

「そのとおり！　まったくだ！」スカヴロンスキイは上機嫌になってロマヌスを励ました。「そのとおりだよ、オスカー！　われわれにはこんな芝居よりも肋骨のほうがたいせつだ！」それからストリジに向かって言った。「俳優のほうが音楽家よりも悪いというのかね？　きみ、フォマ、この事実によく注意を払いたまえ！」

「クワスでも飲みに行きたいな」あくびをしながらエラーギンが言った。「稽古をしないのなら……この喧嘩はいつになったら終わるのかね?」

口論はさらにしばらくつづき、電燈のまわりをとりかこんだ輪のなかから叫び声があがり、煙が上のほうに昇っていた。

しかし、その口論はもはやわたしの興味をひかなかった。額の汗を拭いながらわたしはフットライトのそばに立ち、舞台装置を担当しているアヴローラ・ゴーシエが測量器を手に持って円形の回転舞台の端を歩き、測量器を床に押し当てるのを見ていた。ゴーシエの顔は冷静で、いくぶん悲しげで、唇はきつく結ばれていた。ゴーシエの明るい髪の毛は、彼女がフットライトの縁で身を屈めると火がついたように燃え、そこを離れると、火は消えて、灰のようになった。そこでわたしは、いま起こっていること、こんなに重苦しくつづいていることも、すべて終わりが訪れるのだと考えていた。

そのあいだに、口論は終わった。

「さあ、稽古だ、みんな! 稽古開始!」ストリジが叫んだ。「時間をむだにしてしまった!」

パトリケーエフ、ウラドゥイチンスキイ、スカヴロンスキイはすでに舞台に昇り、小道具方のあいだを歩きまわっていた。ロマヌスも舞台を見守っていた。ロマヌスが出てきたからには、なにごともなく終わりはしなかった。彼はウラドゥイチンスキイのところに近づき、パトリケーエフが道化の演技法を濫用しすぎているとは思わないかとウラドゥイチンスキイに心配そうにたずねたので、そのため、それを聞いた人々は、ウラドゥイチンスキイが、「ぼくがどうすればよいか教えてください。ぼくはひとりぼっちなのです、ぼくは病気なのです……」という重要なセリフを言おうとしていたちょうどそのときにどっと笑いだした。

ウラドゥイチンスキイは死人のようにまっさおな顔になり、間もなく、俳優も大道具方も小道具方もフットライトのそばに列をなして立ち、長年の敵同士であるウラドゥイチンスキイとパトリケーエフがたがいに罵り合うのを聞いていた。いかにもスポーツマンらしい体格をしたウラドゥイチンスキイは、もともと蒼白い顔をしていたが、いまは怒りのためにもっとまっさおになり、拳を固め、彼の力強い声が恐ろしく響くようにと努力しながら、パトリケーエフのほうを見ずに言った。

「この問題はもともと気にかかっていたのだ！　型通りの演技をして、この劇場の名誉に泥を塗るような軽業師どもにたいして注意をしなければならぬ時がきているのだ！」

滑稽な若者の役を舞台で演じ、実生活では、異常なまでに抜け目がなく、機を見るに敏く、しっかり者であった喜劇俳優のパトリケーエフは、軽蔑の表情と、それと同時に威嚇するような表情を作ろうと努め、そのため彼の目は悲しみを、顔は肉体的な苦痛を表現していたが、彼はしわがれた声で答えた。

「どうか忘れないでもらいたい！　ぼくはこれでも独立劇場の俳優で、きみのように映画で金儲けしようとしている役者なんかじゃないのだ！」

ロマヌスは舞台袖で、いかにも満足そうに目を輝かせていたが、肘掛いすにすわったまま叫んだストリジの声が言い争っている声を圧倒した。

「いまただちにやめたまえ！　アンドレイ・アンドレーエヴィチ！　非常ベルを鳴らしてストローエフを呼んでくれ！　彼はどこにいるのだ？　きみらは進行計画をめちゃめちゃにしてしまった！」

アンドレイ・アンドレーエヴィチは演出助手の任務として物慣れた手つきで配電盤のボタンを押したが、すると、どこか遠くのほうで、舞台袖で、食堂で、ロビーで、耳をつんざくようにベルがけたたましく鳴り響いた。

そのとき、更衣室のポリクセーナ・トロペツカヤのところで油を売っていたストローエフは、ベルを聞くや、階段を跳びおり、大急ぎで観客席のほうに向かった。彼は観客席を通らずに、脇から、装置などを舞台に運び入れる門から舞台にはいりこみ、そこから、普通の編上靴につけた拍車をかすかに鳴らしながらフットライトのそばに行き、自分はずっと以前からここにいるというふうな態度を無理に作って立っていた。

「ストローエフはどこにいる？」ストリジが吠えた。「ベルで呼べ、ベルを鳴らせ！　喧嘩はやめるよう要求する！」

「ベルは鳴らしています！」アンドレイ・アンドレーエヴィチが答えた。そのとき、ふとふり返ると、彼はストローエフを見つけた。

「あなたのために非常ベルを鳴らしているのですよ！」アンドレイ・アンドレーエヴィチはきびしい口調で言ったが、劇場内に鳴り響いていたベルはすぐに鳴りやんだ。

「ぼくに?」ストローエフは答えた。「どうしてぼくのためにベルなんかを？　ぼくは十五分とはいわないまでも、十分はここにいますよ……少なくとも……むむ……」彼は咳ばらいをした。

アンドレイ・アンドレーエヴィチは深く息を吸いこんだが、なにも言わず、意味ありげに相手の顔を見やっただけだった。大きく吸いこんだ息を吐きだすようにして彼は叫んだ。

「余計な人は舞台からおりてください！　はじめます！」

すべては収まり、小道具方も舞台から去り、俳優たちはそれぞれ所定の位置についた。ロマヌスは舞台袖で、少しとっちめてやらなければならないと思っていたウラドゥイチンスキイに男らしく、しかも正当に反論したことで、パトリケーエフにおめでとうとささやいた。

# 16 成功した結婚

六月は五月よりももっと暑かった。

そのことをわたしはよく覚えているが、そのほかのことは、驚いたことに記憶が薄れてしまっている。もっとも、あれやこれやの断片は記憶していないわけではない。たとえば、劇場の車寄せのところにとまっていたドゥイルキンの馬車、青い綿入外套を着て馭者台にすわっていたドゥイルキン、ドゥイルキンの馬車を迂回する自動車の運転手たちの驚いたような顔が思い出される。

それから、無秩序にいすが並べられ、そのいすには俳優たちがすわっていた大きなホールを記憶している。ラシャのテーブル・クロスの掛かったテーブルに向かってすわっていたのはイワン・ワシーリエヴィチ、フォマ・ストリジ、それにわたしだった。

このころ、わたしはイワン・ワシーリエヴィチのことをこれまでにましてよく知るようになり、思い出すと、この期間はひじょうに緊張した時間を過ごした日々であったと言える。イワン・ワシーリエヴィチによい印象を与えようとわたしができるかぎり努力し、いろいろと気を使っていたためにそうなったのである。

一日おきにわたしは灰色の背広をドゥーシャに頼んでアイロンをかけてもらい、そのために十ルーブルずつきちんと彼女に金を支払っていた。

わたしは門のそばに建っていたボール紙でできたみたいに隙間だらけの小さな売店を見つけ、指に二つのダイヤの指輪をはめてそこで商売をしていた体格のよい男から糊のきいたカラーを二十も買い、毎日、新しいものにとりかえて劇場に出かけて行った。そのほかにも、その売店でではなくて国営百貨店で、わたしは六枚のワイシャツ、白いのが四枚、薄紫色の縞のはいったもの一枚、青い格子縞のもの一枚を買い、さまざまな色をしたネクタイを八本買った。また、どんな天候のときでも帽子をかぶらず、モスクワの中心の街角に屋台をはってすわっていた男から、わたしは黄色の靴クリームを二罐買い、毎朝、ドゥーシャからブラシを借りて黄色い靴を磨き、それから、自分の部屋着の裾で磨きをかけて光沢を出した。

これらの信じがたいほどの法外な支出を償うために、わたしは『蚤(のみ)』と題する短編を二晩で書きあげ、その短編をポケットに入れて、稽古のない暇なときに、この短編を売りこむために週刊の雑誌や新聞の編集部を訪ねて歩いた。わたしは『船舶通信』に最初に行き、そこでわたしの短編は気に入られたが、しかしこの作品が船舶とはなんの関係もないというもっともな理由から掲載を断わられた。わたしがどのように編集部を訪れ、そこでどのように原稿の掲載が拒否されたかは語れば長くなるし、また気のめいる話でもある。ただ、どこへ行っても、なぜか不快そうにわたしが迎えられたということだけはよく記憶に残っている。とりわけよく覚えているのは、鼻眼鏡をかけたふとった男のことで、彼はわたしの作品をはっきりと拒否しただけでなく、わたしにお説教めいたことを長々と垂れはじめたのだった。

「あなたの短編は、なにか読者に媚びるようなウィンクをしているみたいな感じがします」ふとった男は言ったが、そのとき彼が嫌悪の表情を浮かべてわたしを見ているのに気づいた。

ここで弁解しておかなければならない。このふとった男は間違っていた。その短編にはいかなるウィンクもなかったが(いまならそうすることもできようが)、正直なところ、この短編は退屈で、拙劣で、要するに、この作者にはいかなる短編も書けないこと、短編を書くための才能がまったくないことを証明する以外のなにものでもなかったのである。

それにもかかわらず、奇蹟が起こった。わたしは三週間ほどポケットに短編を入れて持ち歩き、ワルワールカにも、ヴォズドヴィジェンカにも、チーストゥイエ・プルドゥイにも、ストラスヌイ大通りにも、プリュシチハにまでも行ったあとで、ミャスニツカヤ街のズラトウスチンスキイ横町にあった、記憶にちがいがなかったならば、たしか五階建ての建物で、頰に大きなほくろのある男に、まったく思いがけずに作品を売りつけることに成功したのだった。

金を受けとり、莫大な損失の穴埋めをしてから、わたしは劇場に戻ったが、いまやわたしは、モルヒネなしでは生きてゆけないモルヒネ中毒患者のように、劇場なしには生きられなくなっていたのである。

わたしのあらゆる努力は無為に終わったこと、そればかりか恐ろしいことに、逆効果すら生んでしまったことを、わたしは重い心をもって認めなければならない。文字通り日一日と、わたしはイワン・ワシーリエヴィチの信任を少しずつ失っていった。

わたしが春の太陽に光り輝く黄色い靴にすべての期待をかけていたなんて、浅はかな考えだと思われるだろうか。けっしてそうではない。ここには、巧妙で複雑な技術が結合されているのであって、たとえば、誠心誠意で心をこめた低い声でしんみりと話すやり方も含められていた。この声は、率直で、つつみ隠したところのない誠実な視線や、唇のかすかな微笑（けっして媚びを含んだものではなく、素朴な）と結びついていた。わたしは非の打ちどころのないように髪をきれいに梳かし、シェイビングブラシのつけ根のあたりを頰に当てても少しもざらざらしたものを感じないほどきれいにひげを剃り、また話をするときも、手短に、賢明に、そして問題に関する深い知識につらぬかれた自分の意見を述べるようにしたが、なにもよい結果は生まれなかった。最初のうち、イワン・ワシーリエヴィチはわたしと出会うたびに微笑を浮かべていたが、その後、彼はしだいに微笑を浮かべることが少なくなり、そして最後には、まったく笑わなくなってしまった。

そこで、わたしは毎晩、練習をしはじめた。わたしは小さな鏡を買い、その前にすわって、顔を映しながら言ってみるのだった。

「イワン・ワシーリエヴィチ！　いいですか、こういうことです、短剣を用いるわけにはゆかないとわたしは思うのですが……」

　すると、しだいにうまくゆくようになった。唇には上品で控え目な微笑がただよい、鏡に映る目は率直で賢明そうだし、額にも皺はできず、髪の分け目もまっ黒な髪に白い糸を引いたみたいにきれいに分けられていた。このぶんだと、よい成果も期待できようというものだったが、しかし、ことはしだいに悪化していった。わたしは力を使いはたし、やせはじめ、身なりもいくぶんぞんざいになった。わたしは同じカラーを二日つづけて身につけるようになった。

　ある夜、わたしは試験をしてみようと思って、鏡を見ずにモノローグを語ってみたが、そのあと、試験するために横目でちらりと鏡を盗み見ると、恐ろしさにぞっとしたほどだった。

　鏡からは、皺だらけの額、歯を剝きだした口、不安だけではなくて敵意までも読みとれる目をした顔がわたしをみつめていたのである。わたしは頭をかかえこんだが、鏡がわたしを困らせようとして欺いているのだと考え、鏡を床に投げだした。するとその鏡からは、三角形のかけらがとび散った。鏡が割れるのはよくないことの前兆だという話だ。自分で自分の鏡を割るような狂人について、いったいなにを語ることができようか。

「ばかなやつ、ばかなやつ」とわたしは叫んだが、喉音を強く響かせて叫んだので、深夜の静寂を破って烏（からす）がかあかあと鳴いたようにわたしには思われた。「つまり、おれは鏡に向かっているあいだだけはうまくゆくのに、鏡をとりはずすとすぐに自制力がなくなり、おれの顔はおれの心のままになるというわけだ……畜生！」

もしもこの手記がだれかの手に渡ったとするなら、これが読者にさして愉快な印象を与えはしないだろうということをわたしは疑っていない。読者は、自分の前にいるのは、なんらかの利益を得るためにイワン・ワシーリエヴィチによい印象を与えようとあくせくしているずるい男、二つの心を持った男であると考えることであろう。

判断を急がないでいただきたい。利益がどういう点にあったかを、わたしはここで語ることにしよう。

イワン・ワシーリエヴィチは、バフチン（ベフテーエフ）がピストル自殺をし、月の光が明るく、アコーデオンが聞こえるあの場面を、戯曲から削除しようと頑固に執拗に努力していた。それでもわたしは、もしもそんなことをすると、戯曲の存在意義がなくなることを知っていた。だが戯曲は、そこに真理があることをわたしが知っていたという理由からも存在する必要があった。イワン・ワシーリエヴィチのこの戯曲の特徴づけはきわめて明白であった。そして率直に言って、それは余計なことであった。しかしわたしは、イワン・ワシーリエヴィチと知り合ったばかりのころから、彼という人間を理解し、彼とはどんな争いも不可能であるということを知っていた。わたしに残された道はただ一つ、彼にわたしの意見を聞き入れてもらおうと努力することだけだった。自然、そのためには彼に感じのよい人間と思われるようになる必要があった。それゆえ、わたしは鏡の前にすわっていたのである。わたしはなんとかしてピストル自殺の場面を残そうと努力し、月明かりの雪の上に血痕がにじんでゆくときに橋の上でアコーデオンが不気味に奏でる歌を聞いてもらいたいと思っていた。黒い雪を見てもらいたかったのだ。それ以上のものをわたしはなにも望んではいなかった。

そこでふたたび、鳥が鳴いた。

「ばかめ！　肝心なことを理解しなければならなかったのだ！　自分が気に入ってもいない相手から、どうして気に入ってもらえるのだろうか？　いったい何をおまえは考えているのか？　おまえにだれか人を欺いたりできるのだろうか？　自分で敵意を抱きながら、相手に自分をよく思われたいと努力しているのか？　それじゃ、いくら鏡の前でもったいぶってみたところで、けっして成功しないことだろう」

ところが、わたしはイワン・ワシーリエヴィチを好きでない。伯母のナターシヤ・イワーノヴナも好きではないし、リュドミラ・シリヴェストロヴナなどは憎んでいるといってもよいくらいである。

ドゥイルキンの馬車の到着はイワン・ワシーリエヴィチが『黒い雪』の稽古のために劇場に来る

ことを意味した。

毎日、正午に、ミーシャ・パーニンは恐怖のために笑いを浮かべ、手にオーバーシューズを持って暗い一階観客席に小走りに駆けこんでくる。そのあとからアヴグスタ・アヴデーエヴナが格子縞の毛布をかかえてはいってくる。アヴグスタ・アヴデーエヴナのあとからはリュドミラ・シリヴェストロヴナがノートとレースのハンカチを持ってつづいてくる。

イワン・ワシーリエヴィチは観客席でオーバーシューズを履き、演出者用の机の前にすわり、アヴグスタ・アヴデーエヴナがイワン・ワシーリエヴィチの肩に毛布をかけると、舞台では稽古がはじまる。

この稽古のあいだ、演出者用の机からほんの少し離れたところにすわっていたリュドミラ・シリヴェストロヴナは、ときどき感嘆の叫びを低く発しながらノートになにかを書きこんでいた。

そろそろ説明しておかなければならぬ時であろう。愚かにもひたすら隠しつづけておこうとしてきたわたしの不愉快の原因は、けっして毛布やオーバーシューズにあったのでもなければ、リュドミラ・シリヴェストロヴナにあったのですらなく、それは、五十五年間にわたって演出活動を行なってきているイワン・ワシーリエヴィチが、世に広く知られ、おおかたの意見によると天才的なものと考えられている理論、俳優は自分の役をいかに準備せねばならぬかという理論を案出したことにあった。

わたしはこの理論が確かに天才的なものであるということをかたときも疑ったことはないが、この理論が実際に適応されると、わたしは絶望に追いやられるのである。

わたしは自分の首にかけて保証するが、もしもわたしがだれかなにも知らない人をどこかから劇場に連れてきて稽古を見せたら、その人は驚愕せずにはいられないにちがいない。

パトリケーエフはわたしの戯曲のなかで、ある女性に恋を抱くが、相手からは恋されない小官吏の役を演じていた。

その役は滑稽なもので、パトリケーエフ自身、このうえなく滑稽に演じ、それも日増しにみごとな演技を示すようになった。その演技はじつにすばらしかったので、それがパトリケーエフではなくて、わたしの考えだした小官吏その人が演じているかのように思われだしたほどだった。この官吏の以前にパトリケーエフが存在していたことを、わたしはなにかの奇蹟のように思えてならなかった。

ドゥイルキンの馬車が劇場の前に現われ、イワン・ワシーリエヴィチが毛布でくるまれると、パトリケーエフの登場する場面から稽古がはじまった。

「それじゃはじめよう」イワン・ワシーリエヴィチが言った。

客席には敬虔な静寂が訪れ、興奮したパトリケーエフは（彼の興奮は目が涙ぐんできたことからも明らかだった）女優との愛の告白の場面を演じた。

「ちょっと」イワン・ワシーリエヴィチは柄付眼鏡のガラス越しに生き生きと目を光らせて言った。「その演技はまったくよくないな」

わたしは心のなかであっと叫び、腹のなかが煮えくり返る思いだった。わたしには、パトリケーエフが演じたよりもほんのわずかでも上手に演じられようとは思いもつかなかった。《もしもこの男がパトリケーエフよりもうまく演じられたら》わたしは尊敬をこめてイワン・ワシーリエヴィチを見ながら思った。《彼がほんとうに天才だと言ってやろう》

「まったくよくない」イワン・ワシーリエヴィチはくり返した。「それはなんだね！　その演技はまったくやり過ぎだ。彼はこの女性のことをどう思っているのかね？」

「彼女を愛しています、イワン・ワシーリエヴィチ！　ああ、どんなに愛していることでしょう！」この場面をずっと注目していたフォマ・ストリジが叫んだ。

「なるほど」イワン・ワシーリエヴィチは答え、それからふたたびパトリケーエフに話しかけた。

「燃えるような恋とはなにか、それがどのようなものかを考えたことがあるかね？」

その問いにたいして、パトリケーエフは舞台からなにかぼそぼそと答えたが、しかしなにを言っているのかはどうしても判断できなかった。

「燃えるような恋とは」イワン・ワシーリエヴィチはつづけた。「男が愛する女のためならなにごとでも行なう覚悟をしているということに表現されている」そして命令した。「ここに自転車を持ってきなさい！」

イワン・ワシーリエヴィチの命令にストリジはびっくりさせられたが、それでも不安げに叫んだ。

「おい、小道具方！　自転車！」

小道具方は車体のペンキも剝げかかった古ぼけた自転車を舞台に持ち出してきた。パトリケーエフは涙ぐんだ目で自転車を見た。

「恋する男はすべてのことを自分の恋している女のために行なう」イワン・ワシーリエヴィチはよく響く声で言った。「彼女のために食べたり、飲んだり、歩いたり、車に乗ったりする……」

好奇心と興味のために心臓もとまりそうになって、わたしはリュドミラ・シリヴェストロヴナの罫入りのノートを見ると、彼女が子供っぽい筆跡で、《恋する男はすべてのことを自分の恋している女のために行なう》と書いているのが目に入った。

「……それじゃ、自分の恋する娘のために自転車に乗ってみてください」イワン・ワシーリエヴィチは命令して、薄荷入りのビスケットを食べた。

わたしは舞台から目を離さなかった。パトリケーエフは自転車に乗り、男から恋される娘の役を演じている女優は、エナメル塗りの大きなハンドバッグを腹のあたりに押しつけるようにして肘掛いすにすわっていた。パトリケーエフはペダルを踏み、危なかしげな乗りかたで肘掛いすのまわりを一周したが、そのとき彼は、落ちはしないかと恐れながら片方の目でプロンプター・ボックスのほうを見、もう一方の目で女優のほうを見ていた。

客席にいる人々は微笑しはじめた。

「まったくだめだ」パトリケーエフがとまったとき、イワン・ワシーリエヴィチは言った。「どうして目をプロンプター・ボックスのほうに向けているのだ？　プロンプターのために自転車に乗っているのかね？」

パトリケーエフはふたたび自転車に乗り、今度は両目で女優のほうを見ていたが、そのために曲がることができずに舞台袖までまっすぐに走ってしまった。

自転車のハンドルを持って人々が彼を舞台に連れ戻したとき、イワン・ワシーリエヴィチはこの乗りかたは間違っていると言い、パトリケーエフは頭を女優のほうに向けて三度目の走行を試みた。

「だめだ！」イワン・ワシーリエヴィチは落胆して言った。「筋肉が緊張しすぎている、きみは自分を信じていないのだ。筋肉をゆるめて、力を抜くのだ！　頭も不自然だ、自分の頭を信じていないのだ」

パトリケーエフは頭を傾け、上目使いに女優のほうを見ながら自転車を動かした。

「それじゃ、ただ乗っているだけだ、燃えるような恋なんてまったく感じられない」

そこでふたたびパトリケーエフは自転車に乗った。一度、彼は身を反らし、両手を腰に当て、大胆に自分の恋する娘を見ながらそばを通り過ぎようとした。片手でハンドルを握って、急にカーブを切ると、自転車を女優にぶつけ、汚れたタイヤでスカートを汚してしまい、そのため女優はびっくりして悲鳴をあげた。観客席にいたリュドミラ・シリヴェストロヴナも叫び声をあげた。女優が怪我をしなかったかどうか、なにか手当てをする必要がないかどうかをたずね、なにも心配することは起こらなかったと知ると、イワン・ワシーリエヴィチはふたたび自転車で一周することをパトリケーエフに命じ、そしてパトリケーエフはイワン・ワシーリエヴィチがもう疲れたのではないかとついにたずねるまで、何度も何度もそれをくり返した。パトリケーエフはまだ疲れていないと答えたが、しかしイワン・ワシーリエヴィチは、どうも疲れているように見えると言って、パトリケーエフを釈放した。

パトリケーエフの場面は大勢の客の登場する場面と交代した。わたしは食堂に煙草を吸いに行き、そして帰ってきたときには、女優のハンドバッグが床に落ちたままで、その女優は両手を自分の足の下に敷いてすわり、三人の男客も、インドからの手紙に書かれていたあのヴェシニャコーワが演じていた女客も、みなそれと同じような格好をしていた。彼らはみなセリフをうまく言おうと試みており、これで戯曲も進展するものと思われたが、ところがイワン・ワシーリエヴィチは、俳優がなにか言うたびに中断して、それがいかに正しくないかと説明しだすので、いっこうに先には進まなかった。客やこの戯曲の女主人公であるパトリケーエフの恋する女性の困難さは、彼らが絶えず両手を自分の足の下から引き出して身振りをしたいにもかかわらず、それが許されないということでいっそう増大していた。

わたしが驚いているのを見たストリジは、俳優たちが手を使わずに言葉だけで意味を正確に伝えることに慣れさせるために、イワン・ワシーリエヴィチが故意に俳優たちから手を奪ったのだ、とわたしに小声で説明してくれた。

驚嘆すべく新しい印象に充たされて稽古から家に帰る途中、わたしはこんなことを考えていた。

「そうだ、これはまったく驚くべきことだ。しかし、こんなに驚かされるのは、おれがこのことに関して門外漢だからではないだろうか。どんな芸術にも、それぞれの法則、秘密、方法があるのだ。たとえば、野蛮人だったら、口に白いものを入れて歯ぶらしで歯を磨く人を見たら滑稽に思うことであろう。また、なにも知らない素人には、医者がすぐに手術にとりかからずに、病人にたいして不思議なことをたくさん行ない、たとえば検査のために血液をとったりすることなどは奇妙なものに思えることであろう……」

わたしがこのつぎの稽古でなににもまして望んでいたことは、自転車の一件の結末を、つまりパトリケーエフがうまく《彼女のために》自転車を乗りこなせるかどうかを見たいということであった。

しかし、翌日には、自転車のことはだれも口にせず、わたしが見たのはほかのことであったが、これもまたきわめて驚くべきものであった。今度はパトリケーエフが恋する娘に花束を捧げなければならなかったのである。これがちょうど正午からはじまり、四時までつづいた。

この際、花束を捧げる練習はパトリケーエフだけではなく、将軍の役を演じていたエラーギンや、ギャングの首領の役を演じていたアダリベルトまでも含めて、すべての俳優が順番にこの練習を行なった。これにもわたしはひじょうに驚かされた。しかしストリジは、イワン・ワシーリエヴィチの行動はいつもながら、きわめて賢明なものである、みんなになんらかの舞台技術を教えこんでいるのだと説明して、わたしをすぐに安心させた。確かに、イワン・ワシーリエヴィチはどういうふうに婦人に花束を捧げなければならないか、そしてそれをだれがどんなふうに行なったかという、興味深く教訓にみちた話を聞かせながら訓練を行なった。そこでわたしは知ったのだが、花束を捧げる演技をだれよりもみごとにやってのけたのは、コマロフスキイ・ビオンクール（リュドミラ・シリヴェストロヴナは稽古の秩序を乱して、「ああ、そう、そうですね、イワン・ワシーリエヴィチ、忘れられませんわ！」と叫んだ）と、一八八九年にミラノでイワン・ワシーリエヴィチが見たイタリヤのバリトン歌手だそうである。

確かに、わたしはそのイタリヤのバリトン歌手のことは知らないが、だれよりもじょうずに花束を捧げたのはイワン・ワシーリエヴィチ自身であったと言うことができる。彼は夢中になって舞台に駆け昇り、この気持のよい贈物をどのように捧げたらよいかを十三回も見本を示したのである。それを見て、わたしはイワン・ワシーリエヴィチが実際に天才的で驚嘆すべき俳優であると確信しはじめた。

　その翌日、わたしは稽古に少し遅刻したが、稽古場にはいったとき、オリガ・セルゲーエヴナ（女主人公を演じていた女優）、ヴェシニャコーワ（客）、エラーギン、ウラドゥイチンスキイ、アダリベルト、それにわたしの知らない俳優たちが数人、舞台にいすを並べてすわり、「一、二、三」というイワン・ワシーリエヴィチの号令に従って、ポケットから目に見えない紙幣を取り出し、目に見えない金をかぞえて、もとに戻しているのをわたしは見た。

　このエチュード（これはパトリケーエフがこの場面で金をかぞえていたことに関連して行なわれたものとわたしは考えた）が終わると、べつのエチュードがはじまった。大勢の人々がアンドレイ・アンドレーエヴィチに呼ばれて舞台にあがり、いすにすわり、目に見えないペンで目に見えない机に向かって目に見えない紙に手紙を書き、それに封をするのである（これもやはりパトリケーエフの演技と関連していた）。ここで問題となるのは、この手紙がラブレターでなければならぬということにあった。

　このエチュードの最中に一つの悶着が起こったが、正確にいうと、手紙を書いている人々のなかに間違って小道具方がまぎれこんだのである。

　今年になって入団したばかりの新しい裏方の顔をよく覚えていなかったイワン・ワシーリエヴィチは、舞台にあがった人々を励ましながら、舞台の端でうろうろしていた巻毛の若い小道具方をも、想像で手紙を書くエチュードに引きこんでしまったのだった。

「きみはなにをしている」イワン・ワシーリエヴィチはその若い道具方に向かって叫んだ。「きみはなにか特別な招待状でも出そうと思っているのかね？」

小道具方はいすにすわり、みんなといっしょに目に見えない手紙を書きはじめ、指に唾を吐きかけた。わたしの見るところ、彼はそのエチュードをほかの人と比べてもへたにやっていたとも思えなかったが、なぜか彼はきまり悪そうに笑い、まっかになった。

「あの端にすわっている剽軽者(ひょうきんもの)はどうしたのだ？　名前は？　彼はサーカスでもやりたいのじゃないのか？　どうして真剣にやれないのだ？」

「彼は小道具方です！　小道具方なのです、イワン・ワシーリエヴィチ！」ストリジがうめくと、イワン・ワシーリエヴィチは黙りこみ、小道具方は釈放された。

疲れを知らぬ努力のうちに日々は過ぎていった。そのあいだに、わたしはひじょうに多くのものを見た。舞台上の大勢の俳優たちが、リュドミラ・シリヴェストロヴナ（ついでに言っておくならば、彼女はこの戯曲には参加していなかった）の指示にもとづいて、叫び声をあげて舞台の上を走り、実在しない窓にしがみつくのを見たこともある。

これは花束や手紙の出てくるのと同じ景にあって、わたしの女主人公が遠くの火事の空焼けを見て、窓ぎわに駆け寄る場面と関係をもっていた。

この場面がえんえんとつづくエチュードの原因をなしていたのである。このエチュードは信じがたいほど拡大し、そして率直に言って、わたしをもっとも暗い気分にさせたのだった。

イワン・ワシーリエヴィチの理論には、稽古中には戯曲の原文はなんの役割も演じず、俳優は自分自身の想像力にもとづいて演じながら戯曲の性格を創造しなければならないという発見も含まれていたが、そこでイワン・ワシーリエヴィチはこの火事をみずから追体験することを全員に命じたのである。

そのため、窓に駆けて行った者はみな、自分が叫ばなければならないと思ったことを叫ぶのだった。

「ああ、たいへん、たいへん!」と叫ぶのがもっとも多かった。

「火事はどこだ? どうしたのだ?」とアダリベルトは絶叫した。

わたしは俳優や女優たちの叫ぶさまざまな声を聞いた。

「助けて! 水はどこ? エリセーエフの店が燃えている!!(なんとばかばかしい!)助けて! 子供たちを助けて! 爆発する! 消防車を呼べ! みんな、もうだめだ!」

こういったあらゆる騒ぎを圧倒したのはリュドミラ・シリヴェストロヴナの声であったが、彼女はもうまったくばかばかしいことを叫んでいたのである。

「ああ、助けて! ああ、神さま! わたしのトランクはどうなってしまうの?! ダイヤモンドは、わたしのダイヤモンドは!!」

雨雲が迫ってきたみたいに目の前が暗くなり、わたしは折り曲げられたリュドミラ・シリヴェストロヴナの腕をぼんやりと眺めながら、自分の戯曲の女主人公に「ほら……火事よ……」としか語らせなかったことを考え、それでよかったのだと自分につぶやくと、もはや、戯曲に参加していないリュドミラ・シリヴェストロヴナがこの火事をどういうふうに追体験して表現しようかと苦心しているのを待つ興味をすっかり失ってしまった。この戯曲とまったく関係のないトランクのことなどを叫びたてる奇声に、わたしは顔が痙攣（けいれん）するほどの憤慨を覚えた。

イワン・ワシーリエヴィチの指導のもとに進められた稽古が三週目の終わりを迎えたとき、わたしは完全に絶望にとらわれてしまった。それには三つの理由があった。まず第一に、算数の計算を行なって、ぞっとさせられたのだった。三週間というもの、同じ景ばかりの稽古をしていたのである。あの戯曲は七景から成り立っている。つまり、もしも一景に三週間ずつかかると……

「おお、なんということだ!」わたしは自宅のソファの上で、眠られぬまま寝返りを打ちながらつぶやいた。「三の七倍……二十一週、あるいは五……そう五か月……六か月もかかるかもしれない!! おれの戯曲はいったいいつになったら上演できるのだろうか?! 一週間後にはシーズンも終わるし、そうすると、稽古も九月までは行なわれない! これはたいへんだ! 九月、十月、十一月……」

夜はまたたく間に夜明けを迎えた。窓は開け放されていたが、少しも涼しくなかった。わたしは偏頭痛をこらえながら稽古場に行ったが、顔は黄色くなり、頬もげっそりとやせこけた。

わたしが絶望に陥った第二の理由はもっと深刻だった。このノートだけには、わたしは秘密を隠さずに書きつけておくが、わたしはイワン・ワシーリエヴィチの理論に疑問を抱いたのだ。そう。これを口に出して言うのは恐ろしいことではあるが、とにかくそう思ったのである。

不吉な疑惑は最初の一週間の終わりごろに、すでにわたしの心に忍びこみはじめたのだった。第二週の終わりには、わたしの戯曲にとってはあの理論は適用できないようだとすでに知るようになった。パトリケーエフは花束を捧げたり、手紙を書いたり、恋の告白をもっとうまくできなかったばかりではない。それだけではないのだ。彼はなんだか不自然で、そっけなく、少しも滑稽でなくなった。だが、もっとも重要なことは、彼が突然、風邪を引いたことである。

この最後の事情のことを悲しみをこめてボムバルドフに伝えたとき、彼は薄笑いを浮かべて言った。

「いや、彼の風邪なんか、じきに治りますよ。だいぶ気分もよくなったようで、昨日も今日も、クラブでビリヤードをしていましたからね。あの場面の稽古が終わりしだい、彼の風邪も終わることでしょう。まあ、待っていてください、そのうち、ほかの連中も風邪を引きますから。まず最初に、エラーギンあたりが風邪を引くとわたしは思っていますよ」

「ああ、なんということだ！」わたしはことのしだいを察しはじめて、叫んだ。

ボムバルドフの予言は的中した。その一日後、エラーギンは稽古に姿を見せず、アンドレイ・アンドレーエヴィチは彼のことを記録に、《風邪のため、稽古に出席できず》と書きこんだ。まったく同じようにして、アダリベルトが風邪に倒れた。記録にも同じ言葉が記入された。アダリベルトにつづいて、今度はヴェシニャコーワが風邪を引いた。わたしは歯ぎしりをしながら、自分の計算にさらに一か月を風邪のためにつけ加えた。しかしわたしは、アダリベルトも、パトリケーエフも責めることができなかった。実際、強盗の首領にしてみれば、強盗として欠かすことのできない仕事の待っている第三景や第五景に一刻も早く着手しなければならないというのに、第四景の目に見えぬ火事のことで叫んだりして時間を浪費するのは、いったいなぜなのだろうか。

そのあいだにも、パトリケーエフはビールを飲みながら、アメリカ・ビリヤードに打ち興じ、アダリベルトは、彼が指導していたクラスナヤ・プレスニャの演劇サークルで上演を準備していたシラーの『群盗』の稽古に立ち会っていた。

そう、あのシステムは、どう考えてもわたしの戯曲には適用できない、そればかりか、むしろ有害なもののようであった。第四景で、ふたりの登場人物のあいだに喧嘩がはじまり、「きみに決闘を申しこむ！」というセリフまでがつけ加えられた。

そしてわたしは、深夜に、一度ならず、こんな呪わしい言葉を三度も書いたおまえの腕をもぎ取ってやると、自分自身を脅したこともあった。

稽古中にこのセリフが言われるやいなや、イワン・ワシーリエヴィチは急に活気づき、長剣を持ってくるようにと命じた。わたしはまっさおになった。それからしばらく、ウラドゥイチンスキイとブラゴスヴェトロフが刀身と刀身をぶつけ合うのを眺めていたが、ウラドゥイチンスキイがブラゴスヴェトロフの目を突き刺すのではないかと考えて、ぎくりとした。

そのあいだに、イワン・ワシーリエヴィチは、コマロフスキイ・ビオンクールがモスクワ市長の息子と剣を使って喧嘩したという話をした。

しかし問題は、その呪わしいモスクワ市長の息子にあったのではなくて、イワン・ワシーリエヴィチがますます執拗に、わたしの戯曲に剣で決闘する場面を書くようにと提案しつづけていることにあった。

わたしはこれにたいして、ちょうど悪い冗談に対するような態度をとっていたが、しかし、狡猾で裏切行為を働いたストリジが、あと一週間以内に決闘の場面の計画を立てるように彼から頼まれたと言ったとき、わたしがどんな感じを覚えたか、想像していただきたい。そこで、わたしは論争したが、しかしストリジは自説を固守していた。最後には、わたしはわれを忘れて、彼の演出ノートに、《決闘は行なわれる》と書きこんでしまった。

これで、ストリジとの関係も悪化しだした。

夜ごと、わたしは悲しみと憤慨にかられて寝返りを打ちつづけた。わたしははげしい侮辱を噛みしめていたのである。

「オストロフスキイの戯曲には決闘の場面を書き加えたりはしないにちがいない」わたしはつぶやいた。「オストロフスキイなら、リュドミラ・シリヴェストロヴナに、トランクのことなど叫ばせはしなかっただろう」

オストロフスキイにたいするくだらぬ羨望（せんぼう）の念にわたしはかきむしられた。しかし、これはすべていわば、個人的な事件、わたしの戯曲に関する問題であった。だが、もっと重要なことがあった。独立劇場に燃やす愛にやつれ、いまではピンでコルクにとめられた甲虫（かぶとむし）みたいに劇場から離れられなくなったわたしは、毎晩、芝居を見に劇場に足を向けずにはいられないのだった。

〈一九三六―一九三七〉

## 解説

ミハイル・ブルガーコフは一八九一年に生まれ、一九四〇年に死んだ。ブルガーコフが自覚的に書くことをはじめたのは一九二〇年代になってからのことだから、彼の生涯に与えられた書くための時間はあまりにも短かったといえよう。しかも彼の書いたほとんどの作品は、生前、多くの人に知られることなく終わっていた。一九四〇年三月、ブルガーコフの葬儀に集まった小数の人々は、モスクワ芸術座の舞台で一度は輝かしい成功を収めた『トゥルビン家の日々』という戯曲の作者、あるいは世の非難を一身に浴びた『悪魔物語』や『運命の卵』という比較的短い小説の作者としてのブルガーコフしか知らなかったことであろう。なかには、雑誌に前半だけが掲載された長編『白衛軍』の作者であることを記憶の底にとどめていた者も少しはいたかもしれない。やがて人々は、ブルガーコフという作家のことを忘れ、公認のソビエト文学史はブルガーコフの名前を抹殺した。

ブルガーコフの復活の契機となったのは、一九五四年に開かれたソビエト作家同盟第二回大会でのヴェニヤミン・カヴェーリンの発言であった。この大会の席上、カヴェーリンはブルガーコフの名前を挙げて彼の復権を要求したのである。ブルガーコフの未亡人エレーナ・セルゲーエヴナはただちにカヴェーリンに宛てて夫の生原稿を送った。死後二十年近く経って、生前、発表できるあてもなく書きつづけられたおびただしい量にのぼるブルガーコフの原稿は、こうして陽の目を見ることになる。『白衛軍』、『モリエールの生涯』、『巨匠とマルガリータ』などの長編とともに、ここに訳出した『劇場』（原題は『劇場ロマン』）の草稿も未亡人の手許に残っていたのである。『劇場』は『新世界』誌の一九六五年八月号に発表された。

『劇場』は文字通りブルガーコフの遺稿となった作品で、一九三六年から三七年にかけて書かれたが、作者は同時に執筆していた長編『巨匠とマルガリータ』に専念し、間もなく健康を損ない、一九三九年九月には失明し、そして七か月後にはこの世を去ったために未完に終わった作品である。ひとりのすぐれた作家の未完に終わった遺稿を読むことは、心の痛むもので、もしも死の訪れが作品の完結まで待ってくれていたらなどと、かなわぬ望みを抱きつつ作家の運命を惜しんだりするものである。ところで、ブルガーコフの遺稿となった『劇場』は、自伝小説というジャンルに入れてもよいほど、自伝的な要素がこの作品には濃厚に投影されている。不運つづきの実人生、そして遅れてやってきた作品の勝利といった宿命的な生涯そのものがきわめて文学的なものでもあるこの作家の自伝小説というのは、それ自体、強い興味の対象となるものであるが、ここでは、この作品と関連するブルガーコフの芸術活動を簡単に記しておこう。

　ブルガーコフは一八九一年五月二日（新暦十四日）、キエフ神学校教授の家に生まれ、一九一六年キエフ大学医学部を卒業した。大学卒業と同時に、スモレンスク県に医者として赴任したが、一八年、キエフにもどり、開業医となった。おりしも、革命の嵐の吹きすさぶキエフのことであった。彼はその嵐のなかで、革命と反革命のあいだを動揺し、医業を捨てて文筆活動を開始する。二一年の暮れ、モスクワに出て、鉄道従業員組合の機関紙『汽笛』などの編集に携わりながら作品を書きはじめ、生活の困窮にもひるまず、昼間は単調で退屈な勤務にはげみ、夜は昼の時間を呪いつつ小説を相次いで書きあげ、二四年からは最初の長編『白衛軍』の執筆を開始した。彼が三十三歳のときである。

『白衛軍』は、キエフで経験したブルガーコフ自身の体験と密接に結びつき、いわば「革命とインテリゲンツィヤ」の問題を主題とした作品であった。一九一八年のキエフは反革命陣営の強力な拠点であったが、これまでなに不自由のない恵まれた生活を送り、いずれも高い教養をもったトゥルビン家の長男である若い医師、その妹と弟は革命の渦のなかに巻きこまれ、平和と家庭の幸福と文化の破壊者としてのボリシェヴィキに憎悪を抱き、白軍に加担する。革命後の錯綜した状況のなかで、革命のエネルギーの高揚とそれに拮抗して空しく費やされてゆくエネルギーとの対立を軸に、トゥルビン家の人々と同家に出入りする白軍将校たちの没落を、実験的な文体、映画的な手法、あるいはドキュメント風な構成をとりつつダイナミックに描き出したこの作品は、二五年、第一章と第二章が雑誌『ロシア』に掲載されたが、同誌が廃刊となったために全編の発表はできず、しかも、反革命の陣営を同情的に描いたものと受けとられたため、単行本として出版することも不可能だった。雑誌『ロシア』について書いておくならば、これは一九二二年から二六年まで、最初の二号は『新しいロシア』という題名で、イサイ・レジネフの編集で刊行され、二〇年代のソビエト文学のなかでもきわめて独自な地位を占めている雑誌である。この雑誌には、ブルガーコフだけではなく、レーミゾフ、ザミャーチン、ピリニャークなどの作品も掲載されていて、文学作品をとおして革命後のロシアにたいする尖鋭な批判が行なわれていたが、革命後のロシアの錯綜した状況のなかでこのような作家の作品を意図的に掲載しつづけたのは、ひとえに編集長のレジネフの功績といえる。しかし当然のことながら、このような雑誌の傾向は当局の文芸政策と鋭く対立せざるを得ず、編集長レジネフは二六年に国外に追放され、そのために雑誌は廃刊となったのである。また『白衛軍』が発表された二五年には、これまで雑誌に発表されたブルガーコフの作品を集めた『悪魔物語』も出版されたが、これも革命後のソビエト社会にたいする辛辣な諷刺もこめられていたため、「ソビエトの現実にたいする露骨な敵意を表明したもの」とか、「反動作家ブルガーコフ」などという非文学的な批判が浴びせられ、同年に書かれた『犬の心臓』は、ソ連ではついに出版されずに今日にいたっている。このように、ブルガーコフは作家的出発の時点において体制側からの強い批判を受けねばならなかったが、それでも、ブルガーコフの才能を認める者もいないわけではなかった。たとえばゴーリキイは、一九二五年九月十日付のロマン・ロラン宛ての手紙で、レオーノフ、ゾシチェンコと並べてブルガーコフの名前を挙げて、若いソビエトの作家のすぐれた仕事として紹介していた。ブルガーコフを高く評価した者には、当時モスクワ芸術座の文芸部長だったマルコフもいて、彼は『ロシア』誌に発表された『白衛軍』を読むと、それを戯曲化することをブルガーコフに強くすすめた。失意のうちにあって、文学と演劇にたいする情熱だけが若い作家の支えとなり、ブルガーコフは『白衛軍』をもとにして戯曲『トゥルビン家の日々』を書きあげた。

『トゥルビン家の日々』は二六年十月五日にモスクワ芸術座で初演され、第二の『かもめ』と言われるほどの成功を収めたと言われている。しかし、ニコライ・ゴルチャコフの『ソビエト演劇史』に収められている当時の批評を読むと、その「成功」がきわめて「危険」をはらんだものであったことがわかる。それらの批評の多くは、モスクワ芸術座が多数の観客を動員できたのは、白衛軍に共鳴し、同情をこめた作品を見たがっている人々の足を劇場に向けさせただけのことであって、そのような人々の希望に応じる作者ブルガーコフのイデオロギーは反革命的で反ソ的なものであるというようなものであった。それでも、肯定と否定の渦のなかで劇作家ブルガーコフの名は一躍、世の注目を浴び、ブルガーコフも演劇というジャンルになみなみならぬ興味を抱き、つぎつぎと戯曲を書いた。そして二六年にはヴァフタンゴフ劇場で『ゾーイカの住居』が、二八年にはカーメルヌイ劇場で『赤紫色の島』が上演されたが、しかし、いずれも作者のイデオロギーにたいする痛烈な批判が浴びせられて間もなく上演中止となり、二七年に書かれた『逃亡』は、モスクワ芸術座の要望にもかかわらず、「白衛軍への追悼劇」であるとしてレパートリイ統制委員会によって上演を禁止された。そして二九年三月、『トゥルビン家の日々』も、ついにモスクワ芸術座のレパートリイからはずされてしまった。それから数年、ブルガーコフの名前が劇場のポスターに出ることはなくなったが、このような処置がとられたことは、ビリ・ベロツェルコフスキイに宛てた手紙で、スターリンが『逃亡』と『赤紫色の島』について批判的な見解を述べたことと関連していることは疑えない。

一九三〇年、ブルガーコフはソビエト政府に宛てて手紙を書き送り、そのなかで、自分の作品は一行も活字にならず、戯曲はどこの劇場でも舞台にかけることができないので、舞台監督として、それが無理なら劇場の大道具方でもよいからモスクワ芸術座のメンバーにしてほしいと希望を述べた。

ブルガーコフのこの希望はかなえられ、彼はモスクワ芸術座に迎えられた。そのとき外国にいたスタニスラフスキイにブルガーコフは手紙を書いた。「わたしの戯曲の宿命にたいするやりきれない悲しみのあと、長い時間が経ったあと、新しい任務をもってあなたの創設された劇場の敷居をまたいだとき、わたしはいくぶん気も晴れるようになりました。コンスタンチン・セルゲーエヴィチ、新しい舞台監督を、どうか快く受け入れてください。わたしがあなたの芸術座を愛していることを信じてください」(一九三〇年八月六日)。これにたいして、スタニスラフスキイはこのような返事を書いた。「あなたがモスクワ芸術座にはいられたことを、わたしがどれほど喜んでいるか、とても信じられないことでしょう！　あなたとは『トゥルビン家の日々』の何度かの稽古でいっしょに仕事をしただけですが、そのときにも、わたしはあなたが舞台監督に(もしかすると俳優にも?!)なれるような気がしていました。モリエールやそのほか多くの人々がこのような職業と文学を両立させていました。心からあなたを歓迎し、ご成功を確信しています、そして一日も早く、あなたといっしょに仕事ができることを望んでいます」(九月四日)

こうしてブルガーコフとモスクワ芸術座との新しい関係がはじまり、ブルガーコフは自分で脚色したゴーゴリの『死せる魂』の稽古に加わり、ディケンズ原作の『ピクウィック・ペイパーズ』の上演のときには、端役ながら俳優として舞台にも立った。彼は劇場を愛し、演劇活動に情熱を燃やしていたが、それでも、自分の戯曲が上演できないということはなんといっても残念なことであった。一九三二年、彼はスターリンに宛てて手紙を書いたが、そのときのエピソードを、エラーギンは『芸術家馴らし』(早川書房刊)のなかでつぎのように書きとめている。

《ブルガーコフは絶望の中に、スターリンに私信を送って、彼の生活は著作によってのみ可能であることを述べ、妨害されずに無事に国外に逃避する許可を与えられるか、このどちらも不可能な場合には、むしろ銃殺されることを望んだ。

長いこと彼は空しく返事を待っていた。一九三二年の冬の一夜、彼の部屋の電話が鳴った。彼は電話を取り上げた。

「ミハイル・ブルガーコフかね？」

「そうです」

「こちらはスターリンです」深い慎重な声には、いくらかグルジヤ訛りがあった。

「どなたですか？」ブルガーコフはあまりにも意外なことに驚いた。

「ヨシフ・スターリン。本当にはできんでしょうな、誰かがからかっていると思っとられるんでしょう。まあ、一度電話を切って、クレムリンのX番を呼出してごらんなさい。待っとりましょう」

電話は切れた。彼は震えながら指図に従った。同じ声が聞こえてきた。

「本当にあなたがスターリンと話していることを信じられるでしょうな。あなたの手紙は拝見しました。私にできることなら何でも致しましょう。まず、一切の妨害は除きましょう。私にはそれをお約束する力はまだあります」その声には何か楽しげな様子がみえた。「次に、明日からあなたの名が、芸術座の給料支給簿に載ることになりましょう。第三に、スタニスラフスキイにあなたの

『トゥルビン家の日々』をレパートリイに加えさせましょう。たぶん彼は私の申出を拒むようなことはせんでしょう」スターリンの声には笑いが加った。「何か他にお望みはありますかな？」
「何と申し上げたら……」
「お礼には及ばんですよ。何でもないことです。お話できて嬉しいと思います。さよなら。新しい仕事がうまく行くように」》（遠藤慎吾訳）
このスターリンとの電話の一件は、ただちにモスクワの演劇界の知るところとなり、各劇団は競って彼の作品を受け入れ、上演を計画した。『トゥルビン家の日々』はモスクワ芸術座のレパートリイに復帰し、スターリンをはじめごく少数の人々のためにこの戯曲は実際に上演されもしたが、しかし一九三二年のモスクワにおいては、この戯曲の背後にあるイデオロギーは受け入れられるはずもなく、レパートリイ統制委員会は、この戯曲はモスクワ芸術座においてのみ上演を許可し、ソ連のほかのいっさいの劇場での上演は許可しないという特別の命令を出した。モスクワ芸術座は『逃亡』と二九年に書かれた『モリエール』を、ヴァフタンゴフ劇場は『プーシキン』を、それぞれ上演する予定にしていたが、レパートリイ統制委員会は上演を許可しなかった。とりわけ政治権力と芸術家の対立、葛藤を描いた『モリエール』は、三二年にモスクワ芸術座での上演が決定されていたにもかかわらず、初演にこぎつけられたのは三六年二月のことで、それも七回の公演だけで上演中止となった。この戯曲の上演に大きな期待をかけ、そして自分でも稽古に熱心に参加していたブルガーコフにとっては、この事態は深刻な衝撃となったであろうことは想像に難くない。そして、この稽古と上演の失敗の過程で、ブルガーコフとスタニスラフスキイとのあいだには軋轢が生じたようである。ブルガーコフは失意のうちに、ひとり、家に閉じこもり、『劇場』、『モリエールの生涯』、『巨匠とマルガリータ』の執筆に専念し、発表できるあてもないまま小説を書きつづけてこの世を去ったのである。

ブルガーコフの歩まねばならなかった苦難の道をふり返ってみると、『劇場』が自伝的な要素の濃厚なものであることを、あらためて痛感させられる。

『劇場』の舞台となっている「独立劇場」は、言うまでもなく「モスクワ芸術座」のことである。ブルガーコフは一九二五年から三五年までの十年間、最初は劇作家として、三〇年からは演出助手として密接にモスクワ芸術座と関係を結んでいたことはあらためてくり返すまでもない。作中の主人公マクスードフのたどる運命はブルガーコフ自身の運命と類似している。『船舶通信』のしがない記者、最初の長編の試み、メフィストフェレスのような「ルドルフィ」の編集する『祖国』に長編を発表し、完結しないうちに雑誌が廃刊となるが、それを「ミーシャ・パーニン」が発見して、戯曲化することをすすめ、『黒い雪』が独立劇場で上演されて、劇作家としてデビューするマクスードフの運命。これは、『船舶通信』を鉄道従業員の組合機関紙『汽笛』に、最初の長編を『白衛軍』に、「ルドルフィ」を「レジネフ」に、『祖国』誌を『ロシア』誌に、「ミーシャ・パーニン」をモスクワ芸術座文芸部長の「マルコフ」に、『黒い雪』を『トゥルビン家の日々』に当てはめると、ブルガーコフの自伝となる。そして一八九七年に創設されたモスクワ芸術座のふたりの指導者、ネミロヴィチ・ダンチェンコとスタニスラフスキイは、作品では「アリストラフ・プラトーノヴィチ」と「イワン・ワシーリエヴィチ」という名前で登場している。それに、この作品で描き出される文学や演劇の世界は、ある程度、一九二〇年代のソビエトの文学界や演劇界の内幕を伝えてもくれよう。

　これらのことを考えると、この作品が当時のモスクワ芸術座をめぐる皮相な風俗小説と見なされかねないだろう。しかし、ブルガーコフがみずから「ロマン」と銘を打ったこの作品は、当時の風俗を題材としながらも、やはりこの作家独自の想像力に支えられた自立した文学世界を創造しているとみなければなるまい。マクスードフは作者の自伝的要素を注入しつつも、ブルガーコフと同一人物ではないことは言うまでもない。いわばマクスードフは、作者自身の矛盾し対立し合う意識が表現されているのであって、その意識は凸面鏡に映し出されるみたいに変形して定着されているのである。巧みな構想力でさまざまなエピソードを結合させつつ一つの虚構の世界を創造し、かずかずの苦難と不運に見舞われた男の「手記」というかたちをとりながらも、残酷な悲劇を一種の喜劇に仕立てあげ、被害者意識をもさりげないユーモアで笑いとばし、風刺とカルカチュアに富む作品世界を実現させたところに、いかにもブルガーコフらしい独自な才能を読みとることができる。主人公と劇場との関係はまさしくロマンを構成し、劇場にたいする主人公の愛情と憎悪を奇妙に交錯させた感情は、作者の深い人間観察に支えられて、人間と人間との関係、そして人間を巻きこみつつ一つのメカニックな機構のような役割を演ずる劇場の本質を明らかにし、現代の人間と世界との裂け目を鋭くえぐりだしている。あらゆる希望や絶望とも断ち切られた次元で、ただひたすら書きつづけることでしか生きられなかったブルガーコフの小説の魅力を、この作品もまた所有しているように思われる。

なお、本書の訳出に使用したテキストは、M. Булгаков《Театральный роман》(ИЗБРАННАЯ ПРОЗА, Издательство Художественная литература, 1966)で、ペンギンブック版のミカエル・グレニー訳の英訳本を参照した。本書の翻訳・出版にあたって、たいへんお世話になった白水社編集部の伊吹基文氏に心からの感謝の意を表明したい。

一九七二年九月

水野忠夫

著者紹介

**ミハイル・ブルガーコフ　Михаил Булгаков**

1891年、ウクライナのキエフで生まれる。キエフ大学医学部を卒業、開業医となるが、ロシア革命の動乱のなか医業を捨て、モスクワで文学活動を開始する。1925年、第一長篇『白衛軍』（群像社）を雑誌に発表、短篇集『悪魔物語』（集英社）を刊行するが、反革命的との批判を受け、長篇『犬の心臓』（河出書房新社他）は出版禁止となる。戯曲『トゥルビン家の日々』（モスクワ芸術座、26初演）の成功で劇作に活路を求めるも、当局による上演中止が相次ぐ。失意の中、発表の当てのないまま『巨匠とマルガリータ』（岩波文庫）、『劇場』等の作品を書き続け、1940年死去。スターリン没後の1954年に作家カヴェーリンによる名誉回復の訴えを受けて、夫人エレーナが遺稿の存在を明らかにし、1966年に『巨匠とマルガリータ』が初の活字化、各国語に翻訳されて世界的な注目を集めた。1973年に完全版の単行本がモスクワで刊行されるとソヴィエト国内でも驚異的な成功を収め、劇的な復活を遂げる。その後、発禁作を含めた作品の復刊、遺稿出版、研究が進み、20世紀文学の重要な作家のひとりとして評価が定まった。

訳者略歴

**水野忠夫**（みずの ただお）

ロシア文学者。1937年、中国吉林市に生まれる。早稲田大学文学部露文科卒業。早稲田大学文学部名誉教授。2009年死去。著書に『［新版］マヤコフスキイ・ノート』（平凡社ライブラリー）、『ロシア・アヴァンギャルド』（パルコ出版局）、『囚われのロシア文学』（中公新書）、訳書にブルガーコフ『巨匠とマルガリータ』『悪魔物語・運命の卵』（岩波文庫）、『犬の心臓』（河出書房新社）、シクロフスキー『散文の理論』（せりか書房）、ヴォルコフ編『ショスタコーヴィチの証言』（中公文庫）などがある。

編集＝藤原編集室

本書は1972年に小社より刊行された。

白水uブックス 215

劇場

著　者　ミハイル・ブルガーコフ
訳者©　水野忠夫
発行者　及川直志
発行所　株式会社 白水社
東京都千代田区神田小川町 3-24
振替 00190-5-33228 〒101-0052
電話（03）3291-7811（営業部）
（03）3291-7821（編集部）
http://www.hakusuisha.co.jp

2017年 9月 10日印刷
2017年 9月 30日発行
本文印刷　株式会社精興社
表紙印刷　クリエイティブ弥那
製　　本　加瀬製本
Printed in Japan

ISBN978-4-560-07215-8

乱丁・落丁本は送料小社負担にてお取り替えいたします。

▷本書のスキャン、デジタル化等の無断複製は著作権法上での例外を除き禁じられています。
本書を代行業者等の第三者に依頼してスキャンやデジタル化することはたとえ個人や家庭内での利用であっても著作権法上認められていません。

# 南十字星共和国

ワレリイ・ブリューソフ 著
草鹿外吉 訳

南極大陸に建設された新国家の滅亡記。地下牢に繋がれた姫君……。ロシア象徴派作家が描く終末の幻想、夢と現実、狂気と倒錯の物語集。

【白水Uブックス】